W0272558

ANDREAS IZQUIERDO

ÜBER DIE TOTEN NUR GUTES

Ein Trauerredner ermittelt

DUMONT

In memoriam
Lars

»Nicht, was wir gelebt haben, ist das Leben,
sondern das, was wir erinnern und wie wir es erinnern,
um davon zu erzählen.«

Gabriel García Márquez

1

In der Nacht vor der Trauerfeier schreckte Mads gegen zwei Uhr in der Früh aus dem Schlaf und hatte für einen verzagten Moment das Gefühl, dass seine Zeit ablief. Etwas hatte ihn im Traum berührt. Etwas, das einen langen Weg gegangen war, um ihn zu finden. Jetzt saß er mit klopfendem Herzen da und starrte bang in die Finsternis.

Das Haus war totenstill.

Er knipste das Bettlicht an und setzte die nackten Füße auf den Boden. Schlich auf Zehenspitzen aus dem Zimmer und blickte die Treppe hinab in ein schwarzes Erdgeschoss.

Unten fand er das Schlafzimmer seines Vaters geschlossen vor, die Wohnzimmertür stand ein wenig offen, sodass er einen kurzen Blick hineinwarf: Möbel duckten sich wie zwielichtige Gesellen in Halbschatten, die Luft aber roch vertraut.

In der Küche öffnete er den Kühlschrank, schloss ihn wieder, ohne etwas herausgenommen zu haben, und kehrte zur Treppe zurück. Schwaches Laternenlicht brach sich schimmernd im Milchglas der Haustür. Schatten tanzten darin: Wilde Böen bogen marionettenhaft Äste und Zweige. Er näherte sich der Tür, sicher, dass er sie vor dem Zubettgehen abgeschlossen hatte, und drückte die Klinke nach unten.

Zu seiner großen Überraschung sprang sie auf.

Eine stramme Brise fuhr ihm unter das T-Shirt. Hatte ihn das geweckt? Das unterschwellige Gefühl, dass etwas nicht stimmte? Der Wind pfiff kalt von der nahen See her, die Häuser lagen dunkel und verlassen da, am Himmel jagten sich Wolkenfetzen vor einem blassen Mond.

Da war ein Brief.

Eingeklemmt unter der Fußmatte.

Mads nahm ihn hoch, betrachtete ihn neugierig: weiß, unbeschriftet, unfrankiert. Verschlossen, aber mit dem Gewicht von Papierblättern darin. Er tat ein paar schnelle Schritte zur Straße, blickte nach beiden Seiten, entdeckte nichts als erloschene Fenster, geparkte Autos und stumme Laternenkegel. Kehrte zurück, schloss diesmal die Haustür doppelt ab, nahm in der Küche ein Messer und öffnete den Brief.

Zwei leere DIN-A4-Blätter.

Nichts sonst.

Eine Weile wiegte Mads die Blätter unschlüssig in den Händen: Was hatte das zu bedeuten? Dann aber warf er sie schulterzuckend in den Korb mit Altpapier, ging zurück ins Bett und schlief bald ein.

Im Haus war es wieder still.

Nur die große Küchenuhr über der Spüle tickte.

Dann blieb sie stehen.

EIN BRIEF

2

Am Morgen erwachte Mads mit der Erkenntnis, dass in der Nacht der Strom ausgefallen sein musste. Sein Handy baumelte wie ein Gehenkter am Ladekabel, und als es dann endlich wieder mit flatternden Lidern zu sich kam, wusste er, dass er zu spät zur Trauerfeier kommen würde.

Die Trauerfeier!

Stolpernd und fluchend versuchte er, sich Hose und Hemd gleichzeitig anzuziehen, und hetzte hinaus zu seinem Auto, trat das Gaspedal durch und jagte unter den Blicken empörter Nachbarn durch die idyllische Collenburger Straße in Richtung Stadtschloss. Von Glücksburg bis Flensburg war es nicht weit, gerade mal zehn Kilometer, aber er war jetzt schon zu spät, und wenn der Tod eines hasste, dann Verspätungen: Er verzieh weder Staus noch Stromausfälle, weder Pannen noch Streiks und schon gar nicht Bummelei.

Eine Trauerfeier verlangte nicht nur aus Gründen des Respekts Pünktlichkeit, sondern auch, weil sie im großstädtischen Sterbebetrieb nach dreißig Minuten vorbei zu sein hatte. Dann schon rollte die nächste Beerdigung heran, wälzte der nächste Trauerstrom über den Friedhof, wartete der nächste Anwärter ungeduldig darauf, die letzte Ruhe zu finden.

Es hätte also für Mads kaum schlechter laufen können. Als er endlich in den Trauerraum des Bestattungsinstituts Amelung eintrat, sortierte er noch hektisch sein Haar, steckte einen Zipfel seines weißen Hemdes in die schwarze Hose und atmete dann einmal tief ein. Vor ihm stand kerzenbeleuchtet auf einem Katafalk der offene Sarg des Mannes, dem heute seine Rede galt.

Zu seinem Glück war die Trauergemeinde sehr klein, was die Zahl derer eingrenzte, die wütend auf ihn sein würden. Nur die erste Reihe war besetzt. Rechts vom Mittelgang die Tochter des Toten: Famke, Anfang vierzig, im eleganten Zweiteiler, ihre drei hübschen Kinder, zwei blonde Mädchen und ein gescheitelter kleiner Junge, neben sich. Auf dem Stuhl ganz außen saß eine kleine weiße Malteserhündin, die sich gerade zu ihm umdrehte und freundlich bellte. Unangemessen, fand Mads, wenn auch nicht so unangemessen, wie den Verstorbenen, dessen weiße Nasenspitze wie der Masttopp eines Geisterschiffs aus dem Sarg ragte, warten zu lassen.

Auf der linken Seite saßen zwei Männer, etwas älter als die Frau, in ebenso eleganten wie teuren Anzügen. Der eine, Robert, Famkes Mann, tippte ungeduldig mit dem Fuß und starrte vorgebeugt auf den Boden, der andere, Krischan, war mit seinem Handy beschäftigt, das er gerade aus seinem Sakko genestelt hatte. Krischan war Arzt, wahrscheinlich in Bereitschaft. Seine Sorge galt den Lebenden, nicht den Toten.

Links in der Ecke des ansonsten schmucklosen Trauerraumes stand diskret ein junger Mann im hellgrauen Anzug mit Einstecktuch, weißem Hemd und himmelblauer Seidenkrawatte, der Bestatteruniform der Amelungs. Er war Ende zwanzig, wie Mads, hatte die Hände vor dem Hosenbund gefaltet und nickte ihm freundlich zu. Friedrich Amelung, von allen nur Fiete genannt, war der Sohn von Alva Amelung, der unumschränkten Herrin des Instituts.

Gemessenen Schrittes trat Mads schließlich an den Sarg, wandte sich halb den Hinterbliebenen, halb dem Mann im Sarg zu und verneigte sich knapp. Die Erwachsenen sahen verärgert aus, selbst der Mann im Sarg – trotz der geschlossenen Lider.

»Liebe Famke, lieber Krischan, liebe Angehörige und Freunde, wir sind gekommen, um uns von Fridtjof zu verabschieden, dessen Leben nach dreiundsiebzig Jahren zu Ende gegangen ist …«

Das Handy tönte, Krischan warf einen Kontrollblick darauf und steckte es wieder in den Anzug. Robert tippte immer noch nervös mit dem Fuß, während seine Frau Krischan und ihn gleichermaßen wütend anstarrte.

Nervös räusperte sich Mads und bereute, die Rede nicht aufgeschrieben zu haben. Ein wenig eitel, ein wenig fahrlässig, wollte er beweisen, was für ein talentierter Redner er war, denn nur die freie Rede war die wahre Rede. So wie Platon einst erfolgreich seine Stimme gegen die tobende Brandung eines aufgepeitschten Meeres erhoben hatte, so wollte er jene Worte finden, um die aufgewühlten Emotionen seines Publikums zu bändigen.

Er blätterte in seinem Gedächtnis nach den Seiten, die er mit Notizen gefüllt hatte. Biografische Daten waren bindend wie die Gebote auf den Steintafeln von Sinai. Niemand konnte sich auf seine Trauer konzentrieren, wenn er eine Tote Alessa statt Alina nannte, niemand akzeptierte, wenn der Verblichene in seiner Rede am falschen Tag, Monat oder Jahr geboren wurde, niemand hatte Verständnis dafür, wenn der Dahingeschiedene versehentlich vom berühmten thüringischen Weimar Schillers oder Goethes ins weitaus weniger berühmte hessische Weimar des Bembels und Ebbelwois verpflanzt wurde. Selbst Kürzel wollten gesichert sein, denn wer wollte schon eine Uschi in die Grube fahren sehen, wenn die Betroffene zeit ihres Lebens auf Ursula bestanden hatte?

»Liebe Famke, lieber Krischan, euer Vater folgt nun seiner geliebten Ehefrau Stine, eurer Mutter. So erfüllt sich sein größter Wunsch: wieder bei ihr zu sein. Wieder eins mit ihr zu sein. Der Tod ist zwar das Ende des Lebens, aber auch der Beginn der Ewigkeit, und das kann, ja das sollte euch, Famke und Krischan, Trost sein, denn euer Vater ging mit einem weinenden und einem lachenden Auge. Er lässt euch zurück, aber er findet nach einem erfüllten Leben wieder, was er und ihr vor zwanzig Jahren auf so tragische Weise verloren habt.«

Famke sah skeptisch aus, was Mads irritierte, weil er seine Worte recht ansprechend fand. Ein wenig pathetisch vielleicht, aber das war im Angesicht des Todes kaum zu vermeiden. Krischan dagegen schien gar nicht zugehört zu haben, denn er starrte schon wieder auf das Handydisplay und wischte eine Nachricht beiseite. Der Dritte im Bunde, Robert, tippte weiterhin nervös mit dem Fuß auf den Boden.

»Springen wir zusammen zurück zu dem Tag, an dem sich Fridtjof und Stine kennenlernten. Es ist der 15. Mai 1977, Glücksburg blüht unter einem blauen Himmel. Stine, das wilde Blumenmädchen, ist begeisterte Pferdeliebhaberin und hilft jeden Tag in einem Reitstall. Fridtjof, der flotte Versicherungsvertreter, kommt gerade von der Arbeit, als er sieht, wie Stines Pferd, ein rassiger Schimmel, plötzlich mit ihr durchgeht. Mutig stellt er sich in den Weg, wirft sich der Stute um den Hals, wird von ihr mitgerissen, aber er hält sie fest. Er lässt nicht los, sondern zwingt das Tier zur Aufgabe. Dann hilft er Stine abzusteigen – die beiden sehen sich an. Und jung, wie sie waren, verrückt, wie sie waren, küssen sie sich und wissen, dass sie von nun an für immer zusammenbleiben wollen.«

Famke starrte ihn erstaunt an, Krischan grinste blöde. Robert hatte aufgehört zu tippeln. Offenbar hatte Mads endlich ihre Aufmerksamkeit. Nur der Mann im Sarg sah immer noch verärgert aus.

»Lassen wir dieses Bild auf uns wirken und hören ein Stück, das Fridtjof immer viel bedeutet hat.«

Er nickte Fiete zu, der bei der kleinen Stereoanlage auf *Play* drückte. Jede seiner Trauerreden ließ Mads von drei Musikstücken untermalen, die den Hinterbliebenen die Möglichkeit geben sollten, sich nicht nur in Worten, sondern auch in Melodien an einen geliebten Menschen zu erinnern. Schon schmetterte die klare, schöne Stimme von Udo Jürgens: *»Merci, merci, merci, für die Stunden, Cherie, Cherie ...«*

Zu viel für den Mann im Sarg – er fuhr erbost in die Höhe: »Nein! Nein! Nein!«

Irritiert wandte sich Mads zu dem im Sarg sitzenden Fridtjof um, während Udo unbeirrt weitersang.

»Aber Papa!«, rief Mads und gab Fiete das Zeichen, die Musik abzuschalten.

»Udo Jürgens?«, wetterte Fridtjof. »Udo Jürgens?«

»Was denn? Du liebst Udo Jürgens«, verteidigte sich Mads. »Und das Lied passt perfekt.«

»Aber doch nicht zu meiner Trauerfeier!«, schimpfte Fridtjof.

»Natürlich zu deiner Trauerfeier«, beharrte Mads. »Und es wäre schön, wenn du nicht jede Probe ruinieren würdest!«

»Es wäre schön, wenn ich mich darauf verlassen könnte, dass du dich an die Fakten hältst!«

»Tu ich doch!«

Fridtjof schüttelte energisch den Kopf: »Tust du nicht! Deine Mutter und ich haben damals ganz andere Sachen gehört. Und es geht um damals.«

Mittlerweile waren die anderen aufgestanden und an den Sarg getreten. Auch Fiete hatte seinen Platz an der Stereoanlage verlassen.

»Was habt ihr denn damals gehört?«, fragte Mads.

Sie sahen ihn nun alle neugierig an, was Fridtjof augenscheinlich unangenehm war.

»Deep Purple«, antwortete er schließlich etwas verlegen.

»Du?«, fragte Mads verwundert zurück und sah, dass Krischan und Famke mühsam ein Lachen unterdrückten.

»Ja, ich«, ranzte Fridtjof zurück. »Könnt euch euer blödes Grinsen ruhig verkneifen. Stine hat die gemocht, also hab ich die auch gemocht.«

»Du magst Udo. Deep Purple hast du nie gehört«, korrigierte Mads.

»Natürlich habe ich die gehört.«

»Ah ja? Nenn mir einen Song!«, beharrte Mads.

Fridtjof zögerte.

Dann fauchte er: »Hier ist einer, ihr größter Hit! Er heißt: Leck mich am Arsch!«

Krischan nickte. »Kenn ich. Wird auch heute noch gern gespielt.«

Fridtjof wandte sich Krischan zu: »So, der Herr Chefarzt hat also auch 'ne Meinung. Wie schön! Aber das ist meine Beerdigung, klar?«

»Du wirst nicht beerdigt«, gab Krischan zurück.

»Ich werde beerdigt, wann *ich* will!«, schrie Fridtjof.

»Ich kann zu einer Trauerfeier nicht Deep Purple spielen. Das geht doch nicht«, verteidigte sich Mads.

»Warum nicht?«, fragte Krischan trocken. »Passt ziemlich gut zur Chuck-Norris-Einlage mit dem Gaul.«

Famke lachte, aber nur kurz, weil Fridtjof sie wütend anfunkelte.

Dann wandte er sich wieder seinem Jüngsten zu: »Und verdammt noch mal, Mads! Es war eine Schecke, kein Schimmel!«

»Ich finde, jetzt wirst du kleinlich«, sprang Famke ihrem kleinen Bruder zur Seite.

»Auf die Details kommt es an, klar? So eine Trauerfeier findet nur einmal statt.«

»Schön wär's«, maulte Krischan.

Sein Handy piepte.

Fridtjof starrte ihn wütend an. »Geh ruhig ran. Ich meine, ich warte einfach mit meinem Tod, bist du fertig telefoniert hast.«

»Du stirbst nicht«, sagte Krischan ruhig.

»Was machst du überhaupt hier? Bist doch sonst auch nie da! Weihnachten, Ostern, Geburtstag ...«

»Ich rette Leben, Vater. Tut mir leid, dass sich das nicht immer mit deinem Kalender vereinbaren lässt.«

»Aber zu meiner Beerdigung, da kommst du!«

»Du wirst nicht beerdigt.«

»Pah! Du würdest mich am liebsten kopfüber in ein Bohrloch stecken, wenn's mal so weit ist.«

Einen Moment musterte Krischan seinen Vater kühl. Dann wandte er sich Fiete zu und fragte: »Ginge das?«

Fiete schüttelte langsam und mit gepressten Lippen den Kopf.

Robert flüsterte Famke zu: »Sind wir durch? Ich müsste dringend …«

»Na toll«, schnauzte Fridtjof. »Nicht mal dreißig Minuten hast du für deinen toten Schwiegervater. Wer ist dir wichtiger? Ich oder deine Verbrecher?«

»Das sind Mandanten. Außerdem sind es schon fünfundvierzig Minuten.«

»Richtig, der Herr Trauerredner hatte ja offensichtlich Besseres zu tun, als pünktlich anzufangen!«

Mads räusperte sich. »Ich hab keinen Parkplatz gefunden.« Das klang besser als »verschlafen«.

»Und da dachtest du, den Alten lass ich mal schön in der Kiste liegen.«

Mads warf einen Blick in den Sarg und sagte: »Der sieht doch ganz bequem aus.«

»Bequem?«, schimpfte Fridtjof. »Da liegt man ja auf einem Kartoffelhaufen bequemer!«

»Wie bitte?«, rief Fiete empört. »Das ist unser Topmodell!«

Fridtjof schüttelte den Kopf. »Dann sei froh, dass deine anderen Kunden schon tot sind, wenn die hier reinkommen.«

Krischan nickte Mads zu. »Ich muss los.«

Robert eilte Krischan nach. »Warte, ich komme mit.«

»Ja, ja, haut nur ab! Kaum ist man tot, schon sind alle weg.«

»Du bist nicht tot«, korrigierte Famke.

Fridtjof schnaubte verächtlich und streckte Fiete und Mads die Hände entgegen: »Hopp!«

Umständlich halfen die beiden ihm aus dem schwankenden Sarg, bevor er über den Katafalk auf den Boden sprang. Dann marschierte er hinaus, zeternd und mit den Armen fuchtelnd.

»Und ich schmink mich noch! Damit's echt aussieht! Scheiße!«

Die Tür fiel krachend ins Schloss. Er war draußen.

Famke lächelte Mads aufmunternd an. »Schöne Rede. Die Chuck-Norris-Nummer würde ich entschärfen. Aber sonst …« Sie gab ihm einen Kuss auf die Wange: »Hab dich lieb.«

»Hab dich auch lieb.«

Sie nahm ihre Kinder an die Hände und ging Richtung Tür.

Die Malteserhündin sprang von ihrem Sitz und stellte sich an Mads Beinen auf.

»Dir hat's auch gefallen, oder, Bobby?«, fragte Mads.

Bobby hechelte fröhlich, was Mads als Bestätigung deutete.

Fiete klopfte ihm aufmunternd auf die Schulter. »Keine Bange! Wenn der Tag kommt, versiegele ich den Sarg.«

3

Stine hatte den schönsten Platz auf dem Glücksburger Friedhof, auf einer kleinen Anhöhe unter einer Trauerbuche, die ihre geisterhaft knorrigen Arme schützend über die Gräber hielt. Als Fridtjof das Grab vor zwanzig Jahren gepachtet hatte, meldete er es gleich als Familienruhestätte an, in die er einzufahren gedachte, wenn der Tag einmal gekommen wäre. Wobei er schon dreimal der festen Überzeugung gewesen war, dass sein letztes Stündchen bald schlagen würde.

Immer mal wieder bot er das Grab seinen Kindern an, wobei Famke, vor allem aber Krischan der Perspektive, die Ewigkeit mit ihrem nörgelnden Vater zu verbringen, überaus kritisch gegenüberstanden. Mads fand zumindest die Lage mit Blick über den Glücksburger Gottesacker verlockend. Die Vorstellung, dass Fridtjof an seinen Sarg klopfte, weil er nicht schlafen konnte, weniger. Gänzlich abgeneigt war er aber nicht.

Dass Stine hier ihre letzte Ruhe gefunden hatte, war natürlich nicht dem Zufall zu verdanken, sondern einzig und allein Fridtjofs Beharrlichkeit. Die Sperrzeit der Grabstelle war zum Zeitpunkt ihres Todes noch nicht abgelaufen, wenige Wochen fehlten. Der städtische Angestellte der Friedhofsverwaltung hatte freundlich, aber bestimmt auf die Vorschriften gepocht, Fridtjof ihm daraufhin tagelang das Leben schwer gemacht. Als Mads bat, den armen Mann doch endlich in Ruhe zu lassen, entgegnete Fridtjof, dass er auf gar keinen Fall zulassen werde, dass Stine neben der »Stripperin« zu liegen käme. Damit meinte er in bemerkenswerter Verkennung ihrer Lebensleistung Beate Uhse, die drei Jahre zuvor auf dem Friedhof beerdigt worden war. In unmittelbarer Nachbarschaft zu der einzigen Prominenten auf dem Glücksburger Totenacker war seit Wochen eine Grabstelle frei. Doch Fridtjof lag dem bedauernswerten Amtmann derart in den Ohren, dass dieser die Grabstelle auf dem Hügel schließlich doch freigab und anschließend sogleich in den Urlaub fuhr.

Eine halbe Stunde nach der gescheiterten Trauerfeier standen Fridtjof und Mads wieder vereint unter der Buche. Es war warm für Anfang April und der Baum voller grüner Triebe. Auf Stines tadellos gepflegtem Grab lagen frische Blumen.

Mads betrachtete seinen Vater aus dem Augenwinkel: Wie hatte der Mann, der einst riesig, kraftstrotzend und unbezwingbar gewesen war, zu so einem dürren Männlein zusammenfallen können? Er war jetzt einen halben Kopf kleiner als Mads, das schüttere weiße Haar auf seinem Kopf flatterte in der milden Frühlingsbrise.

»Sind wirklich schon zwanzig Jahren vergangen?«, fragte Fridtjof bedrückt und schubste einen Käfer, der gewagt hatte, die Grabfassung zu betreten, mit dem Fuß zurück ins Gras. »Eben war sie doch noch da.«

Mads schwieg.

»Es vergeht kein Tag, an dem ich nicht an sie denke«, sagte Fridtjof wehmütig. »Ich wache morgens mit ihr auf und schlafe abends mit ihr ein.«

Er blickte seinen Sohn an, der zustimmend nickte. Manche Abschiede waren nur der Beginn langer, stiller Gespräche.

»Denkst du auch manchmal an sie?«, fragte er.

»Ich war acht, als sie gestorben ist«, antwortete Mads ausweichend.

»Siehst du! Deswegen ist es so wichtig, dass meine Trauerrede beim nächsten Mal gut wird! Nicht nur für mich. Auch für dich. Und deine Geschwister! Das letzte Wort gehört nicht dem Tod, sondern den Lebenden.«

Eine Weile standen sie noch da, dann wandten sie sich ab und schlenderten dem Ausgang zu.

»Was macht das Geschäft?«, fragte er Fridtjof.
»Ganz gut.«
»Gestorben wird immer, was?«
Mads lächelte, aber Fridtjof schüttelte den Kopf.
»Ich verstehe nicht, warum du so etwas Deprimierendes wie Trauerredner machst. Dir stand doch die ganze Welt offen.«
»Es ist nicht deprimierend.«
»Nein, natürlich nicht«, erwiderte Fridtjof sarkastisch. »Jeden Tag Kirmes.«
Mads seufzte.
»Warum ergreifst du nicht einen anständigen Beruf?«, fuhr Fridtjof fort.
»Trauerredner ist ein anständiger Beruf«, erklärte Mads.
»Quatsch!«, wetterte Fridtjof. »Arzt ist ein anständiger Beruf. Oder Anwalt. Oder Architektin. Wie Famke.«
Mads ging nicht darauf ein. »Und was ist mir dir? Dauernd glaubst du, dass du demnächst stirbst.«
»Nicht dauernd«, verteidigte sich Fridtjof.
»Das war jetzt schon die dritte Rede. Und keine hat dir gefallen.«
»Das mit dem Pferd hat mir gefallen. Das war nicht schlecht!«
»Das war nicht schlecht? Du bist fast aus dem Sarg gesprungen!«
»Das war wegen Udo, nicht wegen dem Pferd.«
Mads winkte ab.
Sie gingen schweigend weiter, aber nach ein paar Metern blieb Fridtjof plötzlich mit einem leuchtenden Ausdruck in seinem Gesicht stehen.
»Warum gehst du nicht zum Radio?«
»Zum Radio?«
»Ja, zum Radio! Du hast eine schöne Stimme. Du gehst zum Radio und wirst Moderator. Radiomoderator ist ein anständiger Beruf!«

»Ich will aber nicht zum Radio.«

»Stell dich mal da vor! Die werden deine Schuhe lieben!«

Sie blickten beide auf Mads' Three-Tone-Derbys, elegante Budapester, die er gerne zu Anzügen im Stil der Dreißiger- und Vierzigerjahre trug.

»Überhaupt bist du immer sehr schick angezogen!«, lobte Fridtjof.

»Das sieht man im Radio nicht«, antwortete Mads.

»Das hört man aber«, behauptete Fridtjof. »Einen Mann im Anzug kann man immer heraushören.«

»Ich geh nicht zum Radio, okay?«

»Soll ich dich vielleicht begleiten? Ist es das?«

Mads runzelte die Stirn. »Wohin?«

»Zum Radio.«

Vor Mads' geistigem Auge blitzte eine Szene auf, in der Fridtjof einem Personalchef erst einen Locher an den Kopf warf, um ihn anschließend durch die Flure zu jagen, weil er seinen Sohn nicht hatte einstellen wollen.

»Nein danke.«

Sie hatten das Friedhofstor fast erreicht, vor dem Mads sein Auto geparkt hatte. Genau genommen war es Fridtjofs Auto, der sich aber immer gern von seinem Sohn kutschieren ließ. So hatte er einen Chauffeur, und das Auto wurde bewegt. Win-win, fand Fridtjof.

An diesem Morgen hatte Fridtjof mit Bobby selbstverständlich bei Famke übernachtet, weil er nicht neben Mads als lebende Leiche auf dem Beifahrersitz zu den Amelungs hatte fahren wollen. Alles sollte so echt wie möglich sein, er wollte einen richtigen Härtetest für den Fall der Fälle.

Plötzlich war da ein helles Kinderlachen.

Irritiert wandte sich Mads um und sah einen kleinen Jungen hinter einen großen Grabstein springen.

»Was ist?«, fragte Fridtjof, der ebenfalls stehen geblieben und Mads' Blick gefolgt war.

»Da ist …« Mads zögerte.

Versteckte sich der Kleine vor ihm? Friedhöfe waren keine Spielplätze. Kinder hatten hier nichts zu suchen, und wenn, dann an den Händen ihrer Eltern oder Großeltern.

Mads ging ein paar Schritte zurück, erreichte den großen Grabstein und spähte umher: Da war niemand. Wo war der Junge hin? Er konnte unmöglich weggelaufen sein, ohne dass Mads ihn gesehen hätte.

»Was ist?«, fragte Fridtjof wieder.

Mads schüttelte den Kopf. »Nichts. Ich dachte nur … Ach, nichts.«

Dieser Junge!, dachte Mads. Eine Schimäre – aber so echt! Was ihn besonders irritierte, war nicht, dass er offenbar neuerdings mitten am Tag halluzinierte, sondern dass er diesen Jungen schon mal gesehen hatte.

Er kannte ihn, aber er wusste nicht, woher.

4

Später, als der Tag bereits sein Licht an den hereinbrechenden Abend verlor, fuhr Mads nach Hause, bepackt mit ein paar Einkäufen für das Wochenende. Sein Vater und er bewohnten einen schmucken Backsteinbau mit weißen Fenstern, runden Oberlichtern, wild rankendem Fassadenwein und einer großen gemauerten Dachgaube, die das Gebäude praktisch teilte, sodass es aussah, als wüchse mitten aus einem Langhaus ein zweites, schmales mit einem Spitzgiebel. Der kleine Vorgarten war von einem wellenartigen Lattenzaun eingerahmt.

Schon im Hauseingang begrüßte ihn freudig Bobby, die an seinen Beinen hochsprang, weil sie von ihm getragen werden wollte. Im Wohnzimmer hörte er nicht nur die tremolierende Stimme von Udo Jürgens, sondern auch das windschiefe Gejaule seines Vaters, der lautstark die sehnsüchtige Wirkung griechischen Weins besang. So viel also zu Deep Purple.

Mads verstaute die Einkäufe in der Küche und stieg dann mit Bobby auf dem Arm in den ersten Stock, in seine geräumige Einzimmerwohnung mit angeschlossenem Bad. Er fingerte eine Vinylplatte aus seiner großen Swing- und Jazz-Sammlung, legte sie auf, ließ den Plattenarm vorsichtig sinken und wartete auf die ersten Töne, während die Nadel leise knisterte. Im nächsten Moment trieb Benny Goodmans Musik durch den Raum und flog Sekunden später mit seinen Gedanken zum Fenster hinaus, zurück zum Friedhof und zu dem Jungen mit dem geringelten T-Shirt, den verwuschelten braunen Haaren und den dünnen Beinen. Er fragte sich, warum ihm dieser Junge so bekannt vorgekommen war. Fragte sich, ob er einem Déjà-vu aufgesessen war. Fragte sich, warum dieses Kinderlachen etwas in ihm in Schwingung gebracht hatte. Er lag auf dem Bett, die Hände hinter dem Kopf verschränkt, dachte nach und schlief darüber ein.

Mitten in der Nacht erwachte er aus einem aufwühlenden Traum. Was ihm im Schlaf durch den Kopf gespukt war, wusste er nicht mehr, aber es schien, als ob sich Geräusche von außen in sein Unterbewusstsein geschlichen hätten. Er lauschte angestrengt, ob sich hinter der vorgeblichen Stille nicht noch etwas anderes verbarg, als ein leises Poltern ihn aufschrecken und aus dem Bett springen ließ.

Auf spitzen Zehen schlich er nach unten. Er nahm Geräusche aus der Küche wahr, warf einen Blick durch die offene Tür, hielt inne.

Am Herd sah er seinen Vater stehen.

Im Schlafanzug. Schlafwandelnd.

Mads trat an ihn heran und berührte ihn an der Schulter. Sein Vater drehte sich um, blickte ihn an mit Augen, die nicht fanden, was sie suchten, und nicht wussten, wo sie waren.

»Komm!«, flüsterte Mads.

Er zog Fridtjof am Arm zurück in dessen Schlafzimmer, wo sich sein Vater auf die Bettkante setzte und ihn weiter ansah, ohne ihn zu erkennen.

»Stine?«, fragte er leise.

»Mama schläft«, sagte Mads.

Fridtjof blickte zu Boden. »Das ist gut.«

»Schlaf jetzt auch«, flüsterte Mads.

Sein Vater nickte und legte sich ins Bett.

Mads deckte ihn zu und drehte sich gerade zur Tür, als er ihn murmeln hörte: »Stine? Bist du da?«

Mads setzte sich wieder aufs Bett und nahm seine Hand. Es schien seinen Vater zu beruhigen. Seine Augen schlossen sich, auch wenn sein Gesicht nach wie vor keinen Frieden zeigte. Er streichelte seinen Arm, bis Fridtjof wieder hinabsank in einen tiefen Schlaf und sich seine Züge endlich entspannten.

Der Vollmond trieb seinen Vater oft aus seinen Träumen hinaus in die Einsamkeit seiner Wünsche. Unentwegt spürte er seiner Frau nach, unentwegt war er auf dem Weg zu ihr. Und doch dazu verurteilt, sie niemals zu finden.

Für Mads lag ihr Tod so weit zurück, dass er nicht mehr wusste, wie ihre Stimme geklungen oder ihre Haut gerochen hatte. Oder ob sie Links- oder Rechtshänderin gewesen war. Alles verbarg sich wie hinter einem Schleier gelebten Lebens: schmerzhaft nah und unendlich fern. Erinnerungen waren die Schatten, in denen die Toten weiterlebten. Doch warum waren seine so tief? So undurchdringlich? Warum erinnerte er sich nicht, obwohl das der Kern seines Berufes war?

Fridtjof dagegen war seit zwanzig Jahren im fensterlosen Turm seiner Sehnsüchte gefangen, behangen mit den schillerndsten Souvenirs seiner Liebe zu seiner verstorbenen Frau.

Mads richtete seinem Vater noch einmal das Kopfkissen und schlich zurück in den Flur.

Ein Brummen schreckte ihn auf, gerade als er hochgehen wollte.

Auf dem Tischchen neben der Haustür flammte das Display seines Handys auf. Grünes Licht strahlte giftig gegen die Decke. Das Telefon lag dort zusammen mit seinem Portemonnaie und den Schlüsseln. Offensichtlich hatte er alles nach seinen Einkäufen dort abgelegt und vergessen. Mads nahm es in die Hand, sah die kleine rote Eins auf dem Icon für Textnachrichten.

Öffnete die Mitteilung.

Eine unbekannte Nummer.

Und darunter nur ein einziges Wort:

Schnapp!

5

Gegen sieben Uhr in der Früh klingelte sein Handy, das jetzt wieder auf dem Nachttisch lag. Schlaftrunken nahm er den Anruf an. »Ja?«

Fiete war am anderen Ende der Leitung. »Bist du wach?«

»Nein«, antwortete Mads müde.

»Komm bitte.«

Er hatte es beiläufig gesagt, ohne jede Betonung, aber Mads war von einer Sekunde auf die nächste alarmiert.

»Was ist passiert?«, fragte er erschrocken.

»Patrick ist tot.«

Mads fuhr hoch. Bobby sprang erschrocken vom Bett. Diesen Namen hatte er seit zwanzig Jahren nicht mehr gehört.

»Was?«

»Komm einfach«, antwortete Fiete und legte auf.

Wie viele andere Unternehmen der Region war auch das Beerdigungsinstitut Amelung mit hanseatischer Zurückhaltung in eine Wohngegend eingebunden, sodass man es leicht übersehen konnte zwischen all den Einfamilienhäusern des Stadtteils Engelsby im Osten Flensburgs.

Die Amelungs waren alteingesessene Bestatter, ein Familienbetrieb in fünfter Generation. Angesiedelt in einem schönen, verwinkelten Altbau, in dessen Hinterhof die Garage für die zwei Leichenwagen und ein ziemlich großer, aber geschmackvoller Neubau versteckt lagen. Dort war der zweckmäßige Teil der Geschäftsräume untergebracht: die Kühlkammer, der Aufbahrungsraum, ein Abschiedsraum, das Lager mit angeschlossener Tischlerei, der Ausstellungsbereich mit Särgen, Urnen und Gebinden und der Thanatoraum, in dem die Verstorbenen hergerichtet oder wiederhergestellt wurden, wenn eine offene Aufbahrung oder eine Überführung in ein anderes Land gewünscht waren. Mads mochte diesen Raum mit den gruseligen Stahltischen und Apparaturen nicht, allein der Geruch: der gleiche kalte Hauch des Todes, wie er ihn auch verspürt hatte, als er mal für einen Auftrag der Rechtsmedizin in Kiel einen Besuch abstatten musste.

Vorne im Altbau befanden sich die Empfangs- und Besprechungsräume sowie ein Großraumbüro, über das Fietes Mutter Alva herrschte. Sie war eine große, schöne Frau in den Fünfzigern, der die Zeit offensichtlich nichts anhaben konnte. Eine Erscheinung, für gewöhnlich in grauem Hosenanzug, weißer Bluse und hellblauem Seidenschal. Man konnte nicht anders, als sie zu bewundern.

Fast immer an ihrer Seite: der stille Herr Barnardy, ein hochgeschossener, dünner Mann, der in Alvas Alter sein musste, aber aussah, als wäre er über siebzig. Volles, etwas krauses graues Haar, ein kantiger Schädel und ein enormer Bartwuchs. Er sprach so gut wie nie, erledigte seine Aufgaben gewissenhaft und hatte das Talent, wie aus dem Nichts aufzutauchen und genauso leise wieder zu verschwinden. Ein Gespenst, das Alva vollkommen ergeben war. Woher der stille Herr Barnardy gekommen war, wusste niemand. Vor fast dreißig Jahren hatte er im Institut angefangen und war seitdem nicht mehr wegzudenken. Hatte er Freunde? Ein Leben außerhalb des Instituts? Leidenschaften? Er war allen ein Rätsel.

Anfangs hatte Alva in den oberen beiden Stockwerken gewohnt, dann aber dem stillen Herrn Barnardy die Dachwohnung und Fiete die mittlere Etage überlassen, und war selbst in eine großzügige Eigentumswohnung nahe der See gezogen. Das mittlere Stockwerk stand inzwischen leer, nachdem Fiete vor drei Jahren in eine Wohnung in der Flensburger Innenstadt gewechselt war, die ebenfalls Alva gehörte.

Als Mads ins Großraumbüro des Instituts trat, fand er dort alle Angestellten in ruhiger, konzentrierter Arbeit vor, entweder telefonierend oder am Computer tippend. Fischgrätenparkett, hohe Decken, Stuck und blütenweiße Wände zierten den Raum. Die Schreibtische waren antik, die Bürostühle modern. Alva hatte eine Wand durchbrechen lassen, sodass sie selbst im hintersten Teil des Großraumbüros saß. Der stille Herr Barnardy stand neben seiner Chefin und beugte sich mit ihr über einen Stapel Papiere.

Mads winkte ihr zu, was sie mit einem freundlichen Nicken beantwortete. Dann trat er an Fietes Schreibtisch, der gerade mit einer Kundin am Telefon sprach. Es war eine Kunst, Mitgefühl auszudrücken, ohne salbungsvoll zu klingen. Den Schmerz aufzunehmen, ohne die Natürlichkeit in der Stimme zu verlieren. Verbindlich zu sein und doch die Distanz zu halten.

Mads wartete geduldig, bis Fiete aufgelegt hatte, und fragte dann: »Was ist passiert?«

»Die Polizei hat uns heute Nacht zu einem Verkehrsunfall mit Todesfolge dazugerufen. Auf der Holnisser Noorstraße. Wir haben den Toten abgeholt und in die Rechtsmedizin nach Kiel gefahren.«

»In die Rechtsmedizin? Warum?«, fragte Mads.

»Fahrerflucht. Keine Bremsspuren. Die Polizei geht davon aus, dass der Mann absichtlich überfahren wurde.«

»Und es ist wirklich Patrick Schulze?«

»Laut seinen Papieren: ja.«

Mads setzte sich zu ihm an den Schreibtisch.

Fiete fragte: »Hattet ihr noch Kontakt? Seit damals?«

»Nein.«

»Und plötzlich taucht er hier wieder auf. Nach all den Jahren.«

»Seltsame Sache, das«, sagte Mads.

Vor etwa zwanzig Jahren war Patrick, nachdem sie etwa ein Jahr lang unzertrennliche Freunde gewesen waren, aus Mads' Leben verschwunden. Später hatte Mads Fiete öfter von Patrick erzählt, aber mit den Jahren verblasste Patrick wie die Kreidezeichnung eines Straßenkünstlers. Neue Bilder ersetzten alte, neues Leben vergangenes, bis die Erinnerung an ihn weggewaschen worden war.

»Was ist mit der Beerdigung?«, fragte Mads.

»Wir kümmern uns drum«, antwortete Fiete.

»Wer hat euch beauftragt? Seine Mutter?«

Fiete nickte und reichte ihm einen Post-it-Zettel mit ihrer Adresse. »Ja. Sie lebt in Flensburg.«

Mads las die Adresse eines Seniorenheims, während im Büro mit gedämpften Stimmen telefoniert wurde. Alva ließ sich weiterhin von Herrn Barnardy Vordrucke reichen, die sie in den Computer übertrug.

Fiete beugte sich ein wenig vor und flüsterte verschwörerisch: »Hast du eigentlich meine Nachricht gestern gelesen?«

Mads zückte sein Handy, hielt es Fiete hin und fragte: »Du meinst die hier?«

Eine WhatsApp war auf dem Display zu sehen, von Fiete verschickt. Sie lautete: 😍😍😍

Fiete grinste blöd. »Mein Date.«

»Dreimal Herzaugen?«

»Sie ist was ganz Besonderes. So verrückt. So ver… ver…«

»Verheiratet?«, half Mads.

Fiete zog verärgert die Augenbrauen zusammen. »Nein! Sie ist nicht verheiratet. Verwegen. Ich meinte verwegen.«

»Weiß deine Mutter schon von ihr?«, fragte Mads.

Das kühlte die Begeisterung ab.

Fiete sah zu seiner Mutter und dem stillen Herrn Barnardy, die von ihren Papieren aufgeblickt hatten und ihm jetzt misstrauische Blicke zuwarfen.

Fiete stand auf, schloss sein graues Jackett. »Gehen wir lieber in den Besprechungsraum.«

Sie verließen das Großraumbüro, traten in den Flur und setzten sich in einen von zwei Besprechungsräumen auf der gegenüberliegenden Seite, in dem ein großer antiker Tisch stand, darauf eine Silberschale, eine Karaffe Wasser, Gläser und Kleenex in einem hübsch gemusterten Behälter.

»Also – wie war euer Date?«, fragte Mads.

Fiete strahlte. »Laura ist so … so … anders!«

»Du bist ja verknallt!«

»Und wie.«

»Und sie hat kein Problem mit deinem Beruf?«

»Im Gegenteil. Sie findet das superinteressant.«

Mads runzelte die Stirn. »Sie ist aber keine verrückte Gothic-Braut, die nachts auf dem Friedhof tote Katzen herumschleudert?«

Fiete sah ihn sauer an. »Nein, sie ist ganz zauberhaft.« Er blickte an Mads vorbei zu Tür, als fürchtete er, seine Mutter könnte jeden Moment eintreten. Dann flüsterte er: »Sie ist echt toll!«

Mads flüsterte zurück: »Wirklich?«

»Ja, es ist so aufregend mit ihr«, flüsterte Fiete.

»Warum flüstern wir eigentlich?«, erkundigte sich Mads.

Fiete blickte erneut zur Tür, dann sagte er mit normaler Stimme: »Sie hat mich auf ihrem Motorrad mitgenommen. Sie fährt wie eine Irre. Ich wäre fast gestorben vor Angst, aber ich wollte nicht, dass es aufhört!«

Mads sah ihn erstaunt an. »Du beerdigst solche Typen jeden Tag, Fiete.«

»Ja, ich weiß, aber ich schwöre dir – in diesen Momenten lebst du derart intensiv! Vor allem, wenn du stürzt …«

Mads riss die Augen auf. »Ihr hattet einen Unfall?«

Fiete flüsterte wieder: »Ist nichts passiert. Außer hier …«

Er hob die rechte Schulter ein wenig an und verzog dann das Gesicht. »Ordentlich blau. Aber weißt du was? Als es passiert ist, habe ich überhaupt nichts gemerkt. Es war spektakulär! Sie ist verrückt, und ich bin es auch. Nach ihr!«

Mads nickte. »Es ist nur eine Frage der Zeit, wer dich zuerst umbringt – Laura oder deine Mutter.«

»Sie darf davon nichts erfahren. Du weißt ja, am liebsten wäre es ihr, ich heirate nächste Woche, gründe eine Familie und übernehme das Institut. Ganz seriös.«

»Willst du sie ihr vorstellen?«, fragte Mads.

»Ich weiß nicht. Ich will sie nicht aufregen. Sie gibt gern die Eiskönigin, aber ich weiß, dass sie sich ständig Sorgen um mich macht. Also, bitte – kein Wort zu ihr!«

Mads hob die Finger zum Schwur. »Ich werde schweigen wie ein Grab.«

»Ja, ja, sehr witzig. Willst du Laura mal kennenlernen? Du wirst begeistert von ihr sein!«

»Gern.«

Fiete rieb sich zufrieden die Hände: »Alles klar, bei Gelegenheit arrangiere ich was.«

6

Der Tod war oft nicht nur das Ende eines Lebens, sondern auch der Beginn eines Überlebens. Die Endgültigkeit eines verloschenen Lichts konnte Menschen in eine endlose Nacht stürzen, sie blind, taub und stumm machen. Viele wollten den Verstorbenen folgen, mit ihnen tauschen oder wenigstens die Zeit zurückdrehen, aber um was sie auch baten: Es blieb unerfüllt. Besonders schlimm war es, wenn Kinder starben oder der Schock eines Unfalls Türen für immer verschloss.

Dann begann für die Hinterbliebenen das Überleben.

Aber selbst wenn der Tod erwartet worden war, wenn jemand nach langer, schwerer Krankheit gestorben war, konnten ungelöste Konflikte hochspülen, die der Verstorbene hatte beherrschen oder verheimlichen können, solange er am Leben war. Geheimnisse, die Wahrheiten einrissen, die jahrzehntelang als Lüge aufgebaut worden waren. Nicht der Tod machte Angst, sondern das, was er offenlegte.

Dabei konnten die Reaktionen auf ein Ableben sehr unterschiedlich sein: laut, leise, emotional oder kühl. Zuweilen auch völlig unangemessen, weil Qual die Sinne vernebeln konnte wie ein starkes Medikament. Für Mads war jede Reaktion die richtige, er urteilte nicht, sondern war einfach nur da und ließ den Menschen Raum. Ob sie gebildet oder ungebildet waren, schön oder hässlich, ob sie in luxuriösen Villen oder in prekären Mietwohnungen lebten: Am Ende spielten Erfolg oder Misserfolg keine Rolle, weil der Tod der große Gleichmacher war. Er nahm die einen mit sich und erinnerte die anderen daran, dass es zu spät war, um Worte für Ungesagtes zu finden.

Wie hatte Patricks Mutter auf den Tod ihres einzigen Kindes reagiert? Das Kind, das sie zwar ersehnt, dann aber doch unverhofft geboren hatte, weil sie mit Mitte vierzig nicht mehr darauf zu hoffen gewagt hatte? Sie musste jetzt Mitte siebzig sein, aber seit wann waren die beiden wieder hier? Wann waren sie zurückgekehrt, nachdem sie damals über Nacht verschwunden waren? Was war in der Zwischenzeit geschehen?

So viele Fragen.

Am Nachmittag hatte Mads ein Trauergespräch. Der Verblichene war nach einem langen Leben eines natürlichen Todes gestorben. Eine Frau in ihren Sechzigern öffnete ihm und bot Mads Kaffee aus einer Silberkanne und einen Platz an einem Mahagonitisch an.

Mads schlug einen Notizblock auf, zog einen schönen Füllfederhalter aus dem Jackett und war im Begriff, seine erste Frage zum Verstorbenen zu stellen, als sie ihr Handy zückte und sagte: »Ich habe hier etwas für Sie!«

Sie machte ein paar Wischbewegungen mit dem Zeigefinger und hielt ihm den Bildschirm hin. Mads sah einen älteren, distinguiert wirkenden Mann, offensichtlich ihr Vater, auf einem Stuhl sitzen, die Beine lässig übereinandergeschlagen, die Hände ruhten in seinem Schoß. Offensichtlich befand er sich in seinem Büro, in das von draußen gedämpftes Licht fiel.

Im nächsten Moment begann der Film seines Lebens. Mit ruhiger, klarer Stimme grüßte der Mann und wies jovial darauf hin, dass er es bedauerte, den Zuschauenden nicht mehr persönlich kennenlernen zu können, um mit der rhetorischen Frage anzuschließen, ob dieser vielleicht Lust habe, ihn nun kennenzulernen?

Dann führte seine Stimme als Voiceover durch eine Reihe von Bildern, die seine sämtlichen Verdienste aufzeigten. Er war Vorstand eines großen Unternehmens gewesen. Hatte die Firma gerettet, als es ihr schlecht ging. War in Aufsichtsräte berufen worden. Hatte Ministerpräsidenten, Minister und sogar die Kanzlerin getroffen. War zu einem Empfang des Bundespräsidenten eingeladen worden. Hatte viele Länder bereist, um neue Märkte zu erschließen. Hatte die Ehrendoktorwürde einer renommierten Universität verliehen bekommen. Hatte dieses prächtige Haus gebaut und sowieso ein Faible für alles Schöne. Am Ende verabschiedete er sich mit der vagen Hoffnung, dass man sich ja vielleicht doch noch mal wiederträfe.

Das Bild gefror.

Ein professionell produzierter Film, der alles Private unterschlug. Mads hatte nicht mal etwas über die Familie des Toten erfahren. Über niemanden, nicht einmal über die Tochter, die ihm immer noch das Display vors Gesicht hielt.

»Und Ihre Mutter?«

Sie legte das Handy auf den Tisch. »Ist vor Jahren gestorben. Mein Vater hat ihr einen wunderschönen Grabstein aus italienischem Marmor anfertigen lassen.«

»Haben Sie Geschwister?«, fragte Mads.

Sie schwieg.

»Keine?«

»Nein«, antwortete sie.

Sie log – Mads spürte es. Aber er kannte die Familienverhältnisse nicht, wusste nur, dass es keine Geschwister gab, die vorhatten, an der Beerdigung teilzunehmen. Der Tod des Vaters hatte die Parteien offenkundlich nicht befriedet, die Fronten nicht aufgelöst. Jeder hatte seine Seite gewählt.

Und überlebte.

Sie sagte: »Ich habe mit dem Bestattungsinstitut Amelung vereinbart, dass wir einen QR-Code, der zu diesem Film führt, auf dem Grabstein hinterlegen. So kann jeder, der an seinem Grab vorbeikommt, meinen Vater kennenlernen.«

Es klang beinahe trotzig.

Mads nickte. Es gab seit einiger Zeit die Möglichkeit, Grabstellen interaktiver zu gestalten. Hierzulande wurde davon kaum Gebrauch gemacht, möglicherweise weil der Tod als zu Furcht einflößend empfunden wurde, als dass man ihn mit so etwas herausfordern wollte. Aber in anderen Teilen der Welt wurde bereits experimentiert. Auch mit künstlicher Intelligenz, die irgendwann sogar Gespräche zwischen Lebenden und Toten möglich machen würde.

Da Mads den Film weder lobte noch verurteilte, er schlicht keine Meinung dazu hatte, wandte sie sich ein wenig verlegen ab und starrte schweigend aus dem Fenster in den traumschönen Garten. Irgendwann drehte sie sich um und sagte leise: »Tja.«

Mads nahm es als Zeichen, ihr seinen Fragebogen zuzuschieben, und versprach, den Vater in der Trauerrede nach ihren Wünschen auferstehen zu lassen. Sie wollte den Bogen direkt ausfüllen und bat ihn, einen Moment zu warten. Während sie kurze Stichpunkte notierte, dachte Mads an die anderen Hinterbliebenen. Er hätte gerne deren Version gehört, aber sie bezahlte die Beerdigung, sie entschied.

Den Rest des Tages verbrachte Mads mit seiner Rede über den Unternehmer, die er routiniert zu Papier brachte. Er füllte sie vorsichtig mit Informationen auf, die ein Wikipedia-Eintrag über den Verstorbenen bereithielt. Dort erfuhr er auch, dass der Mann tatsächlich zwei weitere Kinder hatte, zwei Söhne. In seiner Rede sollten sie unerwähnt bleiben. Eine Stunde lang feilte er an einer Formulierung, die mögliche Geschwister andeutete, sie aber nicht explizit erwähnte. Mads hasste es, wenn Trauerfeiern zum Austragen von Familienzwistigkeiten missbraucht wurden.

Der Text geriet also wie die Arbeit daran recht freudlos, und so schweiften seine Gedanken immer wieder ab, fort zu Patrick. Wie hatte sein Gesicht ausgesehen? Das Bild in seinem Kopf war verschwommen. Im Moment war da nur die Erinnerung an ein Gefühl – dass sie füreinander da gewesen waren. Hatte das nicht mehr Bilder verdient? Anekdoten? Wieder so eine Leerstelle in seinem Kopf. War er nicht auch deswegen Trauerredner geworden, um Licht in die Dunkelheit eines Abschiedes zu bringen?

Am späten Nachmittag schloss Mads seinen Laptop und machte sich bereit für eine große Hunderunde mit Bobby. Er nahm Schlüssel und Handy in die Hand, betrachtete das Display. Er musste an die SMS aus der vergangenen Nacht denken, rief sie auf und starrte auf die merkwürdige Nachricht: *Schnapp!* Was sollte das bedeuten? War es nun eine geheime Botschaft oder doch nur ein harmloser Irrläufer?

Mads tippte mit dem Zeigefinger auf die Nummer, die unter dem Bullauge mit dem grauen Motivbild eines anonymen Anrufers stand. Ein neues Fenster öffnete sich, darauf die Option: *Anrufen*. Einen Moment zögerte er, dann wählte er die Nummer und hörte nach einem leisen Knacken ein Freizeichen.

Zweimal tutete das Freizeichen, dann nahm jemand ab. Mads lauschte. Er konnte Außengeräusche hören. Wer immer abgehoben hatte, sprach kein Wort.

»Hallo?«, fragte Mads.

Keine Antwort.

»Hallo?«, wiederholte Mads ein wenig energischer.

Keine Antwort.

Nur ein leises Atmen, ein vorbeifahrendes Auto.

Dann plötzlich war da wieder Patrick in seinem Kopf. Als hätte sich ihm eine Tür in die Vergangenheit geöffnet, nur einen winzigen Spalt, gerade genug, um wieder das Kindergelächter auf dem Friedhof zu hören. Dieser Junge musste Patrick gewesen sein: Ringelshirt, Wuschelkopf, staksige Beine.

»Patrick?«, fragte Mads leise.

Patrick war tot, aber er hatte seinen Namen ausgesprochen, bevor es ihm sein Verstand verbieten konnte.

Keine Antwort.

Ein Auto hupte – dann wurde aufgelegt.

Mads sah überrascht auf. Er hatte das Hupen doppelt gehört: durchs Telefon und draußen auf der Collenburger Straße! Rasch eilte er ans Fenster und schaute hinab.

Ein Mann starrte zu ihm hinauf.

Groß, schütteres, dunkles Haar, verbeultes Gesicht, ein forschendes rechtes und ein unbewegliches linkes Auge. Ein muskulöser Kerl mit dem Kopf einer Futterrübe und dem Charme von rohem Hack. Jemand, den man instinktiv fürchtete. Feindselig. Mitleidlos.

Sie sahen einander an, bis Mads schließlich den Blick abwenden musste.

Er rief Bobby, die ihm um die Beine sprang, und verließ zwei Minuten später das Haus. Sein erster Blick ging zum Bürgersteig gegenüber, aber da war niemand mehr. Der Mann war verschwunden.

Als hätte es ihn nie gegeben.

7

Am nächsten Morgen, einem Sonntag, fuhr Mads in die Flensburger Südstadt. Unweit eines Gewerbegebiets hielt er vor der Seniorenresidenz Rosenpark, bei der er sich immer gefragt hatte, wer dem schmucklosen Siebzigerjahrebau wohl den Namen gegeben hatte, denn es gab weit und breit weder Rosen noch einen Park. Vielmehr lag das Gebäude um etwa fünfzig Meter nach hinten versetzt an einer Hauptstraße, die genauso trist war wie das Heim selbst.

Am Empfang ließ er sich die Zimmernummer von Frau Schulze geben und fuhr mit einem rumpelnden, uralten Aufzug hinauf in den dritten Stock. Er trat in einen dunklen Flur, der sich wie die Arme des Gekreuzigten nach links und rechts ausstreckte. Er ging nach rechts, vorbei an kahlen grauen Wänden und trostlosen braunen Türen, an die Zahlen aus Messing geschraubt waren. Seine Schritte quietschten auf dem Linoleumboden. Im Vorbeigehen las er die Nummern und fragte sich, welche Menschen sich dahinter wohl verbargen. Welche Leben dort auf ein paar Quadratmetern langsam zu Ende gingen. Dieses Heim war ein Wabenbau der Tristesse, in dem sich die Türen nur noch zu den Mahlzeiten öffneten, für die Pfleger, die Verwandten, wenn sie denn mal Zeit hatten. Oder für den Tod, der immer Zeit hatte.

Mads erreichte die Nummer 335, klopfte und wurde hereingebeten.

In einem Sessel saß eine sehr dünne Frau, die Mads, obwohl sie erschreckend gealtert war, sofort wiedererkannte: Patricks Mutter. Sie wandte den Blick vom Fernseher ab, der stumm im Zimmer flackerte, und sah ihn ohne große Überraschung an.

Im Gegensatz zu Mads machten sich die meisten jungen Menschen selten Gedanken darüber, was vom eigenen Leben übrig bleiben würde. Was man auf seinem Weg von der Wiege bis zur Bahre erwerben, verkaufen, verschenken oder finden würde. Dinge kamen, verschwanden, gingen zu Bruch, wurden ersetzt. Das, was von Frau Schulzes Leben noch übrig war, war zusammengepfercht auf etwa zwölf Quadratmetern: ein morscher Kleiderschrank, ein altes Bett, eine staubige Vitrine. Dazu zwei Stühle, der Sessel, ein Tisch und der Fernseher.

Sie lächelte zaghaft. Die Augen betäubt vom Schmerz, leer. »Kennen Sie mich noch?«, fragte Mads freundlich.

Frau Schulze stutzte. Sie kniff ein wenig die Lider zusammen, furchte die Stirn, dann fragte sie erstaunt: »Mads?«

»Ja.«

Sie rappelte sich aus ihrem Sessel auf. »Du meine Güte, der kleine Mads.«

Sie gaben einander die Hände.

»Dass ich dich noch einmal wiedersehe«, sagte sie. »Und wie elegant du bist!«, rief sie. »Als ich jung war, trugen die Männer auch so etwas.«

Sie bewunderte seinen Anzug und die Weste darunter, das Hemd mit der lockeren Krawatte: alles in harmonischen Tönen aufeinander abgestimmt. Dazu trug er passende Three-Tones.

Mads lächelte. »So alt sind Sie nun wirklich nicht, Frau Schulze.«

Sie lachte hell auf. Dann nickte sie ihm munter zu. »Möchtest du vielleicht einen Tee?«

Ohne auf seine Antwort zu warten, war sie mit einem Schritt an ihre Vitrine herangetreten, hinter deren gläsernen Türen Mads allerlei Teller und Tassen sah, darunter auch ein Teeservice mit bauchiger, verschnörkelt bemalter Kanne, dazu vier Tassen und Untertassen in derselben Aufmachung.

»Nein, vielen Dank, Frau Schulze«, sagte Mads. »Machen Sie sich keine Umstände.«

Einen Moment stand sie unschlüssig da, die Teekanne in den Händen.

»Das macht doch keine Umstände.«

»Das ist lieb! Aber … Aber ich mag keinen Tee.«

Ihr Blick ging plötzlich ins Leere. »Patrick wollte auch keinen. Das letzte Mal, als er hier war.«

Gedankenverloren stellte sie die Kanne zurück in den Schrank. »Der kleine Mads …«, sagte sie mit einem kleinen Seufzer. Dann wies sie auf einen der Stühle. »Aber setz dich doch!«

Mads nahm Platz.

»Schrecklich, was passiert ist. Ich habe es von Fiete gehört. Fiete Amelung, der Bestatter. Er ist ein Freund von mir.«

Frau Schulze betrachtete ihre Hände. »Die Polizei war gestern hier. Sie hatte viele Fragen.«

Mads zögerte, denn auch er hatte Fragen, aber er sah ihrem Gesicht an, dass sie müde war. Die meisten Menschen in ihrer Situation hatten nur eine einzige Frage, die aber selten Gehör fand: Warum lasst ihr mich nicht einfach in Ruhe?

»Wie geht es dir?«, fragte sie, wie um das Thema zu wechseln.

»Ganz gut, Frau Schulze.«

»Und was machst du so?«

»Ich bin Trauerredner.«

Sie schien ehrlich erstaunt. »Wirklich, Trauerredner?«

»Ja.«

»Wie sonderbar«, sagte sie nachdenklich. »Es hat auf einem Friedhof begonnen. Es endet auf einem Friedhof.«

Mads runzelte die Stirn. »Wie meinen Sie das?«

»Patrick und du. Ihr habt euch auf dem Glücksburger Friedhof kennengelernt. Weißt du das nicht mehr?«

Mads schüttelte den Kopf. »Nein.«

»Na ja, ist lange her. Beinahe zwanzig Jahre. Und ihr wart Kinder. Gerade mal acht Jahre. In dem Alter entdeckt man ständig etwas Neues. Jeder Tag ist voller Abenteuer.«

Sie schwiegen.

Dann sagte sie versonnen: »Patrick hat oft von dir gesprochen.«

Frau Schulzes Blick ging wieder ins Leere. Sie suchte nach tröstenden Erinnerungen, war so weit weg, dass Mads das Gefühl hatte, allein im Raum zu sein.

Mads räusperte sich und fragte: »Warum sind Sie damals eigentlich so plötzlich weggezogen? Von einem Tag auf den anderen.«

Sie räusperte sich. »Das weißt du auch nicht mehr?«

Mads schüttelte erneut den Kopf. »Keiner hat mir etwas gesagt. Ich hatte keine Telefonnummer, keine Adresse, nichts!« Er hatte lauter gesprochen als beabsichtigt, sein Herz pochte heftig. Dann atmete er tief ein und anschließend den aufgekommenen Ärger wieder aus. Es ging hier um Frau Schulze, nicht um ihn.

»An was erinnerst du dich denn?«, fragte Frau Schulze nach einer Weile.

»Dass Patrick mein Freund war.«

»Eine schöne Erinnerung.«

»Ja.«

Sie lächelte plötzlich. »Reicht das denn nicht?«

Mads Mund wurde zu einem schmalen Strich, aber er war zu höflich, um zu widersprechen. Sie legte ihm ihre schmale Hand auf den Arm und sagte ruhig: »Wenn du einmal so alt bist wie ich, dann wirst du feststellen, dass eine schöne Erinnerung das Paradies ist, aus dem dich keiner vertreiben kann.«

Mads lächelte: Jean Paul. Er hatte das Zitat oft in seinen Reden verwendet. Offenkundig wollte Frau Schulze weder über die Gründe sprechen, warum sie damals so überstürzt die Stadt verlassen hatten, noch sonst etwas von Patrick erzählen. Mads verstand es sogar. Er erhob sich von seinem Stuhl. »Wenn Sie erlauben, dann schau ich ein anderes Mal wieder rein.«

Auch sie stand auf. »Gern.«

Er war bereits im Begriff, sich abzuwenden, als er wie beiläufig fragte: »Kennen Sie eventuell noch andere Freunde von Patrick?

Ich meine Freunde, mit denen er in den letzten Jahren Kontakt hatte?«

»Ja, Timo Horlacher – der war sein Freund«, antwortete sie, dann hielt sie inne und sah ihn überrumpelt an. Sie hatte es offenkundig nicht verraten wollen, aber nach zwei Wimpernschlägen lächelte sie ihm nachgiebig zu: Schlauberger.

Dann gab sie ihm die Hand.

Sie war kalt.

8

Mads hatte Glück. Online fand er nur eine Familie Horlacher, die in Flensburg lebte. Er fuhr zur angegebenen Adresse in der Nikolaus-Matthiesen-Straße. Dort parkte er und betrachtete das seelenlose, kastenartige Mietsgebäude mit der kleinen, ungepflegten Grünparzelle vor der Tür – kein schöner Ort, um nach Hause zu kommen, fand er.

Er suchte das Klingelschild mit dem richtigen Namen und schellte. Mit einem Summen sprang die Tür auf. Im zweiten Stock öffnete ihm ein etwa sechzigjähriger Mann mit beeindruckendem Bierbauch und Walrossschnauzer die Tür.

»Wohnt hier Timo Horlacher?«, fragte Mads unsicher.

Das Gesicht des Mannes bekam einen lauernden Ausdruck. »Das ist mein Sohn. Was wollen Sie von ihm?«

»Ich würde gerne mit ihm sprechen.«

»Worüber?«

»Über Patrick Schulze.«

Herr Horlacher starrte ihn an. Mads hatte keinerlei Schwierigkeiten, seinen Blick zu lesen: Das würde ein unfreundliches Gespräch werden.

»Da gibt's nichts mehr zu sprechen. Patrick ist tot. Und das ist auch gut so.«

Mads brauchte ein paar Sekunden, um die ruppige Antwort zu verarbeiten. Dann fragte er: »Was soll daran gut sein?«

Herr Horlacher schnaubte verächtlich. »Patrick Schulze gehörte zu der Art Mensch, die andere ins Unglück stürzt. Verstehen Sie jetzt?«

»Ehrlich gesagt: nein …«, antwortete Mads.

Herr Horlacher tat einen Schritt vor die Wohnungstür, sodass Mads unwillkürlich zurückwich.

»Mein Sohn war einmal ein guter Junge, nur durch Patrick ist er auf die schiefe Bahn geraten. Er hat Timo eingeredet, dass der leichteste Weg immer der richtige ist, selbst wenn es schmutzig wird.«

»Tut mir leid, das zu hören, aber …«

»Kein Aber!«, rief Herr Horlacher laut.

Seine Stimme hallte durch das leere Treppenhaus.

»Ich will keinen Streit, Herr Horlacher«, begann Mads versöhnlich. »Ich möchte nur verstehen, wer Patrick Schulze war. Das ist alles.«

»Hab ich Ihnen gerade gesagt!«, polterte Herr Horlacher.

»Klar, aber ich würde gerne auch die Meinung Ihres Sohns hören. Schließlich waren die beiden Freunde.«

»Waren. Ganz genau. Timo hat meiner Frau schon vor Monaten gesagt, dass er nie wieder etwas mit Patrick zu tun haben will. Ich wünschte, er wäre früher zu der Erkenntnis gekommen.«

»Bitte helfen Sie mir«, antwortete Mads und versuchte es mit einer kleinen Notlüge: »Ich habe es seiner Mutter versprochen.«

Herr Horlacher zuckte mit den Schultern. »Was geht mich das an?«

»Sie hat es sehr schwer«, sagte Mads.

»Da ist sie nicht die Einzige.«

Mads überlegte, ob er gehen sollte, aber dann wagte er einen letzten Versuch.

»Ich würde wirklich gern mit Ihrem Sohn sprechen. Wohnt er hier?«

Herr Horlacher zögerte. Schließlich seufzte er und sagte: »Ich weiß nicht, wo Timo ist. Ich habe ihn seit Jahren nicht gesehen. Wir reden nicht mehr miteinander. Meine Frau telefoniert ab und zu mit ihm. Sie denkt, ich weiß es nicht, aber ich weiß es.«

Mads nickte verständnisvoll. Er wollte sich bereits zum Gehen wenden, als Herr Horlacher die Hand hob.

»Warten Sie einen Moment …«, murmelte er und atmete tief durch. Dann sagte er: »Er war früher viel in der Bärenhöhle, der Kneipe da unten am Hafen. Vielleicht versuchen Sie es da mal.«

Mads reichte ihm die Hand. »Vielen Dank.«

Erneut zögerte Herr Horlacher, dann aber schlug er ein, öffnete den Mund, als ob er etwas sagen wollte, schloss ihn wieder.

»Soll ich Timo etwas ausrichten?«, fragte Mads.

Herr Horlacher schluckte, wandte sich schnell um und schloss die Tür.

9

Von den späten Herbsttagen an bis ins Frühjahr hinein versank Glücksburg an Sonntagen im Rührteig kleinstädtischer Melancholie. Schnöde verlassen von neugierigen Touristen, schien nichts mehr los in der Stadt. Die Geschäfte waren geschlossen, die Straßen verwaist, der Verkehr auf der Durchgangsstraße träge. Man zog sich zurück ins Private, wärmte sich am Kaminfeuer bürgerlicher Heimeligkeit, servierte Kaffee und Kuchen und hielt sich schadlos an dem Tag, der einem half, die vorangegangene Woche zu verdauen.

Sein Vater war nicht zu Hause, als Mads von Herrn Horlacher zurückkehrte, denn Fridtjof hatte ein streng geregeltes Sonntagsprogramm, das ihn erst zum Friedhof, dann zum Fußballplatz führte. Kehrte er zurück, sah er Sport im Fernsehen, bis zu den Acht-Uhr-Nachrichten. Anschließend schaltete er wieder auf den Sportkanal, um Wettkämpfe in Disziplinen zu verfolgen, die sich sonst niemand ansah.

Mads schnappte sich seinen Computer und suchte im Netz nach weiteren Informationen über Patrick.

In der Regionalzeitung gab es einen Artikel über den Unfall, der zu seinem Tod geführt hatte. Mads las ihn aufmerksam, konnte ihm aber nichts Neues entnehmen. Er fragte sich, woher Herr Horlacher eigentlich wusste, dass Patrick tot war. Im Artikel war nur von einem »Patrick S.« die Rede. Hatte die Polizei bei ihm angerufen und ebenfalls nach Timo gefragt?

In den sozialen Medien war Patrick nicht vertreten, die großen Suchmaschinen spuckten zwar eine ganze Menge zu diversen Patrick Schulzes aus, aber zum richtigen fand er nichts.

Dann versuchte er es mit Timo Horlacher. Es gab ein halbes Dutzend Treffer auf Instagram, aber nur einer davon schien vom Alter her zu Patrick zu passen. Mads besah sich die wenigen Fotos, die hochgeladen waren. Eine Autowerkstatt war dort zu sehen, ein paar nicht zuzuordnende Städtebilder und nichtssagende Landschaftsaufnahmen. Der letzte Upload war bereits mehrere Jahre her.

Und plötzlich war da Patrick.

Mads erkannte ihn sofort. Das war eindeutig Patrick da auf dem letzten Foto auf der Seite! Zusammen mit Timo und einer jungen Frau. Ein Selfie. Alle drei grinsten in die Kamera des Handys, das offenbar die Frau hochgehalten hatte. Es war vor gut vier Jahren gepostet worden. Offenbar ein Bild aus glücklichen Tagen. Was ihn so sicher machte, konnte Mads gar nicht sagen. Aber irgendwas in dem Lächeln des Mannes war ihm auf Anhieb vertraut. Kurz blitzte das Bild des Jungen vom Friedhof vor seinem inneren Auge auf.

Das Mädchen war markiert worden: Ihr Name war Jessica Berghain. Dunkle Haare, Lippen- und Nasenpiercing, Tattoos, blasse Haut, braune Augen. Er klickte auf den Link und gelangte auf ihren Account. Sie hatte jede Menge Fotos hochgeladen. Im Gegensatz zu Timo nutzte sie das Medium offensichtlich regelmäßig. Sie hatte sich im letzten Jahr verändert: Die Gothic-Braut trug plötzlich Designergarderobe statt Secondhand.

Mads klickte auf *Nachricht senden* und schrieb:

Liebe Jessica, wir kennen uns nicht, haben aber einen gemeinsamen Freund: Patrick Schulze. Ich habe vor vielen Jahren den Kontakt zu ihm verloren, daher wollte ich fragen: Kannst du mir ein bisschen was über ihn erzählen? Ihr wart doch Freunde?
LG
Mads

Danach durchsuchte er die Kommentare unter ihren Bildern, fand dort aber keinerlei Hinweise auf Patrick. Es blieb bei diesem einen Foto. Mehr gab es nicht.

Es klopfte an seine Tür, sein Vater steckte den Kopf hinein. »Wollen wir was fernsehen?«

»Was läuft denn?«

»Synchronschwimmen.«

Fridtjof sah an Mads' Miene, was der von der Idee hielt, und erklärte: »Faszinierender Sport, wenn man sich erst einmal damit beschäftigt …«

»Lieber einen Esther-Williams-Film«, schlug Mads vor.

»Die haben wir alle schon gesehen!«

»Dann nicht.«

Fridtjof wirkte verstimmt.

»Wollen wir was spielen?«, fragte er plötzlich lebhaft.

Vor ein paar Monaten hatte sich Fridtjof eine Marschtrommel gekauft und Mads verkündet, dass er mit ihm eine Band gründen wollte. In schöner Regelmäßigkeit ploppten in Fridtjofs Kopf Eingebungen auf, die erst Begeisterung auslösten und dann von alleine wieder verblassten. Der Gedanke an eine eigene Kapelle aber hatte ihn nicht losgelassen, sodass er tatsächlich begonnen hatte, sich ein paar Grundkenntnisse draufzuschaffen. Mads spielte seit mehreren Jahren Jazzgitarre und sang, Fiete zupfte Kontrabass, sodass sie in unregelmäßigen Abständen im Keller jammten. Natürlich gab Fridtjof die Kommandos, der von Musik zwar wenig verstand, aber nicht müde wurde, den beiden anderen zu erklären, was sie falsch machten.

»Ohne Fiete macht es keinen Spaß«, gab Mads zurück.

»Natürlich macht das Spaß!«, beharrte Fridtjof.

»Gute Nacht!«, antwortete Mads und grinste.

Fridtjof presste verdrossen die Lippen aufeinander. Dann seufzte er theatralisch und schloss die Tür. »Gute Nacht, mein Junge!«

Mads hörte ihn nicht die Treppe hinuntergehen.

»Was noch?«, rief er.

»Morgen ist Bingo!«, drang es durch die Tür. »Nicht vergessen!«

»Wie könnte ich das vergessen?«, antwortete Mads sarkastisch. Noch so eine Marotte, von der er hoffte, Fridtjof würde sie bald wieder ablegen.

Er stand auf und trat ans Fenster. Draußen war es dunkel, die Straße leer, die Scheiben der Nachbarn waren erleuchtet. Die meisten warteten auf die *Tagesschau*, den *Tatort* und den Montag, der bereits träge aus dem Osten heranrollte.

Dann wandte sich Mads wieder seinem Laptop zu. Er rief den Screenshot auf, den er von dem Bild mit Jessica, Timo und Patrick gemacht hatte, und lud ihn in ein Programm, auf das er vor Kurzem gestoßen war. Eine Weile hatte er mit dem Gedanken gespielt, es für die Arbeit zu nutzen, die Idee dann aber wieder verworfen: Das Programm konnte mittels künstlicher Intelligenz Fotografien zum Leben erwecken. Sicherlich konnte es ungeheuerlich tröstlich sein, einen verlorenen Menschen wieder lebendig zu sehen, aber auch so schmerzhaft, dass Mads dafür nicht die Verantwortung übernehmen wollte. Die Wucht frisch aufgerissener Trauer zerriss oft das zarte Netz mühsam gewebter Verdrängung.

Er drückte auf *Return* und sah die drei Freunde auf dem Schnappschuss, wie sie plötzlich die Köpfe bewegten, wie sie mal in die eine, mal in die andere Richtung blickten, wie sie plötzlich lachten oder den Mund öffneten und wie der Raum hinter ihnen eine solche Tiefe erlangte, dass man das Gefühl hatte, sie würden gleich aus dem Bild treten.

Und doch war es nur eine computergenerierte Täuschung.

Mads konzentrierte sich auf den dünnen, blassen Mann, der ihn plötzlich anblickte und lächelte. Und da war ihm, als risse ein Sturm eine Tür in die Vergangenheit auf! Wirbel packten und trugen ihn in eine Zeit zurück, als seine Welt in Trümmern lag.

10

Mit acht Jahren entdeckte Mads die verwirrende Vielfalt der Farbe Schwarz. Der Himmel war schwarz, obwohl die Sonne schien. Die Erde war schwarz, obwohl es blühte und grünte. Selbst die Menschen waren schwarz: Anzüge, Hemden, Blusen, Schuhe, Hüte. Überall war Schwarz. Ihr Haus war zu einem Rabenverschlag geworden, in dem alle auf Zehenspitzen umherwanderten, weinten oder in düsteres Grübeln verfallen waren.

Schwarz war Stille. Niemand sprach, und wenn doch, dann nur flüsternd, wobei man sich vorher mit einem schnellen Blick versicherte, dass das Kind nicht in der Nähe war. Schwarz war Einsamkeit, weil jeder für sich war mit seiner Trauer. Vor allem ein Achtjähriger. Andere Kinder gab es nicht mehr, sie waren fort – wie seine Mama, sosehr er auch nach ihr suchte. Und als er seine große Schwester Famke nach ihr fragte, brach sie in Tränen aus, hob ihn auf den Arm und drückte ihn an sich.

Sein Papa saß während der ganzen Zeit am Küchentisch und war verstummt. Famke und sein großer Bruder waren aus Berlin und Hamburg angereist, wo sie studierten. Mads hatte gehofft, dass sie mit ihm spielen würden, aber das hatten sie nicht getan, wie sie ihm auch nicht erklärt hatten, wo Mama jetzt war.

Am Tag der Beerdigung waren so viele schwarze Menschen auf dem Friedhof, dass die Trauerhalle überfüllt war und die meisten draußen stehen mussten. Ein Mann war vorgetreten und hielt eine Rede auf seine Mama. Mads war ganz fasziniert, nicht nur, weil er so eine schöne Stimme hatte, sondern auch, weil ihm alle andächtig zuhörten. Woher kannte er Mama? Mads hätte es gerne gefragt, aber es gab keine Gelegenheit dafür.

Danach folgten sie dem Sarg zu dem Platz unter der Trauerbuche, wo er in die Erde hinabgelassen wurde. Wieder sprach der Mann mit der schönen Stimme. Alle weinten, und deswegen weinte Mads auch.

Da entdeckte er einen Jungen mit kurzen Hosen, staksigen Beinen, braunem Wuschelhaar und geringeltem Shirt, der vielleicht dreißig Meter entfernt stand. Er war der Einzige, der nicht schwarz gekleidet war. Für einen Moment sahen sie einander in die Augen.

Plötzlich schnitt dieser Junge eine Grimasse.

Mads runzelte die Stirn, blickte zu den Erwachsenen hinauf, die aber weder ihn noch den Jungen beachteten. Er wandte sich erneut dem Jungen zu, der, kaum dass sich ihre Blicke wieder trafen, die nächste Grimasse schnitt. Es sah lustig aus, und Mads musste grinsen. Der Junge grinste auch, sprang plötzlich hinter einen Grabstein und war sekundenlang verschwunden. Dann tauchte er wieder auf, nur mit dem Kopf, machte seine Grimasse, tauchte ab, kam zurück mit einem normalen Gesicht, verschwand, tauchte wieder auf mit einer neuen Grimasse.

Mads gluckste vor Vergnügen, sodass Famke auf ihn aufmerksam wurde. Sie stieß ihn behutsam an, und für eine Weile vermied es Mads, zu dem Grabstein zu schauen. Schließlich aber konnte er nicht widerstehen, wandte sich um und sah den Jungen wieder hochschießen. Er tat, als ginge er eine Treppe hinunter und verschwand hinter dem Stein. Das war so komisch, dass Mads laut kichern musste. Jetzt sahen die ganzen Raben aus der ersten Reihe mit ihren blassen, ernsten Gesichtern zu ihm herab. Sie fühlten sich von seinem Benehmen gestört.

Mads aber lernte an diesem Tag, dass Schwarz auch lustig sein konnte.

Später kamen viele der Beerdigungsgäste zu ihnen nach Hause in die Collenburger Straße, drängten sich Schulter an Schulter durch die Zimmer, nahmen sich Essen vom Büfett in der Küche und begannen schließlich, Bier und Schnaps zu trinken, was die

Stimmung löste und den Lärmpegel ansteigen ließ. Mads irrte zwischen den Beinen umher, konnte Famke nicht finden, sah seinen Vater zusammengesunken auf einem Stuhl sitzen und Krischan in einem Gespräch mit dem Nachbarn. Da beschloss er, sich einfach davonzustehlen.

Er lief aus dem Haus und kehrte zum Friedhof zurück, wo er auf den lustigen Jungen zu treffen hoffte. Eine Weile umrundete er die Gräber, bis er endlich vor der Trauerhalle auf ihn stieß.

In der Halle putzte eine Frau den Boden und summte dabei einen Schlager. Der Junge sah Mads ausdruckslos an, als hätte er ohnehin erwartet, dass er wieder auftauchen würde, und rief dann der Frau in der Halle zu: »Sie haben eine schöne Stimme, meine Dame!«

Die Frau blickte auf, grinste. »Danke schön, mein Herr.«

»So sauber und melodisch …«

Die Frau lächelte, auch wenn sie zu ahnen schien, dass eine Pointe folgen würde.

»… wie das Knattern eines Düsenjets!«

Die Frau richtete sich grinsend auf, zielte mit dem Wischmopp auf ihn und machte ein paar Schritte auf ihn zu: »Komm doch mal näher, ich glaube, ich sehe da was, was auch nicht besonders sauber ist.«

Kreischend lief der Junge davon, gefolgt von Mads, der die Einladung zum Spiel nur allzu gern annahm.

»Bin gleich fertig, dann fahren wir nach Hause, ja?«, rief die Frau dem Jungen hinterher.

Irgendwann blieb der Junge stehen und wandte sich Mads zu. »Wer ist da eben beerdigt worden?«

»Meine Mama«, entgegnete Mads betont sachlich.

»War sie krank?«

Mads schüttelte den Kopf.

»Was ist passiert?«

»Ein Unfall«, gab Mads zurück. Tatsächlich wiederholte er nur das, was die Großen ihm gesagt hatten. Ein Unfall.

»Das tut mir leid«, sagte der Junge.
Mads wusste nichts zu entgegnen.
Der Junge hielt ihm die Hand hin. »Ich bin Patrick.«
Mads nahm sie. »Ich bin Mads.«
»Wollen wir Freunde sein?«, fragte Patrick.
Mads lächelte und nickte. »Ja.«
Sie schüttelten die Hände und besiegelten damit den Pakt.
Von diesem Augenblick an waren sie beste Freunde.

11

Patrick und Mads gingen beide auf die Grundschule in Glücksburg, waren aber nie aufeinander aufmerksam geworden. Sie waren zwar gleich alt, aber Patrick war ein Jahr später eingeschult worden.

»Bin ein bisschen doof«, kommentierte er es mit einem Schulterzucken.

»Quatsch!«, protestierte Mads. »Du bist doch nicht doof!«

»Hm, dann bist du wohl auch ein bisschen doof, wenn du das nicht merkst«, antwortete Patrick, und sie brachen beide in Gelächter aus.

Tatsächlich war Patrick alles andere als doof, wenn es in der Schule auch kaum jemanden gab, der es nicht von ihm behauptete. Er ließ sich nur nicht gerne etwas sagen, legte sich mit anderen an. Seine schulischen Leistungen waren dürftig, und so hatte es nicht lange gedauert, bis seine Mitschüler ihn für doof erklärten und deren Eltern seine Mutter für überfordert. Dabei war Patrick vor allem eins: einsam. Mads war sein erster Freund. Und für den wurde es eine aufregende Zeit. Patrick dachte sich täglich neue Streiche aus, die nicht nur die Lehrer verzweifeln ließen, sondern auch seine Mitschüler.

Er schnitt Ohrstäbchen in zwei Teile, verschmolz die losen Enden unter der Stichflamme eines Feuerzeugs mit Nähnadeln und stellte auf diese Weise ein ganzes Arsenal kleiner Pfeile her. Jetzt musste man nur noch einen Kugelschreiber von seiner Mine befreien, schon konnte man ihn mit gemeinen kleinen Torpedos befüllen und diese mit einem kräftigen Pusten auf die Reise schicken. Die Nadelspitzen drangen nicht tief in die Haut, piekstén aber ziemlich. Außerdem war Patrick ausgesprochen gut darin, sich Spitznamen und Spottlieder auszudenken. In den Pausen schmetterten Mads und er sie fröhlich durch die Gänge, wenn sie gerade nicht damit beschäftigt waren, jemanden irgendwo einzuschließen oder ihm im Vorbeigehen eine über den Hinterkopf zu wischen.

Ärger bekam Mads nie, nur Patrick. Für Mads hatte man Verständnis, dass er nach dem Verlust seiner Mutter eine schwierige Phase durchmachte. Fridtjof war ihm in dieser Zeit kein Rückhalt. Der Tod seiner Frau hatte ihn bis ins Mark getroffen, und der Welt begegnete er nur noch mit Schweigen und Teilnahmslosigkeit. Zwar kam er den wichtigsten Fürsorgepflichten nach – er weckte Mads am Morgen, bereitete mechanisch die Mahlzeiten zu, die sie gemeinsam einnahmen –, aber alles darüber hinaus geriet ihm aus dem Blick. Hausaufgabenkontrolle, Elternsprechtage, gemeinsame Unternehmungen versanken in den kalten Nebeln seiner Trauer.

Patrick war in einer ähnlichen Situation wie Mads, wenn auch aus anderen Gründen. Seine Mutter war gezwungen, jeden Tag bis spätabends zu arbeiten, um sie beide über Wasser zu halten. Auch samstags putzte sie und half in anderer Leute Haushalt. Und so war Patrick ebenso wie Mads nach der Schule auf sich gestellt.

Die beiden wurden unzertrennlich.

Glücksburg stellte sich mit seinen ruhigen Stadtstraßen, dem Schloss samt Teich, den umliegenden Wäldern und der nahen Ostsee als großer Abenteuerspielplatz heraus. Ihre Freundschaft half, mit dem umzugehen, was sie beide schwer belastete: dem Verlust eines Elternteils. Patrick vermied es, über seinen Vater zu sprechen, aber eines Tages traute Mads sich doch zu fragen.

»Was ist denn mit deinem Vater?«

Sie waren an der Förde und warfen Steine ins Wasser.

Patrick zuckte mit den Schultern. »Ich weiß nicht.«

Mads sah ihn verwundert an. »Wieso weißt du das nicht?«

»Er ist gestorben.«

»Wirklich?«, fragte Mads überrascht.

»Hat Mama gesagt.«

»War es ein Unfall?«

Patrick zuckte erneut die Schultern und schwieg.

»Liegt er bei uns auf dem Friedhof?«, fragte Mads.

»Weiß nicht«, antwortete Patrick mit belegter Stimme.

Mads sah, dass seine Fragen Patrick so zusetzten, dass sich seine Mundwinkel nach unten verzogen. »Dann sind wir beide Waisen«, stellte Mads fest.

»Was ist eine Waise?«, fragte Patrick.

»Wir«, antwortete Mads.

Er legte seinen Arm um Patricks Schultern, und der tat es ihm gleich. Sie standen da und blickten auf die See. Und beide hatten das Gefühl, nicht mehr allein zu sein.

Über Wochen und Monate verfestigte sich ihr Band, und je mehr sie von anderen gemieden wurden, desto näher rückten sie zusammen. Ihre Freundschaft hätte vielleicht ewig gewährt, wenn da nicht Finn gewesen wäre, ein Angeber, dessen Eltern reich waren und der sich deswegen viele teure Dinge leisten konnte. Die zeigte Finn nicht nur gerne her, sondern er vergaß dabei auch nie zu erwähnen, dass Mads und Patrick sich so etwas nie würden leisten können, weil sie nur arme Schlucker in Aldi-Klamotten wären, die später an der Tankstelle arbeiten würden. Oder als Straßenkehrer. Oder als Diener. Das sorgte regelmäßig für Gelächter auf dem Schulhof.

Patrick und Mads revanchierten sich damit, dass Finn das bevorzugte Opfer ihrer Streiche wurde, worüber sich Finn natürlich bei seinen Eltern beschwerte. Finns Vater, ein boshafter Narzisst, lag der Rektorin in den Ohren, dass Mads und Patrick wegen fortgesetzten Fehlverhaltens gegenüber Mitschülern der Schule verwiesen gehörten. Doch die Rektorin sah dazu keine Veranlassung. Kinder stritten sich, Kinder vertrugen sich. Die Zeit würde alles schon wieder richten.

So kehrte allmählich so etwas wie Ruhe ein, aber der Brand

war nicht gelöscht, er schwelte nur. Denn Finns Vater, gekränkt von seiner Niederlage, schwor sich, einen Weg zu finden, wie er sich doch noch durchsetzen könnte.

In der Schule jedenfalls ließen die Kinder einander eine Weile in Ruhe.

Bis Patrick etwas Neues entdeckte: unsichtbare Tinte. Er hatte in einem Comic-Magazin gelesen, wie man sie aus Zitronensaft selbst herstellen konnte. Mads und er wurden daraufhin Agenten, die sich einen Spaß daraus machten, sich geheime Botschaften zuzuschicken. Und je mehr Botschaften getauscht wurden, desto neugieriger wurden ihre Mitschüler. Was verbarg sich hinter den geheimnisvollen leeren Zetteln? Mads und Patrick begannen, einzelne Schulkameraden einzuweihen, sodass immer mehr mysteriöse Botschaften abgeschickt wurden, bis zum Schluss nur einer das Geheimnis nicht kannte: Finn. Wie er am Ende herausfand, dass die rätselhaften Mitteilungen mit Zitronenwasser geschrieben worden waren und wie man sie sichtbar machte, konnte nie geklärt werden, aber er fing ein paar Zettel ab und stellte fest, dass die Klasse sich über ihn und seine Angebereien lustig machte.

Finn lief darauf heulend nach Hause, denn er wusste genau, wem er diese Demütigung zu verdanken hatte. Und er wusste vor allem genau, wem er davon berichten wollte: seinem rachsüchtigen Vater.

12

Mads hob den Blick vom Laptop. Unsichtbare Tinte! Natürlich! Was für einen Spaß sie damals hatten, diese geheimen Nachrichten auszutauschen! Beim Lesen mussten sie immer auf der Hut sein, nicht mit dem Feuerzeug erwischt zu werden. Ein Grund mehr, damit herumzuspielen.

Der Brief! Mads wirbelte herum, eilte aus dem Zimmer und die Treppe hinunter. In der Küche fand er hinter der Schranktür den Korb fürs Altpapier leer vor.

»Papa!«, rief er laut. »Wo ist das Altpapier?«

»In der Tonne«, rief Fridtjof aus dem Wohnzimmer zurück.

Er eilte hinaus und fand in der blauen Tonne den Brief.

Zurück in seinem Zimmer setzte er sich an seinen Schreibtisch, nahm die leeren Blätter und das Kuvert und betrachtete beides nachdenklich. War das möglich? Hatte Patrick tatsächlich vor seiner Tür gestanden und den Brief dort hingelegt? Oder war das alles hier nur ein komischer Zufall? Warum hätte er riskieren sollen, dass Mads die Botschaft nicht verstand? Warum hatte er ihn nicht einfach angerufen?

Er nahm ein Feuerzeug aus der Schublade und hielt es vorsichtig unter das Blatt. Die Flamme tanzte gelblich flackernd unter dem Papier, kleine dunkle Rauchschwaden stiegen auf. Mads starrte auf den Brief, aber nichts schien sich zu verändern. Doch dann, plötzlich, stieg eine Schrift auf. Buchstaben, Worte, wie von Geisterhand geschrieben.

Patrick! Es war kein Zufall.

Rasch wedelte er mit der Flamme unter den Blättern die Botschaft herbei, bis alle Buchstaben ans Licht gefunden hatten.

Lieber Mads,
wenn du das hier liest, bin ich wahrscheinlich tot.
Aber bevor ich gehe, wollte ich dich wissen lassen, dass ich dich nie vergessen habe. Wir waren Kinder damals, und ich gebe zu, dass ich ein paar Jahre nicht mehr an dich gedacht habe, aber in den letzten Wochen ist vieles aus der Vergangenheit wieder aufgestiegen. Es ist so viel Zeit vergangen. Wer weiß, ob wir heute Freunde wären. Damals jedenfalls waren wir es. Es war die beste Zeit meines Lebens. Traurig, nicht?
Keine Ahnung, ob du noch oft an mich und unsere Freundschaft denkst. Solltest du alles vergessen haben, dann wird dieser Brief im Altpapier landen. Und das ist dann auch in Ordnung so.
Wenn du diese Zeilen aber liest, dann möchte ich, dass du an meinem Grab die Rede hältst. Ich habe gehört, dass du richtig gut bist. Und ich möchte, dass du dich erinnerst. An alles! Aber was du auch suchst, such es heimlich – wie ein Agent. Dann erfährst du alles, die ganze Wahrheit. Und wer weiß: Vielleicht wird diese Wahrheit dein Leben verändern. Es wäre mein Geschenk an dich.
Dein Freund für immer:
Patrick

Mads las den Brief ein zweites und ein drittes Mal. Die Schrift war etwas krakelig und zu groß geraten, wie das eben so war, wenn man das Geschriebene nicht sehen konnte. Er war gerührt – und auch ein wenig beschämt, dass er den Brief um ein Haar weggeworfen hatte. Morgen früh wäre er für immer verloren gewesen.

Patrick hatte also gewusst, dass er sterben würde?

Wollte er sterben? Kaum, denn sonst hätte er nicht geschrieben, dass er wahrscheinlich tot wäre. Wenn er sich hätte umbringen wollen, hätte er es genau gewusst. War er getötet worden, wie die Polizei es vermutete? Von wem? Aus welchem Grund? Und was hatte er damit gemeint, dass die Wahrheit sein Leben verändern könnte?

Mads hatte den Brief vor sich auf den Schreibtisch gelegt, betrachtete die Schrift und die kleinen Brandwölkchen auf dem Papier. Das hier war ein Abschiedsbrief, ein Auftrag, ein Bekenntnis. Alles zusammen.

Er strich das Papier mit vorsichtigen Händen glatt und dachte: Ich werde tun, was du verlangst, Patrick. Ich werde herausfinden, was passiert ist.

EIN KNOPF

13

Wann Fridtjof seine Leidenschaft fürs Bingo entdeckt hatte, ließ sich für Mads nicht mehr rekonstruieren. Viel brauchte es nie, um ihn anzuzünden, nur das Löschen gestaltete sich zuweilen schwierig. Und nicht allem, wofür Fridtjof sich entflammte, konnte von zu Hause aus nachgegangen werden. Manches verlangte einen Ortswechsel, was automatisch Mads ins Spiel brachte. Bis vor ein paar Jahren hatte Fridtjof seinen alten Benz noch selbst gefahren, sich dann aber beim sonntäglichen Besuch des Fußballplatzes einen Meniskusschaden zugezogen. Er hatte auf dem Rückweg von der Imbissbude zu seinem Tribünenplatz versucht, gleichzeitig die gekaufte Wurst zu essen, vom Bier zu trinken und den bockigen Regenschirm einzuklappen. Es kam, wie es kommen musste: Er kam ins Stolpern und stürzte.

Mads hatte ihn in den folgenden Tagen und Wochen von einem Arzt zum anderen chauffiert, von einer Physiotherapie zur nächsten, bis sich Fridtjof so daran gewöhnt hatte, dass er keine Lust mehr hatte, sich selbst hinters Lenkrad zu setzen, und Mads die gemeinsamen Fahrten als »Quality Time« für Vater und Sohn verkaufte.

Irgendwann wollte er dann zum Bingo gebracht werden. Es stellte sich heraus, dass Fridtjof nicht nur ganz genau wusste, welche soziale Einrichtung hin und wieder eine Partie ausrichtete, sondern auch alle Spielpläne auf dem Schirm hatte. Bald schon legte er ein veritables Suchtverhalten an den Tag und reagierte ausgesprochen unwirsch, wenn sie nicht rechtzeitig zu einer Runde aufbrachen.

An diesem Montagvormittag war die Caritas an der Reihe. Schon im Wagen erklärte Fridtjof ihm, dass er diesmal seine Hilfe bräuchte. Mads verdrehte die Augen, aber Fridtjof betonte, wie existenziell wichtig es für ihn war, dass Mads heute erstmals selbst eine Bingokarte übernahm, bis er schließlich klein beigab.

Der Gesellschaftsraum der Caritas war schon gut gefüllt, als Fridtjof und Mads zwei Zahlenkarten beim Spielleiter Herrn Petersen erwarben und sich anschließend ihren Platz suchten.

Ein älterer Herr winkte Fridtjof zu. Sein Bauch spannte gewaltig über der Hose, die Haare hatte er sich zu einer Ernst-Huberty-Gedächtnisfrisur über den ziemlich kahlen Schädel gelegt. Die Augen blitzten vergnügt. Er sah wie einer aus, der den Freuden des Lebens noch nie hatte widerstehen können. Fridtjof würdigte den freundlichen Mann kaum eines Blickes.

»Wer ist das?«, fragte Mads.

»Keine Ahnung«, gab Fridtjof grantig zurück.

»Er scheint dich aber zu kennen«, hakte Mads nach.

»Was weiß ich. Wahrscheinlich hat er einen Dachschaden«, entgegnete Fridtjof genervt. »Lass mich jetzt. Ich muss mich konzentrieren.«

Mads seufzte.

Dann aber trat eine alte Dame ein, und Fridtjof erstarrte förmlich. Sie ging auf Herrn Petersen zu, um sich von ihm einen Stapel Zahlenkarten geben zu lassen.

»Da!«, entfuhr es ihm.

»Was?«, fragte Mads neugierig.

»Die Alte da! Siehst du sie?«

Mads blickte zu der Dame, die mit Geisha-Schrittchen ihrem Platz entgegentrippelte, sich setzte und begann, ihre Karten auf ihrem Tisch auszubreiten.

»Was ist mit ihr?«, fragte Mads zurück.

»Unschlagbar!«, zischte Fridtjof sauer.

»Die?«, fragte Mads erstaunt.

»Lass dich nicht von ihrem unschuldigen Äußeren täuschen. Die spielt, um zu töten!«

Mads sah wieder zu der alten Dame: Sie trug eine dicke Brille, an deren Bügeln ein goldenes Kettchen befestigt war. Sie war dezent geschminkt, das Haar silberblau onduliert, die Fingernägel lackiert. Sie legte Wert auf ihr Äußeres, ohne dabei zu übertreiben.

»Die?«, wiederholte Mads ungläubig.

Fridtjof drehte sich ihm zu und packte ihn am Revers seines Sakkos. »Hör zu, mein Junge! Die Alte ist knallhart. Die verspeist einen wie dich zum Frühstück, klar?«

»Lass los!«, entgegnete Mads und bog seinem offensichtlich durchgeknallten Vater die Finger hoch.

Fridtjof wandte sich wieder seinen Karten zu und reichte Mads einen Stift: »Hier! Nehmen! Aufpassen! Gewinnen! Kapiert?«

»Schon gut«, antwortete Mads gereizt. »Hauptsache, wir sind hier bald wieder raus.«

Kurz darauf begrüßte Herr Petersen alle Anwesenden: eine Spielcommunity fernab werktätiger Sichtbarkeit, eine geheime Subkultur zockender Senioren. Herr Petersen lächelte den einen oder anderen an, zwinkerte hier und da und erwies schließlich auch der unangefochtenen Seriensiegerin seinen Respekt: »Frau Wellinghoff, wie schön, Sie wieder hier begrüßen zu dürfen!«

Frau Wellinghoff nahm den gesonderten Salut mit einem würdevollen Nicken entgegen und zauberte zwei professionelle Bingostifte aus ihrer Handtasche: runde Filzstifte mit extrabreiter Spitze, mit denen man die erspähte Zahl nicht ankreuzen, sondern nur betupfen musste, um sie als gespielt zu markieren.

»Hast du gesehen?«, fragte Mads seinen Vater. »Coole Stifte.«

»Pah!«, schnaubte sein Vater.

Nach der obligatorischen Spielanleitung begann Herr Petersen, die Bingomaschine mit einer Kurbel zu drehen, sodass die darin enthaltenen fünfundsiebzig Bälle geräuschvoll herumpurzelten. Dann rollte die erste Kugel heraus, die er laut über das Mikrofon verkündete: »Dreiunddreißig.«

Während Fridtjof seinen Zettel Kästchen für Kästchen nach der

Dreiunddreißig absuchte, offenbarte sich Mads schon jetzt Frau Wellinghoffs Virtuosität: Sie spielte wenigstens zehn Karten auf einmal und betupfte sie beidhändig mit der Geschwindigkeit einer chinesischen Fabrikbandarbeiterin.

Weitere Zahlen wurden ausgerufen. Mads hatte nur noch Augen für Frau Wellinghoff, bewunderte ihre Körperspannung, die ihn an die Explosivität hunnischer Reflexbögen erinnerte. Ihre Hände kreisten lauernd über den Karten, bereit, falkengleich hinabzustoßen, um sich zielsicher Zahl um Zahl wegzupicken. Verglichen mit ihr war der Rest der Spieler wie eine Gruppe fußkranker Zwerge auf einem Rübenacker unscharfer Ziffern.

»Deine Karte!«, fuhr Fridtjof ihn an. »Deine Karte!«

Mads schreckte auf. »Was?«

Fridtjof tippte auf Mads' Spielkarte, auf der noch keine einzige Zahl angekreuzt war. Er hatte wie hypnotisiert Frau Wellinghoff beobachtet und war jetzt hoffnungslos im Rückstand. »Hatten wir die Fünf schon?«, fragte er.

Sein Vater kam nicht mehr zum Antworten, denn Frau Wellinghoff rief laut und deutlich: »BINGO!«

Fridtjof warf verärgert seinen Stift auf den Tisch und funkelte Mads wütend an. »Habe ich es nicht gesagt?«

Mads nickte betroffen.

»Diese Frau kennt kein Erbarmen. Und jetzt haben wir wegen dir verloren!«

»Wegen mir?«

»Du hast dich gerade von einer Zweiundachtzigjährigen abziehen lassen. Gratuliere!«

Er stand auf und verließ den Raum, während Frau Wellinghoff vorne ihren Gewinn entgegennahm: eine Thermoskanne in einem matten Bronzeton, die sie wie einen Pokal küsste.

14

Wenig später saßen sie im Auto und fuhren wortlos zurück in die Collenburger Straße, wo Fridtjof sich schmollend ins Wohnzimmer zurückzog.

»Und was ist jetzt mit der *Stine*?«, fragte Mads im Türrahmen stehend.

»Lass mich in Ruhe«, murrte Fridtjof.

Mads verdrehte wieder die Augen und folgte Bobby, die bereits ungeduldig an der Haustür auf ihn wartete. Sie fuhren rüber nach Sandwig zum Yachthafen, wo eine kleine weiße Leisure 23 am Steg schaukelte, die sein Vater in den späten Achtzigern gekauft und nach seiner Frau benannt hatte.

Immer noch segelten Vater und Sohn im Sommer gern gemeinsam über die Förde, wobei die kleine Kajüte des nur sieben Meter langen Bootes auch bei überraschend hereinziehendem Schietwetter passablen Schutz bot.

Jetzt im Frühjahr war es Zeit, das Schiff für die neue Saison klarzumachen. Eigentlich war vereinbart gewesen, dass sie heute zu zweit den Rumpf polierten, was jetzt, dank Fridtjofs Bockigkeit, ausfiel. Mads hob Bobby an Deck, zog sein Sakko aus, krempelte die Ärmel hoch, lockerte die Krawatte unter der Weste und öffnete die Kabinentür zum Lüften. Wischte Staub. Kontrollierte, ob die Fenster dicht waren, prüfte den Zustand der Taue.

Bobby thronte währenddessen vorne am Bug und sah fast sehnsüchtig auf den Hafen. Sie liebte das Segeln so sehr, dass Mads ihr eine kleine Rettungsweste gekauft hatte, die sie sich anstandslos anlegen ließ, wenn sie eine Runde über die Förde drehten. Mads setzte gerade das Hauptsegel, das erfreulicherweise keinerlei Schimmel aufwies, als er auf dem Steg hinter sich Schritte hörte und kurz darauf eine sonore Stimme: »Schönes Boot!«

Er wandte sich um und blickte zu einem großen Mann mit Glatze und akkurat gestutztem Vollbart, der lächelnd auf ihn herabsah. Er trug einen maßgeschneiderten Anzug, der auf vornehm hanseatische Art untertrieb, wie teuer er gewesen sein musste. Was in gleichem Maß für seine Schuhe, das Hemd und die Armbanduhr galt.

»Oh, danke«, gab Mads zurück.

»Ich spiele mit dem Gedanken, mir ein Boot zu kaufen. Können Sie Ihres empfehlen?«

Mads erwiderte sein Lächeln. »Es ist wohl ein bisschen zu klein für Sie.«

Der Mann wiegte den Kopf. »Ich bin ein vorsichtiger Mensch. Vielleicht gefällt mir der Segelsport nicht. Und was will ich dann mit einer Yacht?«

»Sind Sie denn schon mal gesegelt?«, fragte Mads.

»Nein, tatsächlich noch nie.«

Der Mann ließ den Blick über die anderen Boote gleiten, und Mads widmete sich wieder seiner Aufgabe. Er öffnete gerade das Genuasegel, als er an Bobbys misstrauischem Blick erkannte, dass der Mann offensichtlich immer noch auf dem Steg stand. Mads drehte sich erneut um und zog die Augenbrauen hoch.

»Fahren Sie heute noch raus?«, fragte er Mads.

»Ja, eine kleine Runde, um ein wenig in das Boot hineinzuhören.«

»Nehmen Sie mich mit? Ich möchte etwas mit Ihnen besprechen.«

Mads sah den Mann verwundert an. »Mit mir?«

»Sie sind doch der Trauerredner, oder?«

»Ja.«

»Nun, ich brauche eine Rede.«

Einen Moment sahen sie einander an, dann nickte Mads und bat ihn mit einer Geste, das Boot zu betreten. Es schaukelte, als er an Bord kam, was Bobby mit einem erbosten Knurren kommentierte. Mads legte ihr die Rettungsweste an, löste die Leinen, setzte alle Segel, startete den kleinen Saildrive-Motor, um aus dem Hafen herauszusteuern, bis das Boot schließlich im Wind lag. Die Segel blähten sich, und Mads konnte den Motor wieder abstellen.

Das Wetter war schön, Schäfchenwolken standen flauschig weiß am Himmel, dazwischen eine Sonne, die bereits spürbar Kraft besaß. Der Wind aber war kalt, sodass Mads die Hemdsärmel herunterkrempelte und die Krawatte fester zog. Er wunderte sich, dass der Mann, der ihm gegenüber Platz genommen hatte, nicht zu frösteln schien. Er hielt sein Gesicht in den Himmel und lauschte dem leisen Plätschern der Wellen gegen den Bug.

Mads räusperte sich. »Sie wollen mich also sprechen?«, fragte er.

Der Mann wandte sich ihm zu und nickte. »Richtig. Aber ich habe mich noch gar nicht vorgestellt. Wie unhöflich von mir. Korbinian Korvus mein Name.«

»Madsen«, sagte Mads. »Aber das wissen Sie ja bereits.«

Der Mann verzog keine Miene.

Mads hielt das Boot mit der Steuerpinne im Wind. Korbinian machte keine Anstalten, ihm zu erklären, was er mit ihm besprechen wollte.

»Sie haben also einen Trauerfall in der Familie?«, fragte Mads schließlich, den das Schweigen irritierte.

»Nein«, lautete die Antwort.

»Nicht? Handelt es sich um einen Freund?«

»Einen Freund?«

Mads verlor langsam die Geduld. »Nun, für gewöhnlich steht man einem Toten nah, wenn man eine Rede in Auftrag gibt.«

»Oh, er ist nicht tot«, antwortete Korbinian und fügte lächelnd hinzu: »Noch nicht.«

Mads starrte ihn mit zunehmendem Unbehagen an. Eine Böe ließ die Anzugjacke aufflattern. Erst jetzt fiel ihm auf, wie athletisch der Mann gebaut war.

Mads blickte sich verstohlen um. Im Norden konnte er die kleinen Ochseninseln vor dem dänischen Sønderhav sehen. Auf der anderen Seite, mindestens ebenso weit entfernt, die deutsche Küste.

Korbinian hatte Mads' verstohlene Blicke bemerkt. »Es ist schön hier draußen. Als wäre man ganz alleine auf der Welt.«

Mads versuchte ein Lächeln, aber es geriet schief. Was, wenn Korbinian ihn plötzlich packte und über Bord warf? Er würde keinen nennenswerten Widerstand leisten können: Dieser Mann war ihm körperlich derart überlegen, dass ihn so etwas nicht einmal viel Mühe kosten würde. Und dann hätte Mads keine Chance, das Ufer zu erreichen. Das Wasser war zu kalt, und er würde entkräftet untergehen. Wieder ein schneller verstohlener Blick: Es waren keine anderen Segler unterwegs.

Sie waren allein.

»Ich fürchte, ich verstehe nicht ganz«, sagte er schließlich. »Für gewöhnlich werde ich erst engagiert, wenn jemand gestorben ist.«

»Ich bin gerne vorbereitet, wissen Sie. Und wenn es so weit ist, hätte ich gerne eine schöne Rede. Die schönste, verstehen Sie?«

»Für wen soll die Rede denn sein?«

»Für jemanden, der eine gute Rede verdient hat.«

Dann schwieg er lange.

Schließlich sah er auf seine Uhr. »Können wir umkehren? Ich habe noch Termine.«

Erleichtert wendete Mads und hielt wieder auf den Yachthafen zu.

In der Hafeneinfahrt barg er die Segel und schaltete den Motor ein. Der Steg und die Anlegestelle tauchten vor ihnen auf. Langsam glitt er heran und machte das Boot an einer Klampe fest.

Korbinian stieg aus und ließ die *Stine* dabei wieder ordentlich wackeln. Auf dem Steg stehend sagte er freundlich: »Schönes Boot.«

Er ging ohne Eile.

Mads sah ihm beunruhigt nach.

15

Zu Hause angekommen googelte Mads als Erstes nach dem Namen »Korbinian Korvus«, fand aber nur Bilder und Einträge vom heiligen Korbinian. Und die Bedeutung des lateinischen *corvus*: der Rabe. Einen Herrn Korbinian Korvus, der im höchsten Norden der Republik ansässig gewesen wäre, fand er jedenfalls nicht.

Am Nachmittag hatte er ein Trauergespräch. Die Verblichene war offensichtlich eine nette alte Dame gewesen, die von den Hinterbliebenen ehrlich betrauert wurde. Der Vortrag würde also keine Chiffren benötigen, die in sanften Verklausulierungen die Realität durchschimmern ließen. Eine gute Rede war immer eine Kombination aus Dichtung und Wahrheit. Zwar hieß es: *De mortuis nihil nisi bene* – über die Toten nur Gutes –, aber das durfte nicht bedeuten: über die Toten nur Lügen.

Im Anschluss an seinen Termin setzte er sich direkt an den Schreibtisch und arbeitete an einem ersten Entwurf der Rede. Gegen Abend klappte er den Laptop zu, drehte eine Hunderunde mit Bobby und machte sich dann auf den Weg nach Flensburg. Seit die Marine in den Neunzigern die Hafenstadt verlassen hatte, war das bis dahin rege Kneipenleben zum Erliegen gekommen. Eine Lokalität nach der anderen hatte schließen müssen, bis es sogar das Onkel Jule erwischt hatte, ein winziges Lokal am Beginn des berüchtigten Oluf-Samson-Gangs, in den man hatte torkeln können, wenn einem nach käuflicher Begleitung war.

Aber die Matrosen waren verschwunden und mit ihnen nach und nach die Prostituierten im Hafen, bis vor ein paar Jahren die letzten beiden von einstmals siebzig Damen in Rente gingen. Schon vorher waren die Häuser in der Straße unter Denkmalschutz gestellt und restauriert worden. Heute war der Oluf-Samson-Gang eines der schönsten Altstadtgässchen von Schleswig-Holstein. Dicht an dicht standen hier pittoreske Fischerhäuschen und fassten die paar Meter Pflasterstraße ein, die für den normalen Verkehr gesperrt war.

Mads' Ziel war die Bärenhöhle, die eine der letzten traditionellen Kneipen an der südlichen Hafenspitze war. Er stieg die paar Stufen hinab in den dunklen Schankraum mit dem gefliesten Boden und den holzvertäfelten Wänden und Decken. Zigarettenrauch waberte in blauen Schleierwölkchen durch den Raum. In einer Ecke hatten es sich ein paar Dänen an einem großen Tisch gemütlich gemacht und kippten Bier und Helgoländer, eine weiß-rot-grüne Schnaps-Likör-Mischung, bei der man sich am nächsten Tag fragte, von welcher Zutat genau eigentlich die Kopfschmerzen kamen. Die Nachbarn aus dem Norden waren in den Kneipen der Stadt beliebte Gäste, weil sie fleißig tranken, selten schwierig waren und sich über die niedrigen Alkoholpreise in Deutschland freuten.

An einer Langbank saßen mehrere Einheimische, an der Theke mischten sich beide Gruppen. Mads warf einen Blick auf den Screenshot auf seinem Handy und suchte die schmale Kneipe nach Timo Horlacher ab.

Als er ihn nicht entdeckte, fragte er die Bedienung hinter dem Tresen, die ihn wissen ließ, dass Timo nur unregelmäßig auftauchte und wenn, dann erst spät am Abend.

»Ich muss ihn sprechen!«, antwortete Mads sehr bestimmt.

Die Tresendame sah ihn überrascht an. In seinem Anzug mit Einstecktuch wirkte er auch ohne Hut wie aus der Zeit gefallen. Unwillkürlich richtete sie mit einer Hand ihr Haar und nickte ihm lächelnd zu. »Ich schick ihm 'ne SMS.«

Mads bestellte sich ein Bier.

In der Jukebox lief Musik aus den Achtzigern, die Dänen in der Ecke liefen zu großer Trinkform auf. Ihr Feixen und Lachen füllte die Kneipe.

Eine halbe Stunde mochte vergangen sein, als Timo im Eingang erschien und Blickkontakt zu der Barfrau suchte. Die bedeutete ihm mit einem Nicken, dass sein Gesprächspartner vor ihr am Tresen stand.

Timo kam auf Mads zu. »Was gibt's?«, fragte er unfreundlich. Sein Gesicht war schmal und blass. Er sah Mads aus kleinen, dunklen Augen skeptisch an.

»Setzen wir uns doch«, schlug Mads vor.

»Was gibt's?«, pampte Timo ihn an. »Ich kenn dich nicht!«

»Bislang nicht«, antwortete Mads. Er wies mit der Hand auf das Ende der langen Bank, an der ein paar Plätze frei geworden waren. »Nimmst du auch ein Bier? Ich lad dich ein.«

Timo holte tief Luft, dann gab er sich einen Ruck und nickte.

Sie nahmen Platz.

»Also«, sagte Timo, »was willst du?«

»Ich bin wegen Patrick hier.«

Die Barfrau brachte das Bier und verzog sich hinter den Tresen, wo sie das anzügliche Gejohle der Dänen mit einem Fingerzeig auf ein Schildchen kommentierte. Darauf stand: *Zickenzone: Finger weg! Maul halten und Drink ausgeben!* Die Dänen waren einverstanden.

»Was ist mit Patrick?«, fragte Timo lauernd.

»Du warst sein bester Freund, richtig?«

Timo sah ihn irritiert an. »Was soll das? Patrick ist tot!«

Mads nickte. »Ich weiß.«

»Und was willst du jetzt von mir?«

»Wissen, wie er so war«, sagte Mads ruhig.

Es arbeitete in Timos Gesicht – Mads konnte in Echtzeit verfolgen, wie er versuchte, Mads und dieses Gespräch einzuordnen. Allein dass er aus Mads nicht schlau wurde, war der Grund dafür, dass er nicht längst wieder abgehauen war.

»Du willst wissen, wie Patrick so war?«, zischte er. »Ich werde dir sagen, wie er so war. Ein Lügner war er. Ein Betrüger. Ein mieser Scheißkerl. Reicht das?«

Mads spürte, dass das Gespräch außer Kontrolle zu geraten drohte. Es schlitterte und schlingerte wie ein Rallyewagen, der auf eine Wand zuraste.

Dann aber entspannten sich plötzlich Timos Züge. Er stand vom Tisch auf, beugte sich zu Mads hinunter und flüsterte in konspirativem Ton: »Okay, da gibt es eine Sache, die ich diesem Arschloch gerne gesagt hätte. Soll ich's dir verraten?«

Mads nickte noch, dann gingen die Lichter aus.

Den Schlag hatte er nicht einmal kommen sehen, nur eine dumpfe Erschütterung am Kinn gespürt. Als er wieder zu sich kam, lag er auf dem Boden und blickte in das Gesicht der Barfrau, die ihn mit ein paar gut gezielten und leidlich sanften Ohrfeigen wieder zurückgeholt hatte.

»Hast'n Händchen für einfühlsame Gespräche, was?«, fragte sie.

»Ich geb mir Mühe«, seufzte Mads und rappelte sich hoch.

Die Barfrau grinste. »Weil du so'n Hübscher bist, hier ein Tipp: Komm nicht wieder. Das ist kein Umgang für dich.«

»Okay.«

»Macht dreizehn Euro fünfzig. Erste Hilfe gibt's für lau.«

Mads zahlte und ging.

Draußen auf der Straße hatte es begonnen zu regnen.

16

Zu Mads' positiven Eigenschaften gehörte, dass er nicht so leicht einzuschüchtern war, was weniger an einem überbordenden Selbstvertrauen als an einer gewissen Naivität lag. Im Grunde hielt er den Menschen an sich nicht für böse oder feindselig, obwohl ihm das Gegenteil – wie jedem anderen auch – täglich in den Nachrichten und im Internet vorgeführt wurde. Aber Mads war ein Optimist, der fest daran glaubte, dass Zorn und Hass nur vorübergehende Phänomene waren, allenfalls Ausdruck von Hilflosigkeit und Verzweiflung. Gelangte man hinter die wütende Fassade, trat der wahre Mensch zum Vorschein, der von den Bitternissen des Lebens verätzt worden, doch im Wesenskern freundlich war. Empathie und Neugier waren die Politur, mit der man von einem Strolch die schlechten Eigenschaften abschleifen konnte. An der Situation mit Timo bedauerte er allerdings nur eines: dass er nicht zwei Meter groß und hundertzwanzig Kilo schwer war, um mit ihm den Fußboden der Bärenhöhle zu wischen. Denn das war es, was er wirklich wollte: ihm die miesen Manieren herausscheuern, bis er blitzte und blinkte wie ein Messkelch.

Und so fasste er einen neuen Plan.

Am nächsten Abend schnappte er sich Bobby und fuhr mit ihr in den Westen von Flensburg, nach Alt-Harrislee. Seine Schwester Famke und sein Schwager Robert wohnten dort in einem Friesenhaus mit Reetdach unweit des Dreieckigen Platzes. Beide waren ungeheuer erfolgreich in ihren Berufen, wohltuend geerdet und mit altmodischem Kompass, was ihre Kinder betraf: Sie bekamen alles, aber nichts geschenkt.

Mads parkte den alten Benz vor dem Haus und tätschelte Bobby den Kopf, die auf dem Beifahrersitz aufgeregt hechelte, als seine beiden Nichten auf sie zustürzten, um sie stürmisch zu begrüßen. Lilli und Marie rissen die Beifahrertür auf und kreischten Bobbys Namen. Erst nahm sie die eine auf den Arm und ließ sich von ihr übers Gesicht lecken, dann die andere. Noch mehr Gekreische. Die Mädchen liefen mit ihr ins Haus, während Mads die Autotüren verschloss und den beiden nachrief: »Euch auch guten Tag!«

»Hallo, Onkel Mads!«, riefen sie, ohne sich umzudrehen, und stürmten durch die Haustür.

Mads folgte ihnen. Er rief den Namen seiner Schwester, sie antwortete aus der Küche. Sie begrüßten einander mit einem Kuss auf die Wange.

»Gott, die Kinder lieben diesen Hund. Schön, dass ihr mal wieder vorbeischaut.« Famke lächelte.

Mads nickte. Es war nie verkehrt, für gute Stimmung zu sorgen, wenn man etwas wollte.

Er schnupperte. »Mann, das riecht aber gut!«

»Halbe Stunde«, sagte Famke. »Bier?«

»Bier«, sagte Mads.

Natürlich würde das Essen sensationell werden, denn nichts, was Famke tat, tat sie halbherzig. Obwohl es, wenn sie ihn bekochte, immer mehrere Gänge gab, sah die Küche so sauber und aufgeräumt aus, als wäre sie gerade erst eingebaut worden. Mads fragte sich, wie man nur so perfekt sein konnte. Famke hatte nicht einmal Flecken auf der Schürze.

Sie traten ins Wohnzimmer, setzten sich auf das Sofa.

»Robert kommt gleich«, sagte sie. Im Gegensatz zu Famke konnte er nicht mal ab und zu im Homeoffice arbeiten, schon gar nicht, wenn er Gerichtstermine hatte.

Mads blickte durch das Panoramafenster, das fast die gesamte rückwärtige Wand einnahm, nach draußen. Der Garten wirkte wie aus einem Hochglanzprospekt für Landschaftsarchitektur. Ein

Gärtner brachte ihn regelmäßig in Form, was Mads irgendwie beruhigend fand: Seine Schwester konnte doch nicht alles. Draußen sah er die Mädchen und Matti mit Bobby toben. »Wie ich höre, willst du zum Radio?«, fragte Famke.

»Was?«, sagte Mads verwundert.

»Papa meint, du hättest den Job fast sicher.«

»Papa meint auch, dass im Strandhotel auf Rømø die Teppiche liegen, die ihm vor zwanzig Jahren mal geklaut wurden.«

»Also kein Radio«, schloss Famke.

»Richtig«, bestätigte Mads und ließ sich auf dem Sofa nieder.

Die Kinder fegten schreiend ins Wohnzimmer, dazwischen Bobby, die kläffend zu Mads aufs Sofa flüchtete, wo sie sich eng an ihn kuschelte. Die drei Kleinen riefen laut nach ihr, aber Famke scheuchte sie mit ausgebreiteten Armen aus dem Wohnzimmer. »Bobby braucht eine kleine Pause von euch!«

Die Kinder waren selbstredend anderer Meinung, aber Famke setzte sich durch und fragte, ob sie nicht in ihren Zimmern spielen wollten. Enttäuscht verschwanden sie nach oben. Der Lärm ebbte ab.

Famke kehrte zu Mads zurück und beugte sich freundlich zu Bobby herab. »So, meine Süße, jetzt hast du …«

Bobby knurrte.

Famke sah Mads irritiert an. »Was hat sie denn?«

»Sie ist eifersüchtig.«

»Auf mich?«

»Auf jede Frau, die mir nahe kommt.«

»Seit wann das denn?«

»Seit sie vor Kurzem das erste Mal läufig geworden ist.«

Famke sah Bobby empört an. »Ich bin seine Schwester, du verrücktes Ding!«

Bobby knurrte lauter.

Sie setzte sich beiden gegenüber, aber Bobby ließ sie nicht aus den Augen.

Robert kehrte von der Arbeit heim. Man hörte ihn kurz in der Küche rumoren, dann kam er mit einem offenen Bier ins Wohnzimmer, löste den Krawattenknoten und stieß mit Mads an.

»Was für ein Tag! Die Welt ist verrückt geworden. Und die größten Idioten versammeln sich in meiner Kanzlei und wollen, dass ich idiotische Prozesse für sie führe.«

»Du lebst nicht schlecht davon«, sagte Mads.

»Der einzige Trost«, sagte Robert.

Sie tranken beide einen Schluck aus der Flasche, dann begann Mads: »Ich hätte da eine Bitte …«

Robert verdrehte die Augen. »Nicht du auch noch!«

Mads schüttelte den Kopf. »Nein, nein, ist nur für eine Trauerrede.«

»Ich dachte, du gehst zum Radio?« Er wandte sich Famke zu: »Ich dachte, er geht zum Radio?«

Famke zuckte mit den Schultern, Mads seufzte.

Dann setzte er noch mal an: »Es ist für einen alten Freund. Er wurde überfahren. Wahrscheinlich vorsätzlich.«

Robert sah ihn neugierig an. In Gedanken legte sich Mads zurecht, wie er Robert von seinem Plan überzeugen könnte, als der zu seiner Überraschung entgegnete: »Und jetzt willst du Akteneinsicht?«

Mads lächelte. »Kein Wunder, dass dich alle für den Besten halten.«

Robert blickte zu Famke und nickte anerkennend. »Das macht er nicht schlecht.«

Mads fragte: »Zu dick aufgetragen?«

Robert zuckte mit den Schultern. »Glück für dich, dass ich gerne angeschleimt werde. Also, was kann ich für dich tun?«

»Es ist, wie du sagst. Ich würde gerne die Akte einsehen. Um Patrick Schulze besser kennenzulernen, sein Umfeld. Ich vermute, dass sich in der Akte Hinweise auf Menschen finden, die Patrick kannten. Mit denen möchte ich sprechen.«

»Ich brauche dazu den Auftrag zur Vertretung der Nebenklage von seinem nächsten Verwandten«, antwortete Robert.

Mads nickte. »Kriegst du.«

»Okay.« Robert blickte erneut zu Famke. »Können wir essen? Ich sterbe vor Hunger!«

Wie zu erwarten, war Famkes Essen spektakulär: Einem Carpaccio von der Jakobsmuschel mit Zitrusvinaigrette und Fenchelsalat folgte ein Kabeljaufilet auf Safranrisotto mit grünem Spargel und Zitronenbutter. Als krönenden Abschluss gab es lauwarmen Schokoladenfondant mit flüssigem Kern und Beerenkompott.

Später lehnten sich alle satt und zufrieden auf ihren Stühlen zurück. Die Erwachsenen tranken Kaffee, bevor Robert die Kinder wie jeden Abend ins Bett brachte. Matti döste beim Vorlesen immer innerhalb von Minuten weg, aber die Mädchen gaben sich mit einfachen Geschichten nicht zufrieden, sondern wollten lieber von den Gerichtsverfahren hören, mit denen Robert zu tun hatte, und mitüberlegen, wer log oder wer die Wahrheit sagte und wie entschieden werden sollte.

Währenddessen saßen Famke und Mads im Wohnzimmer und plauderten. Bobby wachte eifersüchtig über ihr Herrchen und begleitete Mads sogar, als er zwischendurch mal aufs Klo ging.

»Übrigens«, sagte Famke schließlich, »deine Rede war wirklich gut. Dass Papa aus dem Sarg gesprungen ist, war echt daneben. Deep Purple. Der spinnt doch.«

Sie lachten beide.

»Aber diese Geschichte mit dem Pferd …«, begann Famke.

»Ja, ja, Schecke, nicht Schimmel.«

Famke schüttelte den Kopf. »Nein, das meine ich nicht. Kann ja sein, dass das mal passiert ist, aber meines Wissens haben die beiden sich so nicht kennengelernt.«

»Also kein Pferd?«

»Doch, aber es war ein Pony. Und es hat aus der Mülltonne vor Papas Haus gefressen.«

»Und dann?« fragte Mads überrascht.

»Fridtjof hat rumgezetert und dann versucht, das Pony wegzuschieben. Es wollte sich aber nicht wegschieben lassen und hat stattdessen ausgeschlagen – Papa voll vors Schienbein. Der ist jammernd auf einem Bein rumgesprungen, als Stine dazugekommen ist. Da hat er sie und ihr Pony wüst beschimpft. Und sie hat ihm gesagt, dass so was eben passiere, wenn man einer Lady ungefragt an den Hintern fasst.«

Mads lachte. »Was für eine Story.«

»Siehst du. Das macht deinen Beruf so interessant. Jeder erzählt was anderes. Und du musst dann die Wahrheit ermitteln. Eigentlich bist du ein Detektiv. Wie Sherlock.«

Famke grinste vergnügt.

Bobby knurrte sie an.

Mads streichelte ihr über den Kopf. »Recht hast du. Das ist eine böse Frau. Ganz, ganz böse!«

Bobby behielt Mads' Schwester im Auge – den ganzen restlichen Abend. Und als sie gingen, trabte sie mit erhobenem Kopf voraus und zeigte Famke demonstrativ ihren Hintern.

17

Auf dem Weg nach Hause passierte Mads am Stadteingang das Glücksburger Schloss, ein Kleinod der Renaissance und die »nördlichste Burg Deutschlands«. So ziemlich alles in Glücksburg war mit diesem Superlativ versehen. Aber das Schloss, quadratisch im Grundriss, an den Ecken bewehrt mit oktaedrischen Türmen, hatte einen Superlativ verdient. Jetzt bei Dunkelheit wurde es in Szene gesetzt von großen Strahlern und schien schneeweiß über dem künstlich angelegten Schlossteich zu schweben, hinter dem tiefgrün ein Waldstück lag. Ein funkelnder Solitär in einsamer Nacht.

Die Collenburger Straße lag ruhig da, die einseitig aufgereihten Straßenlaternen warfen sanfte Lichtkegel auf nebelfeuchten Asphalt. Bobby, die auf dem Beifahrersitz fest eingeschlafen war, erwachte, noch bevor der alte Benz langsamer wurde und sie vor dem Haus parkten. Sie schien immer zu wissen, wann sie da waren. Sie sprang auf und blickte Mads mit unruhigem Winseln an.

»Echt jetzt?«, fragte Mads. »Warum hast du nicht in Famkes Garten gemacht?«

Bobby antwortete mit einem weiteren jämmerlichen Winseln.

»Es ist fast Mitternacht«, murrte Mads, der natürlich wusste, dass das kein Argument war.

Sie hielten an, Mads stieg aus und ließ Bobby über den Fahrersitz auf den Bürgersteig springen.

»Aber nicht hier!«, bat Mads. »Ich habe keine Beutel dabei.«

Bobby trabte los in Richtung Schlossteich. Im hektischen Galopp lief sie vorbei an der Seniorenresidenz und schließlich in den Wald, der im sanften Fördewind rauschte und sie zu verschlingen drohte. Mads stiefelte in der Hoffnung hinterher, dass die Kleine schnell das stille Örtchen ihrer Wahl fand und nicht auf die Idee kam, die Dunkelheit für einen noch größeren nächtlichen Erkundungsgang zu nutzen. Er war müde, wollte ins Bett und folgte Bobby steuerlos wie ein abgetriebenes Schlauchboot durch den Schlosswald, als er plötzlich meinte, Schritte hinter sich zu hören.

Augenblicklich war er hellwach.

Hielt an, lauschte.

Er wandte sich um, doch die Schwärze ließ sich nicht durchdringen. Langsam ging er weiter, war sich fast sicher, dass ihm leise Tritte folgten und, als er unvermittelt anhielt, mit einer kurzen Verzögerung verstummten.

»Wer ist da?«, rief er.

Keine Antwort.

Er ging ein paar Schritte rückwärts, starrte in die Dunkelheit, bildete sich ein, eine Silhouette zu sehen. Da war doch jemand! Instinktiv wich er wieder zurück, stolperte über eine Wurzel, stürzte und landete auf dem Rücken. Fluchend rappelte er sich auf, kam auf die Knie, als plötzlich jemand über ihm war, einen Arm um seine Kehle legte und zudrückte. Mads packte den Arm des Fremden und versuchte, ihn mit aller Kraft von seinem Hals zu lösen, doch vergeblich.

Dicht an seinem Ohr flüsterte jemand: »Sch!«

Mads gehorchte reflexhaft, wehrte sich für einen Moment nicht mehr. Der Druck an seinem Hals ließ ein wenig nach. Mads rang nach Luft.

»Was wollen Sie?«, würgte er hervor.

Adrenalin rauschte durch seine Adern, und das explodierende Cortisol ließ ihn geradezu erstarren.

»Hör auf zu schnüffeln!«, knurrte die Stimme an seinem Ohr.

»Ich will doch nur …«, begann Mads und spürte, wie der Arm sofort wieder zudrückte.

Er würgte.

»Halt dich fern, Mann!«, zischte die Stimme. »Lauf! Lauf weg!«

»Was? Warum?«, krächzte Mads.

»Weil sie dich sehen. Sie sehen dich!«

In diesem Moment schoss Bobby aus dem Dunkeln und bellte die unheimliche Gestalt wütend an. Noch einmal verstärkte sich der Würgegriff, dann löste sich der Arm. Mads sackte zu Boden.

Der Fremde flüchtete, während Bobby ihm bellend nachlief.

»Bobby!«, rief Mads und hielt sich den schmerzenden Hals.

Bobby kehrte zurück und leckte Mads das Gesicht ab.

»Schon gut, mein Kleine«, sagte er mit heiserer Stimme und rappelte sich langsam auf. Erst jetzt spürte er einen Fremdkörper in der rechten Hand. Er öffnete sie und hob das Objekt nah vors Gesicht.

Er hatte dem Mann einen Knopf vom Ärmel abgerissen.

18

Würde die Bundespolizei je in Erwägung ziehen, das schönste Kriminalkommissariat Deutschlands zu wählen, dann dürften sich die Flensburger berechtigte Hoffnungen machen, daraus als Sieger hervorzugehen. Die Polizeidirektion Flensburg lag an der Südspitze des Hafens und überragte mit ihren fünf Stockwerken stolz alle Nachbargebäude. Säulen, Balkone, Erker, Schmuckintarsien und Sprossenfenster zierten den Bau, der eine solch aufwendige Gründerzeitschönheit war, dass Mads annahm, es müsste für die Beschäftigten die reine Freude sein, täglich durch die Portale rechts und links einzutreten. So wie es den Beschäftigten der Polizeiwache in Glücksburg wahrscheinlich täglich schwere Seufzer entlockte, wenn sie in den tristen, dunkelgelben Klinkerbau eintraten, der wie ein halber Radiergummi die Collenburger Straße verschandelte. Aber vermutlich bemerkte man nach einer Weile weder das eine noch das andere mehr, der Mensch gewöhnte sich im Guten wie im Schlechten an das, was ihn umgab.

So trat Mads am folgenden Tag in die Flensburger Direktion, fragte nach dem Kriminalkommissariat 1, worauf man ihn in den dritten Stock schickte.

Dort klopfte er an eine der Türen. Er war nervös: die vielen Uniformen, die forschen, prüfenden Blicke. Er fühlte sich, als wäre er zum Verhör vorgeladen worden.

Jemand rief: »Herein!«, worauf er eintrat. An einem der beiden Schreibtische im Raum saß eine blonde Kommissarin, die auf ihrer Tastatur herumhämmerte.

»Scheiße! Schon wieder!«, fluchte sie.

Sie griff zum Telefon und pfiff jemanden an, der offensichtlich zur EDV-Abteilung gehörte. Dann knallte sie den Hörer auf und wandte sich Mads zu: »Ja?«

»Hauptkommissarin Mills?«, fragte Mads.

»Ja?«

»Mads Madsen«, stellte er sich vor.

Sie konnte sich ein kleines Lächeln nicht verkneifen.

»Ja, ich weiß«, sagte Mads. Es war nicht das erste Mal, dass sein Name Heiterkeit auslöste, und er hoffte nur, dass sich die Hauptkommissarin einen entsprechenden Kommentar verkniff. Was sie vom Ergebnis der nicht allzu intensiven Namenssuche seiner Eltern für ihren Drittgeborenen hielt, sah man ihrem amüsierten Blick aus blitzeblauen Augen an.

»Was kann ich für Sie tun, Herr Madsen?«, fragte sie.

»Es geht um Patrick Schulze. Sind Sie mit dem Fall vertraut?«

Mills nickte.

»Ich glaube, dass er ermordet wurde«, sagte Mads, der beschlossen hatte, nicht lange drum herumzureden.

»Aha«, sagte Mills. Sie lehnte sich in ihrem Stuhl zurück und betrachtete Mads neugierig. »Und warum glauben Sie das?«

Unwillkürlich rieb sich Mads den Hals. »Ich bin überfallen worden«, antwortete er.

»Was hat das … Haben Sie bereits Anzeige erstattet?«

»Nein.«

»Warum nicht?«

»War nicht so schlimm …«

Sie sahen einander lange an, während das Gespräch wie ein zitternder Kreisel austrudelte und schließlich still auf dem Büroboden lag. Mads im offensichtlichen Bemühen, nicht wie der letzte Volltrottel zu wirken, Mills im offensichtlichen Bemühen, ihn nicht für einen solchen zu halten. Was ihr nicht besonders gut gelang, denn sie war nicht sehr geübt darin, mit ihrer Meinung hinter dem Berg zu halten, was ihr im Kommissariat den Beinamen »Mills kills« eingebracht hatte.

»Vielleicht fangen wir noch mal von vorne an«, begann sie mit hörbarer Ungeduld.

»Okay, ich heiße Mads …«

»Nicht so weit vorne!«, fauchte sie.

Mads nickte. Er wurde immer nervöser. Was auch daran lag, dass sie ihm ziemlich gefiel. Sie schien ein paar Jahre älter zu sein als er und war ungeschminkt. Sneaker, Jeans, Pullover, einfacher Zopf. Ihr Stil war sportlich, das Gesicht attraktiv. Er sah sie an und vergaß darüber zu antworten.

»Herr Madsen!«, ermahnte sie ihn.

»Was? Ah, richtig … Also, ich beschäftige mich gerade mit dem Tod von Patrick Schulze.«

»Wieso beschäftigen Sie sich damit?«

»Ich bin Trauerredner«, antwortete Mads.

Was immer Mills als Antwort erwartet hatte, damit hatte sie nicht gerechnet.

»Und wir waren als Kinder miteinander befreundet. Er hat mir vor seinem Tod einen Brief geschrieben.«

»Einen Brief?«

»Ja, ich hätte ihn fast weggeschmissen, weil er mit Geheimtinte geschrieben ist …«

»Mit Geheimtinte«, wiederholte Mills, und es klang, als zweifelte sie an seinem Verstand.

»Unsichtbare Tinte, wissen Sie?«, präzisierte Mads.

Sie atmete tief durch und sagte: »Kommen wir zu dem Überfall zurück, ja?«

»Okay, der Überfall.« Mads nickte. »Der war gestern Nacht. Jemand hat mich von hinten gepackt und gesagt, ich solle weglaufen. Weil die mich sehen!«

»Aha«, entgegnete Mills argwöhnisch. »Sind Sie verletzt worden?«

»Nein.«

»Wurden Sie bedroht?«

»Nicht wirklich.«
»Nicht wirklich?«
»Na ja, der Mann war eher energisch.«
Mills sah Mads milde an, als bewunderte sie seinen Aluhut. Dann fragte sie: »Das war alles?«
Mads kramte in seiner Hosentasche. »Nein, warten Sie. Das hier habe ich auch noch.«
Er legte den Knopf auf den Schreibtisch.
Mills betrachtete ihn mit zusammengekniffenen Augen.
»Hab ich dem Täter vom Ärmel abgerissen«, erklärte Mads.
»Und jetzt sollen wir nach einem Mann suchen, dem ein Knopf fehlt«, sagte sie gedehnt.
»So wie Sie das jetzt sagen, klingt das irgendwie komisch.«
»Finden Sie?«
Mads schluckte.
Dann fragte er: »Können wir noch mal von vorn anfangen?«
»Nein.«
Mads fragte sich, ob er noch einmal den Brief thematisieren sollte, aber sie sah nicht so aus, als hätte sie Verständnis für Agentenspiele.
»Darf ich Ihnen einen Rat geben, Herr Madsen?«, fragte Mills nach einer ganzen Weile.
»Gern«, antwortete Mads.
»Sie haben eine schöne Stimme …«
Mads hob die Hand. »Sagen Sie es nicht!«
»Sie wissen doch gar nicht, was ich sagen will?«
»Ich weiß ganz genau, was Sie sagen wollen!«
Mills zögerte, dann schlug sie munter vor: »Warum machen Sie da nicht was draus? Sie könnten doch zum Radio?« Sie strahlte. »Na? Damit haben Sie nicht gerechnet, was?«
Er starrte sie sauer an.
Dann fragte er: »Darf ich Ihnen auch einen Rat geben?«
»Gern«, antwortete Mills.

»Warum gehen Sie nicht zur Polizei?«

Sie verzichteten beide auf einen Handschlag zum Abschied.

Mads verließ ihr Büro, warf den abgerissenen Knopf in die Höhe, fing ihn wieder auf und dachte: Vielleicht hatte Famke ja recht. Vielleicht war er ja wirklich ein Detektiv. Mit denen hier konnte er es jedenfalls allemal aufnehmen.

19

Mads stand mit seinem Schlüssel in der Hand vor der Haustür und wollte gerade aufschließen, als Fridtjof die Tür aufriss und seinen jüngsten Sohn anstrahlte.

»Was ist denn mit dir?«, fragte Mads erstaunt. »Irgendwas schiefgelaufen mit deinen Pillen?«

Fridtjof antwortete nicht, sondern drängte sich an ihm vorbei dem Vorgartenzäunchen entgegen, wo gerade der DHL-Mann aus seinem Wagen stieg, den Fridtjof freudig begrüßte. Der Postbote übergab ihm ein kleines Paket, das er aufgeregt entgegennahm, bevor er sich wieder an Mads vorbeidrängte, der sich nicht von der Stelle bewegt hatte.

»Komm!«, rief Fridtjof über die Schulter. »Ich muss dir was zeigen.«

Bobby war mittlerweile auch in der Tür erschienen, und so folgten sie Fridtjof beide ins Wohnzimmer, der dort ungeduldig an dem Päckchen herumrupfte, bis er es endlich geöffnet hatte. Er winkte Mads zu sich und zeigte ihm den Inhalt: Bingostifte.

»Das Beste, was es gibt auf dem Markt«, verkündete er stolz. Er las den Beipackzettel vor: »Super-Bingo-Marker für präzise und klare Markierungen. In fünf verschiedenen Farben. 40 Milliliter Fassungsvermögen für endlosen Spielspaß!«

»Zehn Stück?«, wunderte sich Mads.

»War nicht billig, aber wer verdienen will, der muss investieren!«

Mads atmete tief durch.

Fridtjof nahm einen Stift und hielt ihn in die Höhe. »Bei der Recherche rund ums Thema Bingostifte habe ich im Übrigen noch mal viel über das Spiel an sich gelernt. Das wird uns noch nützen! Weißt du eigentlich, woher der Name Bingo kommt?«

»Nein.«

Fridtjof hielt den Stift wie eine Monstranz in die Höhe. »Edwin S. Lowe beobachtete 1929 auf einem Jahrmarkt in Georgia eine Gruppe spanischsprachiger Spieler, die auf einem nummerierten Spielbrett die gezogenen Zahlen mit getrockneten Bohnen abdeckten und *Beano!* riefen, wenn sie gewonnen hatten. Als er eine eigene Beano-Runde veranstaltete, rief eine Spielerin in der Aufregung versehentlich: Bingo! Das fand er besser und veränderte damit das Spiel der Spiele für immer. Ein Genie!«

Mads runzelte die Stirn. »Ein Genie? Nichts davon ist von ihm. Weder das Spiel noch der Name.«

Fridtjof legte den Stift zurück auf den Tisch und funkelte Mads kampfeslustig an. »Übermorgen werden wir das Spiel für immer verändern!«

»Oh nein.«

»Oh ja! Wir beide, du und ich, werden den Fluch durchbrechen. Wir werden die Alte schlagen. Vernichtend!«

Mads nahm Bobby auf den Arm und verließ das Wohnzimmer. »Wir durchbrechen gar nichts. Und nimm deine Pillen!«

Damit stieg er in den ersten Stock, klappte in seinem Zimmer den Laptop auf und öffnete Instagram. Er suchte Jessica Berghains Seite, nur um festzustellen, dass er keinen Zugriff auf die Bilder hatte. Erst nach einer guten Minute dämmerte ihm: Sie hatte ihn blockiert. Was hatte das zu bedeuten? Was zum Teufel hatte Patrick angestellt, dass Furcht einflößende Männer Mads im Dunkeln angriffen? Dass Patricks ehemals bester Freund ihm, Mads, eine reinhaute – und jetzt Jessica sich unsichtbar machte?

Was wurde hier gespielt?

Er betrachtete den Screenshot der drei, rief dann Timos Insta-Seite auf. Gleich auf dem ersten Foto war eine Autowerkstatt zu sehen, auf der er auch Jessica und Patrick markiert hatte. Einen

Namen oder sonstige Hinweise, wo diese Werkstatt genau sein könnte, konnte er nicht finden. Er schnitt das Foto digital aus, kopierte es und öffnete die Google-Fotosuche. Innerhalb weniger Sekunden spuckte die Suchmaschine die Homepage der Werkstatt aus: *FL Reifenservice & Autowerkstatt*. Dazu eine Adresse im Gewerbegebiet der Flensburger Südstadt.

Mads blickte auf Bobby, die sich auf der Suche nach der perfekten Faulenzerposition auf ihrem Kissen wälzte. »Ausflug, Bobby?«

Sie hielt inne und gähnte.

»Oder du bleibst hier. Bei Fridtjof.«

Mit ein paar schnellen Sprüngen war sie an der Tür und blickte Mads auffordernd an. Unter dieser Bedingung war sie eindeutig für Ausflug.

20

Städte waren wie Einfamilienhäuser, dachte Mads manchmal. Die schicke Innenstadt war der Salon in der Beletage, wo man den Besuch empfing und repräsentierte. Die Wohnviertel, in die man nur fuhr, um dort zu nächtigen, hatten eindeutig Schlafzimmercharakter. Und dann gab es noch die seelenlos-funktionalen Industriegebiete, die man wie Hauswirtschafts- und Kellerräume nie mitzählte, wenn man über sein Zuhause sprach.

Die Flensburger Südstadt zwischen Osttangente und Zur Bleiche war ein solches Gebiet, wenn es hier und da auch überraschend grün war. Mads suchte zwischen großen Autohändlern nach der Werkstatt und fand sie schließlich in einer Sackgasse, die von der Liebigstraße abging. Hier sah es nicht ganz so aufgeräumt aus, die Gebäude wirkten verlassen, vielleicht auch, weil Mittag war.

Die Werkstatt lag am Ende der Straße, flach und rechteckig, mit zwei geöffneten Garagentoren, durch die hindurch man Werkzeugschränke, Hebebühnen und aufgebockte Autos sah. Auch vor den Garagen parkten Autos. Mads stellte den alten Benz in der Einfahrt ab.

Was er sich von dem Besuch versprach, wusste er nicht genau, genauso wenig, wie er das Gespräch führen sollte. Eine zwanglose Plauderei zum Thema Mord und über den Verdacht, dass die Werkstatt damit zu tun haben könnte, würde sich wohl kaum ergeben. Aber vielleicht gelang es ihm, das Gespräch auf Jessica Berghain zu lenken. Das wäre doch mal ein Anfang.

Er stieg aus, ließ Bobby aus dem Auto herausspringen, befahl ihr aber, bei Fuß zu bleiben. Zu sehen war niemand. Er ging ein paar Schritte in die Werkstatt hinein und entdeckte im hinteren

Teil eine schwere Brandschutztür, die offensichtlich zu einem Büro führte. Von dort hörte er ein Radio plärren.

»Hallo?«, rief er laut.

Ein paar Augenblicke tat sich gar nichts, dann öffnete sich die schwere Metalltür, und ein bulliger Kerl mit ölverschmierten Unterarmen, aber sauberen Händen trat heraus und sah ihn fragend an.

»Ja?«

»Ich habe Probleme mit meinem Benz«, sagte Mads.

Der Mechaniker schien unschlüssig, kam ihm dann aber doch entgegen und fragte: »Der da draußen?«

Mads folgte seinem Blick. »Ja.«

»Was hat er denn?«

Mads roch Pommes und altes Fett. Offenkundig hatte der Mann beim Mittagessenholen länger in der Schlange gestanden.

»Er macht so komische Geräusche«, antwortete Mads. Das war ja wohl ein ähnlich allgemeingültiges Symptom wie Rückenschmerzen beim Hausarzt.

Gemeinsam gingen sie zum Benz. »Was genau für Geräusche?«, fragte der Mann.

Mads zuckte mit den Schultern. »So ein Klopfen. Aber nicht immer. Nur manchmal.«

»Machen Sie mal auf!«, forderte der Mann.

Mads setzte sich auf den Fahrersitz und öffnete die Motorhaube. Als er wieder ausstieg, sah er den Mechaniker an ein paar Kabeln und Motorteilen herumwackeln und den Ölstab herausziehen. Schließlich richtete der Mann sich wieder auf und sagte: »Sieht alles okay aus. Öl hat er auch noch genug.«

»Sie sind mir empfohlen worden«, setzte Mads nach. »Von Jessica …«

Über das Gesicht des Mechanikers fiel in Sekundenschnelle ein Schleier des Misstrauens. Sein Blick wurde so stechend, dass Mads sich unwillkürlich mit einer Hand an den Kotflügel seines Wagens stützte. Ein Zeichen der Unsicherheit, das dem Mann nicht entging und ihn noch argwöhnischer werden ließ.

»Wie war der Name?«, fragte er.

»Jessica Berg…«

»Ihr Name!«, unterbrach er ihn.

»Oh, äh, Kurt. Kurt Schmidt. Warum?«

Der Mann verzog seine Lippen zu einem spöttischen Grinsen. »Na, ich muss mich doch bei Jessica bedanken. Für den neuen Kunden.«

Ohne Mads aus den Augen zu lassen, zückte er sein Handy und scrollte durch seine Kontakte. Mads schluckte. Plötzlich ertönte wütendes Gebell aus der Werkstatt. Sie drehten sich beide um – und sahen Bobby in der Garage eine der Wände ankläffen.

»Raus mit dem Hund!«, befahl der Mechaniker wütend.

Mads löste sich erleichtert von seinem Wagen und lief zu Bobby. »Was machst du denn da?«

Er nahm sie auf den Arm und warf einen Blick auf die paar Jacken und Kittel, die dort an Kleiderhaken hingen, als er auch schon den Mechaniker hinter sich spürte. Er drehte sich um und stand beinahe Nasenspitze an Nasenspitze mit ihm. Bobby knurrte ihn wütend an. Mads und der Mann waren etwa gleich groß, aber er hatte keine Zweifel, dass der Kerl ihn durch den Auspuff eines Fiat 500 ziehen konnte, wenn ihm danach war. Sein Smartphone hatte er ans Ohr gepresst, sie hörten beide das Freizeichen. Endlose Sekunden standen sie einander gegenüber, dann meldete sich Jessicas Mailbox.

Der Mechaniker legte auf und sagte: »Nicht da.«

Mads versuchte ein Lächeln. »So ein Pech.«

Ohne von Mads abzurücken, fragte er: »Was ist mit dem Auto? Soll ich es auseinandernehmen und gucken, was kaputt ist?«

Mads wich einen Schritt zurück und schüttelte den Kopf. »Nein, besser nicht.«

Der Mechaniker nickte mit bösem Lächeln. »Ja, das denke ich auch.«

»Ich … Ich fahr dann mal wieder.«

»Ja, fahr mal wieder«, wiederholte der Mann. »Besser ist das.«

Mads stieg in sein Auto, startete den Motor und fuhr los. Im Rückspiegel konnte er sehen, dass der Mechaniker sie nicht aus den Augen ließ. Als sie aus seinem Sichtfeld verschwunden waren, wandte Mads sich Bobby zu, die auf dem Beifahrersitz saß und gut gelaunt hechelte. »Was für ein schlauer Hund du bist!«, sagte Mads lächelnd.

Er fuhr zurück auf die Liebigstraße und bog direkt auf den Parkplatz eines großen Paketdienstleisters ein. Dort stellte er den Benz ab.

»Ab jetzt aber ganz leise!«, sagte Mads, nahm Bobby auf den Arm und verließ das Auto. Er lief um ein großes Autohaus herum und näherte sich der Werkstatt von hinten über ein Stück Grünfläche. Dort fand er hinter einem Busch Schutz und hatte trotzdem einen guten Blick.

»Wir müssen nur ein bisschen warten«, sagte er leise zu Bobby, die sich ins Gras gelegt hatte und ihren Bauch der angenehmen warmen Frühlingssonne präsentierte.

Mads blickte zur Werkstatt. Die riesigen Jacken und Kittel an der Garderobe gehörten ganz offensichtlich dem Mechaniker, der mindestens Größe XL trug. Aber da war auch eine Jacke gewesen, die deutlich schmaler war. Und der fehlte ein Knopf.

Ein Knopf wie der, den er gerade zwischen seinen Fingern drehte.

21

Mads hatte sich immer gefragt, was Privatdetektive während einer Observation eigentlich so trieben. In Filmen wurden Observationen nie in voller Länge gezeigt. Man war dabei, wenn die Observation begann, und stieg erst wieder ein, wenn sich der potenzielle Täter bewegte und der Detektiv ihn endlich verfolgen konnte. Manchmal verrieten Reste von Junkfood oder leere Kaffeebecher im Auto, dass der »Schnüffler« da lange hatte lauern müssen, aber was hatte er in der Zeit gemacht, außer Junkfood zu konsumieren? Darüber nachgedacht, dass es nichts Langweiligeres gab als Observationen und warum zum Teufel er so einen bescheuerten Beruf gewählt hatte? Humphrey Bogart sah im Trenchcoat mit hochgestelltem Kragen und Zigarette im Mundwinkel wenigstens noch cool aus – der einsame Schnüffler, der zum Schluss Lauren Bacall küssen durfte. Oder Ingrid Bergman.

Im richtigen Leben dagegen lag man hinter einem Busch und spielte mit seinem Hund im Gras, während in der Werkstatt, die man beobachtete, rein gar nichts passierte. Und dachte daran, dass Kommissarin Mills ihn ganz sicher nicht küssen würde, sollten sie sich wiedersehen, sondern ihm allenfalls eins überziehen würde, wenn er es auch nur versuchte. Was sie gerade wohl trieb?

Mads hatte jedenfalls nicht das Gefühl, dass Patricks Tod die Kommissarin in helle Aufregung versetzt hatte. Der war für sie nur eine verkrachte Existenz, die überfahren worden war. Ob sie wusste, was seine Mutter durchmachte?

Nach einer Stunde hatte Bobby keine Lust mehr zu spielen und legte sich für ein Nickerchen in Mads' Schoß. Der hatte begonnen, auf seinem Smartphone alle Spielchen zu testen, die er irgendwann einmal heruntergeladen hatte, stellte aber bald fest, dass er auf diese Art die Werkstatt nicht beobachten konnte. Also lag er herum und lauschte dem Knurren seines Magens. Er hatte Hunger. Ihm war langweilig. Detektiv sein war scheiße.

Dann aber, gegen sechzehn Uhr, trat ein junger Mann aus der Garage, dessen Jacke Mads sofort erkannte. Der Typ durchsuchte seine Hosentaschen und zog einen Autoschlüssel heraus. Mads schnappte sich Bobby, sprang auf und lief mit ihr zurück zu seinem Wagen. Er startete ihn, fuhr zur Ausfahrt des Parkplatzes und wartete mit laufendem Motor, bis wenig später der Mann in einem alten Hyundai aus der Sackgasse herausfuhr, um sich in den Verkehr auf der Liebigstraße einzufädeln. Mads folgte ihm mit einigem Abstand, hellwach und mit klopfendem Herzen. Detektiv sein war toll!

Bis Bobby auf dem Beifahrersitz zu fiepen begann.

»Das kann doch nicht sein!«, rief Mads. »Wir hocken viereinhalb Stunden im Gebüsch, und jetzt musst du?«

Bobby fiepte noch eine Spur wehleidiger.

»Das kommt überhaupt nicht infrage!«

Mads starrte durch die Windschutzscheibe und sah, wie der Hyundai weiter vorn nach Osten in Richtung Tarup abbog. Er machte es ihm nach und versuchte, das immer dringlichere Winseln Bobbys zu überhören. Dann, zu seiner großen Erleichterung, bog der Wagen auf den Parkplatz eines Supermarktes ein.

»Gleich!«, rief Mads der mittlerweile auf dem Beifahrersitz nervös hüpfenden Bobby zu.

Er parkte den Wagen, öffnete die Fahrertür und ließ Bobby über seine Beine nach draußen springen. Der Hyundai stand dreißig Meter von ihm entfernt. Der Mann war ausgestiegen und strebte dem Haupteingang des Supermarktes zu.

Jemand klopfte gegen die Fahrerseite.

Mads zuckte erschrocken zusammen und blickte in das gerötete Gesicht eines Anzugträgers. Er ließ die Scheibe hinunter.

»Ist das ihr Hund?«, schimpfte der Mann.

»Was?«

»Der da!« Der Mann zeigte mit dem Finger hinter sich.

Mads sah aus dem Fenster und entdeckte Bobby am Hinterreifen eines sehr teuer aussehenden Autos, wo sie in aller Ruhe pinkelte.

»Ja«, antwortete Mads.

»Ihr Hund pinkelt mein Auto an!«

Mads versuchte, die Lage zu entschärfen. »Es ist eine Hündin. Und sie pinkelt neben ihr Hinterrad.«

»DIE HÖRT JA GAR NICHT MEHR AUF!«

Die Pfütze breitete sich kreisförmig aus und brandete gegen den gewaltigen Autoreifen mit den blitzenden Luxusfelgen.

»Bobby!«, rief Mads lahm. »Komm schon!«

Es störte sie wenig. Ihrem Blick nach zu urteilen, empfand sie das kleine Geschäft als durchaus befreiend.

»Nehmen Sie sofort Ihren Köter da weg!«

»Was soll ich denn machen? Sie musste dringend!«

Der Mann machte einen Schritt auf sie zu und hob drohend die Faust. Innerhalb einer Sekunde war Mads aus dem Wagen gesprungen und hielt ihn am Arm. »Lassen Sie den Hund in Ruhe!«

Der Mann riss sich los. »Einen Teufel werde ich tun. Ihr Köter pinkelt mein Auto an. Das ist Sachbeschädigung!«

»Finden Sie nicht, dass Sie ein klitzekleines bisschen übertreiben?«

»Ich werde Sie anzeigen!«

Wutschnaubend ging er um Mads' Wagen herum und fotografierte das Kennzeichen. Und anschließend auch Mads.

Der seufzte und nickte Bobby zu. »Na, komm, du Heldin!«

Bobby war endlich fertig und sprang zurück in den Wagen. Gerade als Mads ebenfalls einsteigen wollte, sah er den Hyundai-Fahrer, der ihn, eine Brötchentüte in der Hand, erschrocken anstarrte. Er war nicht der Einzige. Der Radau hatte die allgemeine Aufmerksamkeit der Einkaufenden auf sich gezogen. Mads fluchte leise. Der Hyundai-Fahrer lief eilig zu seinem Wagen, startete und fuhr vom Parkplatz. Mads wäre ihm gerne gefolgt, aber der Anzugträger hatte sich mit dem Handy hinter seinen Benz gestellt und bestand darauf, dass er mit ihm auf die Polizei wartete.

Mads stieg frustriert in den Wagen und machte das Radio an. Detektiv sein war doch scheiße.

22

Wenigstens das Ende der Pinkelposse war amüsant. Die Polizeibeamten waren alles andere als erfreut, als sie erfuhren, wegen welcher Art von Sachbeschädigung sie hergerufen worden waren. Der Mann im Anzug hatte das Wort »Hundeurin« kaum ausgesprochen, als einem der beiden Polizisten der Kragen platzte. Es folgte ein Vortrag zum Thema Personalmangel und Überlastung im Polizeiwesen sowie über angemessene und unangemessene Notrufe, der sich gewaschen hatte. Letztendlich konnte er froh sein, nicht selbst noch eine Anzeige kassiert zu haben. Nach einer geschlagenen Stunde vergeudeter Lebenszeit durfte Mads endlich weiterfahren.

Sein Handy klingelte.

»Sag mal«, begann Robert, »hattest du in letzter Zeit mit der Polizei zu tun?«

»Mehrfach«, antwortete Mads.

»Vielleicht trittst du mal ein bisschen kürzer.«

»Wieso?«

»Ich habe wegen des Aktenzeichens bei der Kripo angerufen und hatte Luisa Mills am Telefon. Du kennst sie?«

»Kennen ist zu viel gesagt …«

»Jedenfalls hat sie mir mit dem Charme einer nordkoreanischen Grenzerin mitgeteilt, dass sie nicht hofft, ich arbeite im Auftrag eines gewissen Trauerredners, denn sonst trägt sie dir bei nächster Gelegenheit eine Trauerrede im Vernehmungsraum vor wegen Behinderung der Justiz und noch ein paar anderen Dingen, die ihr bis dahin sicher eingefallen sind.«

»Unter der rauen Schale steckt sicher nur eine enttäuschte Idealistin«, gab Mads zurück.

»Ich kenne sie, Mads, und kann dir sagen: Mills kills! Probier's besser nicht aus!«

»Ich mach doch gar nichts«, protestierte Mads nicht ganz ehrlich.

»Luisa Mills bearbeitet den Fall, sonst niemand!«

Mads stieß verächtlich Luft aus. »Ich hatte nicht das Gefühl, dass sie sich besonders dafür interessiert.«

»Mads, ich warne dich. Leg dich nicht mit ihr an. Schreib deine Rede auf Patrick – und gut ist's. Ich habe bei der Staatsanwaltschaft die Akte angefordert. Sobald sie mir vorliegt, kannst du sie abholen.«

»Danke.«

Er legte auf. Man reagierte ja wohl nur dann übersensibel, wenn man sich ertappt fühlte. Da hatte wohl jemand Angst, dass die Polizei schlecht dastand, wenn er den Job übernahm, den andere nicht erledigten. Mads fühlte sich ungerecht behandelt und dachte nicht daran, sich einschüchtern zu lassen.

Zu Hause angekommen zog Mads sich in sein Zimmer zurück, öffnete seinen Laptop und begann aufzuschreiben, was er über den Fall Patrick Schulze bisher wusste. Er notierte die Namen der beteiligten Personen: Timo Horlacher, Jessica Berghain, der Rübenkopf vor seinem Fenster, der Mechaniker und Knopfmann. Sie alle standen in Verbindung mit Patrick und waren offensichtlich nicht gut auf ihn zu sprechen. Dazu kam der seltsame Auftritt von diesem Korbinian. Hatte der auch mit Patrick zu tun? Oder war das nur ein Zufall?

Er beschloss, sich zunächst auf Jessica und Knopfmann zu konzentrieren. Vielleicht tauchten sie ja auch in der Ermittlungsakte auf. Vielleicht gelang es ihm aber auch schon vorher, etwas herauszufinden. Vor allem über Knopfmann.

Ein paar Tage später erhielt Mads einen Anruf von Robert: Die Ermittlungsakte war da. Robert wurde nicht müde zu betonen, dass Mads offensichtlich mehr Glück als Verstand hatte, denn es gab kaum eine größere Geduldsprobe im Alltag eines Anwalts, als auf eine Ermittlungsakte von der Staatsanwaltschaft zu warten.

»Muss ein Zufallstreffer gewesen sein«, sagte Robert am Telefon. »Oder die haben einen neuen Sachbearbeiter, der noch so was wie Motivation hat. So oder so – du kannst in der Kanzlei vorbeikommen und sie dir holen. Meine Assistentin weiß Bescheid, sollte ich nicht da sein.«

Mads bedankte sich und fuhr am Mittag in Roberts Kanzlei. Der war tatsächlich nicht im Haus, und so nahm Mads von dessen Assistentin eine rote Akte der Staatsanwaltschaft Flensburg entgegen. Im Anschluss fuhr er zum wiederholten Mal in das Flensburger Gewerbegebiet, wo er sich erneut hinter dem Busch auf die Lauer legte. Doch wie auch in den Tagen zuvor tauchte der Knopfmann nicht auf, sodass er sich die Zeit damit vertrieb, durch die Akte zu blättern und nachzulesen, was die Polizei bis dato unternommen hatte.

Er fand Fotos von Patricks Wohnung, die gründlich umgepflügt worden war. Patricks Handydaten waren ausgewertet worden, ohne erhellende Ergebnisse. Am Tag seines Todes hatte er einen Bilderrahmen erworben, außerdem hundert Euro abgehoben.

In Patricks Wohnung hatte man allerhand Spuren gesichert, die aber noch nicht ausgewertet worden waren. Dann gab es ein Verhörprotokoll von Timo Horlacher. Er gab an, zum Zeitpunkt des Unfalls auf einer Geburtstagsparty gewesen zu sein. Das Alibi wurde von zahlreichen Gästen bestätigt. Weitere Personen waren vorgeladen, aber noch nicht verhört worden.

Die Untersuchungen den Unfallwagen betreffend standen noch ganz am Anfang. Man hatte am Unfallort Lacksplitter in Silbermetallic gefunden, und jetzt wurde recherchiert, welcher Autobauer diesen spezifischen Lack verwendete. Das konnte Wochen oder Monate dauern. Und dann hatte man noch lange nicht herausgefunden, welches genaue Modell gefahren worden war. Man hatte begonnen, Autowerkstätten abzuklappern, um den Unfallwagen aufzuspüren, darunter auch die Firma *FL Reifenservice & Autowerkstatt*. Ohne Ergebnis.

Schließlich stieß Mads auf den Namen Jessica Berghain. Im Gegensatz zu Timo schien ihr Patricks Tod nahezugehen, aber auch sie hatte ein Alibi. Sie hatte den Abend, als es zu dem Unfall kam, bei ihrer Mutter in Eckernförde verbracht. Mads prägte sich Jessicas Meldeadresse ein: Am Hafendamm, Flensburg.

Viel mehr gab es nicht. Ein paar Fotos vom Tatort. Der Bericht der Rechtsmedizin, der bestätigte, dass Patrick an den Folgen des Unfalls gestorben war.

Man konnte HK Mills nicht vorwerfen, dass sie ihren Job nicht tat. Sie ermittelte. Wenn Mads auch das Gefühl nicht abschütteln konnte, dass sie keine Idee hatte, wo sie noch suchen sollte. Zumindest stand davon nichts in der Akte.

Schließlich schlug er die Akte zu und verließ sein kleines Versteck. Irgendwann würde er den Mann mit dem fehlenden Knopf schon finden. Für heute hatte er jedenfalls genug. Jessica Berghain schien ihm die vielversprechendere Spur zu sein.

Am Nachmittag parkte er den Benz im Hafenviertel und lief die letzten Meter zu Fuß, bis er vor einem noblen Mehrfamilienhaus stand, das ihm schon früher aufgefallen war: absoluter Luxus in unmittelbarer Hafennähe. Jessica Berghain schien ihr Glück gemacht zu haben, und Mads fragte sich unwillkürlich, woher sie Männer wie Patrick oder Timo kannte, denn die beiden spielten wahrlich nicht in dieser Liga.

Am Hauseingang suchte er vergebens ihren Namen und drückte auf die Klingel, die als einzige unbeschriftet war. Die Tür sprang auf, ohne dass sich jemand an der Gegensprechanlage gemeldet hätte.

Mads nahm nicht den Aufzug, sondern die Treppen bis in den obersten Stock. Dort stand Jessica im Türrahmen und sah ihn erschrocken an: Offensichtlich hatte sie jemand anderes erwartet. Mads erkannte sie sofort. Wie auf ihrem Insta-Profil trug sie elegante Designermode, nur die Piercings in Nase und Lippe erinnerten noch an das rebellisch aussehende Mädchen von dem Selfie, das sie vor vier Jahren mit Patrick und Timo geschossen hatte.

Mads räusperte sich und sagte: »Hallo, ich bin Mads.«

»Verschwinde!«, sagte sie mit gepresster Stimme.

Sie war im Begriff, die Tür zu schließen, als Mads seinen Fuß in den Eingang stellte. »Bitte sprich mit mir!«

»Es gibt nichts zu besprechen.«

»Doch, und das weißt du genau.«

Sie wirkte misstrauisch. »Was willst du überhaupt?«

»Ich glaube, dass du die Einzige bist, die Patricks wahre Geschichte kennt.«

Es war ein Schuss ins Blaue gewesen, aber Mads bemerkte, dass seine Worte ein Echo auslösten. Schmerz verschattete plötzlich ihr Gesicht.

»Warum lässt du mich nicht in Ruhe?«

Es klang kläglich.

»Ich will nur reden«, sagte Mads. »Ich will es nur verstehen.«

Sie zögerte, kaute für einen Moment nervös an ihrem Daumennagel, dann stieß sie kommentarlos die Tür auf und ließ ihn ein.

Mads betrat ein riesiges Loft, überwiegend in Weiß gehalten, mit einem Balkon und einem Panoramablick auf den Hafen. Die mit Sicherheit sündhaft teure Küche sah aus, als wäre sie noch nie benutzt worden. An den Wänden hing abstrakte Kunst, offensichtlich Originale, wenn sie Mads auch nichts sagten. Geschmackvoll waren sie in jedem Fall. Geradezu im Widerspruch dazu ein überdimensionaler Fernseher mit Dolby-Surround-Anlage mit wulstigen Ledersesseln im hinteren Teil des Raums. Mads nahm an, dass Jessica hier nicht alleine lebte. Frauen legten selten Wert auf Widescreen-TVs mit Technik, mit der man ein Kino beschallen konnte. Männer schon eher.

Sie bot ihm einen Platz auf der ausladenden Couch an und fragte: »Möchtest du etwas trinken?«

»Wasser?«

Sie nickte, goss Mads und sich in der Küche ein Glas ein und brachte ihm seins. Dann setzte sie sich ihm gegenüber. Eine Weile sahen sie einander nur an, dann fragte Jessica: »Wieso interessierst du dich für Patrick?«

»Ich bin Trauerredner.«

»Seltsamer Beruf.«

»Warum? Ich erinnere an die Toten. Das ist gut.«

»Und wieso an Patrick?«

»Seine Mutter möchte sich von ihm verabschieden«, antwortete Mads, dem es sinniger erschien, Patricks Brief nicht zu erwähnen.

Jessica lächelte traurig.

»Woher kanntet ihr euch?«, fragte Mads im Gegenzug. »Du und Patrick?«

Einen Moment schien sie darüber nachzudenken, ob es einen Haken an Mads' Frage gab, dann aber antwortete sie: »Patrick und ich sind zusammen zur Schule gegangen. In Bremerhaven.«

Mads nickte. Dahin waren Patrick und seine Mutter also gezogen. Weit weg von Glücksburg.

»Du kommst von da?«, fragte Mads.

Sie schüttelte den Kopf. »Nein, aus einem Kaff in Niedersachsen. Meine Mutter und ich sind viel herumgezogen. Haben mal hier, mal da gelebt.«

»Ihr wart eine Dreiergruppe, oder? Patricks Mutter hat mir auch von Timo erzählt.«

»Den haben wir in Hamburg kennengelernt.«

Mads runzelte die Stirn. »Aber er kommt doch aus Flensburg?«

Jessica zuckte mit den Schultern. »Ist von zu Hause abgehauen. Kam wohl mit seinem Alten nicht klar.«

»Weißt du, warum sich Patrick und Timo zerstritten haben?«, fragte Mads.

Sofort machte sie wieder dicht. »Frag ihn doch selbst.«

»Hab ich«, entgegnete Mads.

»Na, dann«, antwortete Jessica und machte keine Anstalten, sich weiter zu Timo zu äußern.

Eine Weile schwiegen sie, dann fragte Mads: »Erzähl mir was von Patrick. Wie war er so?«

Jessica überlegte nicht lange. »Patrick war immer da, wenn man ihn brauchte. So jemanden findet man nicht so oft im Leben.«

»Timo meinte, er war ein Betrüger, ein Lügner. Ein schlechter Mensch.«

Jessica schnaubte verächtlich. »Timo ist ein Idiot. War er schon immer. Schuld haben bei ihm immer die anderen.«

»Für was hat er Patrick denn die Schuld gegeben?«

Jessicas Blick wurde stechend. »Patrick ist tot. Was für eine Rolle spielt das noch?«

»Möchtest du nicht wissen, was passiert ist?«

»Er ist überfahren worden. Das ist passiert«, gab sie scharf zurück.

»Glaubst du, Timo hat etwas damit zu tun?«, fragte Mads.

Ihr Handy klingelte. Jessica zuckte förmlich zusammen. Sie sah auf das Display, nahm aber nicht ab.

»Geh ruhig ran«, sagte Mads freundlich.

Ein paar Wimpernschläge zögerte sie, dann schüttelte sie leicht den Kopf und legte das Smartphone auf den Tisch. Mit dem Display nach unten.

Mads wiederholte seine Frage, und für einen Moment machte es den Anschein, als wäre sie im Begriff, sie zu beantworten. Dann verriet ein leises Vibrieren, dass sie eine SMS bekommen hatte. Sie nahm das Handy in die Hand und las die Nachricht. Ein kalter Schrecken wehte ihr die Farbe aus dem Gesicht. Ihre Hand umklammerte das Telefon.

»Du musst gehen.«

»Was ist denn los?«, fragte Mads.

Jessica zog ihn am Arm hoch. »Bitte, geh! Sofort!«

Mads stand widerwillig auf und wiederholte seine Frage.

»Geh jetzt!«, schrie sie so unvermittelt, dass Mads zurückwich. Das war nicht Wut in ihrer Stimme, sondern nackte Angst.

»Schon gut«, sagte Mads und folgte ihr zur Haustür. Sie öffnete sie. Im Flur rief sie den Aufzug, dessen Türen Sekunden später aufglitten. Jessica schubste ihn hinein. »Lass die Toten ruhen!«, rief sie ihm nach. »Du kannst nichts mehr ändern. Niemand kann das!«

»Kann ich dich wiedersehen?«, fragte Mads, als sich die Türen bereits wieder schlossen.

»Geh!«

Dann fuhr er hinab und verließ das Haus.

In Gedanken versunken ging er zurück zu seinem Auto, als ein schwerer BMW mit verdunkelten Scheiben an ihm vorbeischoss, hart abbremste und direkt vor dem Eingang parkte. Ein Mann stieg aus, den Mads bereits kannte: Rübenkopf. Sogar auf die Entfernung konnte man sein starres Glasauge sehen. Er eilte zum Hauseingang, schloss auf und betrat das Haus, ohne Mads bemerkt zu haben.

23

Mads durchfuhr eine Welle der Erleichterung: Rübenkopf war ihm schon unheimlich gewesen, als er ihn vor seinem Fenster hatte rumlungern sehen. Er konnte wirklich auf eine weitere Begegnung mit dem Kerl verzichten. Was hatte eine Frau wie Jessica mit dem zu schaffen? War er es, mit dem sie zusammenlebte? Sie passten kein Stück zusammen. Rübenkopf sah nicht so aus, als hätte er Freude an Designermode, Kunst oder Gleichberechtigung.

Jessica, Patrick und Timo waren Freunde gewesen, jetzt war einer der drei tot, die beiden Verbliebenen mieden sich und unter der Oberfläche gärte es. Aber warum? Was hatte Patrick getan, dass er über seinen Tod hinaus noch so eine Aufregung verursachte? Was wussten Jessica und Timo? Mads war sich sicher, dass da etwas war, aber sie zu große Angst hatten, um darüber zu sprechen.

Die Fragen drehten sich in seinem Kopf und nahmen ihm die Sicht. Er war sich nur über eines im Klaren: dass er unbedingt wissen wollte, was passiert war.

Als Mads gerade in sein Auto stieg, klingelte sein Handy: Fiete.

»Patrick ist hier«, sagte der.

Mads runzelte die Stirn. »Was?«

»Ich meine, dass die Rechtsmedizin eben seinen Körper freigegeben hat. Willst du ihn sehen?«

Mads nickte. »Ich komme vorbei.«

Keine fünfzehn Minuten später parkte Mads vor dem Bestattungsinstitut, trat in das Büro, grüßte Alva Amelung, die hinter ihrem Schreibtisch thronte und ihm mit einem Kopfnicken bedeutete, dass Fiete hinten im Neubau war. Mads überquerte den Innenhof und betrat den Bereich, den man normalerweise nur sah, wenn man einen Verlust zu beklagen hatte.

Mads holte tief Luft und sammelte sich, dann öffnete er die Stahltür des Thanatoraums. Sofort stieg ihm kalter Totengeruch in die Nase. Das grelle Deckenlicht leuchtete die Kammer gnadenlos aus. Fiete und Herr Barnardy standen mit dem Rücken zu ihm vor einer Stahlbahre. Mads sah nur die bleichen Beine des Verstorbenen. Eines davon gebrochen und provisorisch gerichtet.

Sie drehten sich zu Mads um. Der stille Herr Barnardy trug einen wasserdichten Kittel, Handschuhe und einen Mund- und Augenschutz vor dem Gesicht. Fiete hatte nur seinen Anzug an, was ihn sichtbar frösteln ließ. Der Stahl, die seelenlosen Apparaturen und das Licht ließen Kälte und Tod noch stärker hervortreten.

»Willst du lieber warten, bis Herr Barnardy fertig ist?«, fragte Fiete.

»Schon gut«, entgegnete Mads. »Ist nicht mein erster Verstorbener.«

Fiete nickte und trat zur Seite.

Ein Körper, wächsern bleich, lag dort auf nacktem Edelstahl, eine grobe T-förmige Naht zierte die Brust. Patricks Augen starrten halb geöffnet ins Nichts, auch der Mund war leicht geöffnet. Ähnlichkeit mit dem fröhlichen Mann, den Mads vom Selfie mit seinen Freunden kannte, hatte er nicht mehr. Der Aufprall musste derart heftig gewesen sein, dass es keinen Knochen zu geben schien, der nicht zertrümmert worden war. Patricks Gesicht sah aus, als wäre es geschmolzen und wieder erstarrt. Der Schädel war eingedrückt, die linke Gesichtshälfte herabgesackt, der Brustkorb eingefallen, die Arme führten von den Händen im Zickzack hinauf zu den Schultern.

Mads atmete erschrocken aus. »Meine Güte, war das ein Bus?«

Fiete zuckte mit den Schultern. »Möglich. Vielleicht aber auch ein großer SUV, möglicherweise mit Rammschutz. In jedem Fall hat der Fahrer voll aufs Gaspedal gedrückt.«

Mads blickte auf Patrick herab und dachte an den kleinen Jungen vom Friedhof, der ihn im schlimmsten Moment seines Lebens zum Lachen gebracht hatte. Hatte er sich das Ende so vorgestellt? Hatte er gewusst, dass Mads ihn so sehen würde?

»Herr Barnardy fängt jetzt an«, sagte Fiete mit tonloser Stimme und klopfte Mads sanft auf die Schulter. »Ich bin vorne, wenn was ist.«

Damit verließ er den Raum.

Der stille Herr Barnardy sah ihn stumm an, und Mads war, als könnte er in den dunklen Augen des Mannes lesen, dass er vorsichtig sein würde. Dass er Patrick nicht wehtun und ihn mit dem Respekt behandeln würde, den er, wie jeder andere Verstorbene auch, verdient hatte. Er würde einen Klumpen Fleisch wieder in einen Menschen verwandeln.

Er wies mit einer Geste auf die bereitliegende Schutzkleidung, die Mads anzog. Dann begann Herr Barnardy sein Werk. Zunächst desinfizierte er den Körper gründlich. Eine Totenstarre musste nicht mehr wegmassiert werden, sodass er sich gleich an die Rekonstruktion des Gesichts machte: Er löste die Haut und zog das Gesicht von oben nach unten vom Schädel. Darunter waren ausgebleichte Muskeln und Sehnen zu sehen, vor allem aber zerbrochene Knochen. Das Gehirn hatte die Rechtsmedizin schon entnommen und mit den anderen Organen im Bauchraum vernäht. Mads wusste: Ohne die Obduktion hätte es Herr Barnardy in einen Beutel gepackt und später unter das Kopfkissen im Sarg gelegt.

Mads hatte ihm einen Ausdruck des Bilds von Patrick, Jessica und Timo gegeben, an dem sich der stille Herr Barnardy jetzt orientierte. In beharrlicher Detailarbeit machte er sich an das Richten, Verkleben und Verschrauben der Knochenteile, bis der Kopf nach und nach wieder an Form gewann. Indem er die Gesichtshaut zurückklappte, kontrollierte Herr Barnardy immer wieder, ob er sich dem Bild des Toten näherte.

Über Stunden arbeitete er konzentriert und ohne Hast. Schließlich prüfte er ein letztes Mal das rekonstruierte Gesicht und zog die Haut fest über den Knochen. Mads, der die ganze Zeit lautloser Beobachter gewesen war, staunte über das Talent des Thanatopraktikers: Patricks Gesicht war wiederhergestellt, selbst die schwer zu richtende Augenpartie hatte wieder die alte Form. Wenn er erst rasiert, gewaschen, gewachst und geschminkt worden war, würde man die Schnitte, Risse, Nähte und Hämatome kaum mehr sehen.

Herr Barnardy war ein großer Künstler, der den Toten ihre Würde zurückgab. Er verwandelte sie wieder in die, die sie vor ihrem Ableben einmal gewesen waren.

Mads löste sich von der Wand, an der er gelehnt hatte, und nickte Herrn Barnady zum Abschied zu. Als er das Institut verließ, dachte er an Patrick und an früher, dachte an den Schädel und das Trümmerfeld darunter. Splitter für Splitter hatte es Herr Barnardy zusammengesetzt, Knochen für Knochen ein Gesicht entstehen lassen, bis zum Schluss ein zerbrochener Mensch wieder ganz war.

Er sah Patricks neues altes Gesicht immer noch vor sich. Züge eines Menschen, der ihm ein wichtiger Freund gewesen war. Und plötzlich blitzte eine Erinnerung gleißend hell durch seinen Kopf.

Endlich wusste er wieder, was passiert war!

Er raste los, hielt auf Glücksburg zu und jagte durch die Collenburger Straße, vorbei an seinem Zuhause, bis er am Parkplatz Friedeholz hielt. Vor ihm lag der Wald. Er lief über einen schmalen Pfad zwischen den Bäumen, irrte umher auf der Suche nach dieser einen alten Eiche. Dort, ja, das musste sie sein! Zwischen den mächtigen Wurzeln, die tief in den Boden führten, kniete er nieder und begann, mit bloßen Händen zu graben, bis er in etwa zwanzig Zentimetern Tiefe eine kleine Schachtel fand.

Er öffnete den Karton und fand einen Ring.

O Gott!, dachte er entsetzt.

Wie konntest du das nur vergessen!

24

Der kleine Finn hatte bittere Tränen vergossen, wobei nicht das Gespött auf den Zetteln mit der unsichtbaren Tinte ihm so zugesetzt hatte, sondern die damit verbundene Erkenntnis, dass er für die anderen nur ein lächerlicher Angeber war. Zu Hause bauschte er die Sache gehörig auf, berichtete, dass Mads und Patrick die Zettel mit den Schmähschriften in der ganzen Schule herumgereicht hätten, bis ihn schließlich alle ausgelacht hätten. Niemand mochte ihn. Was ironischerweise sogar stimmte – nur war das immer schon so gewesen.

Finns Vater zog abermals in den Krieg. Fuhr in der Schule vor, erhob übelste Vorwürfe gegen Mads und Patrick und drohte mit Klage, falls das angebliche Mobbing gegen seinen Sohn nicht sofort beendet werden würde. Die Schulleitung ging den Vorwürfen nach, stellte aber fest, dass es sich nur um einen harmlosen Streich gehandelt hatte. Es gab für Mads und Patrick eine Ermahnung – und damit wurde der Fall zu den Akten gelegt.

Finns Vater war außer sich vor Zorn, aber fand bei der Rektorin, die eine ausgesprochene Abneigung gegen Männer wie ihn hatte, keinerlei Gehör. Doch dann bot sich ihm eine unerwartete Möglichkeit, seiner Wut Luft zu machen. Nachdem die Putzkraft, die bei der Familie tätig gewesen war, Reißaus genommen hatte, bewarb sich ausgerechnet Patricks Mutter Maria auf die Stelle. Ohne auch nur zu ahnen, was zwischen Finn und ihrem Sohn vorgefallen war.

Finns Vater zahlte ihr zunächst einen überdurchschnittlichen Stundenlohn als Anreiz, den Job unbedingt behalten zu wollen, und begann bald darauf mit den Schikanen. Er wies sie ständig auf angebliche Mängel in ihrer Arbeit hin und bat sie eindringlich, ihren Aufgaben gewissenhafter nachzukommen. Mitunter verschüttete er etwas, nur um einen Grund zu haben, sie zurechtzuweisen. Maria, die das Geld brauchte, nahm es stumm hin. Die Situation wurde von Woche zu Woche schlimmer, und sie litt furchtbar darunter.

Unterdessen demütigte Finn in der Schule Patrick nach Herzenslust damit, dass seine Mutter nur eine »Putze« sei und bei ihnen zu Hause das Klo sauber mache. Irgendwann beschloss Patrick, Finn aufzulauern und es ihm heimzuzahlen. Und zwar so, dass er es nie wieder vergessen würde.

Mads hielt ihn davon ab.

»Wenn du das tust«, warnte er seinen Freund, »dann fliegst du von der Schule. Das will der doch nur.«

»Ist mir egal!«, schrie Patrick. »Ich verprügele ihn!«

Mads schüttelte den Kopf und sagte: »Ich weiß vielleicht was Besseres …«

An jenem Tag hatte Finn, immer noch der unverbesserliche Angeber, der er nun mal war, einen altmodischen Ring mit funkelndem Stein von zu Hause mitgebracht und den anderen Kindern gezeigt. Er behauptete, er sei eine Million wert und habe einmal dem Schah von Persien gehört.

In der dritten Stunde bat Mads daher, auf die Toilette gehen zu dürfen. Er verließ die Klasse, suchte aber nicht die Toilettenräume auf, sondern rannte zur Sporthalle, in der Finns Klasse gerade Unterricht hatte. Er huschte in die Umkleide, fand Finns Sachen und stahl den Ring. Dann verließ er die Turnhalle. Dabei wurde er gesehen, sodass kurz nach Ende der Sportstunde eine Lehrerin mit Finn in Mads Klassenraum trat und ihn beschuldigte, den Ring gestohlen zu haben. Seine Klassenlehrerin forderte ihn auf, den Ring wieder herzugeben. Mads stritt alles ab, sodass die Lehrerin schließlich in seinen Ranzen sah und seine Hosentaschen abtastete. Doch da war kein Ring. Die Lehrerin, die die Abneigung der Rektorin gegen Finns Vater teilte, entschuldigte sich bei Mads, und die Kollegin zog mit Finn davon. Patrick war dem Vorfall, ganz gegen sein Naturell, stillschweigend gefolgt und lächelte dem gedemütigten Finn nach, denn in *seiner* Hosentasche steckte der Ring.

Am nächsten Morgen passte Finn Mads in einer Ecke des Schulhofs ab.

»Wo ist der Ring?«, rief er schon von Weitem.

Mads schüttelte den Kopf.

»Gib ihn zurück!«

Mads schüttelte erneut den Kopf.

Im nächsten Moment hatte Finn ihn am Kragen gepackt und zu Boden geworfen. Dann hockte er sich auf ihn und schlug zu – einmal, zweimal. Er wollte gerade zum dritten Schlag ausholen, als Patrick ihn von hinten ansprang. Die beiden rollten von Mads, dessen Nase blutete, herunter, jetzt war es Patrick, auf dem Finn hockte. Inzwischen war der Hausmeister auf sie aufmerksam geworden. Er schnappte sich Finn und beendete den Kampf.

Da der Hausmeister gesehen hatte, dass Finn den Streit begonnen hatte, sah es nicht gut für ihn aus. Eine Suspendierung wurde erwogen. Man beließ es schließlich bei einem Elterngespräch und einer strengen Ermahnung, da das Schuljahr ohnehin nur noch wenige Wochen dauerte und Finn danach auf eine weiterführende Schule gehen würde. Für Finns Vater war es dennoch eine Schmach, und er beschloss, sich zu rächen – nicht an Mads, auch nicht an Patrick, sondern an dessen Mutter.

25

Patrick und Mads behielten einstweilen den Ring, wenn sie auch wussten, dass sie ihn niemandem würden zeigen können. Das Schmuckstück war eine Art Trophäe, die beide daran erinnerte, dass sie zusammen jeden Gegner schlagen konnten.

Marias Demütigungen in Finns Haus nahmen parallel dazu unerträgliche Ausmaße an, bis eines Tages die Polizei vor ihrer Tür stand, die sie mit dem Vorwurf konfrontierte, einen Ring gestohlen zu haben. Maria beteuerte ihre Unschuld, aber sie verlor ihre Stelle bei Finns Eltern und noch am gleichen Tag auch in zwei weiteren Haushalten, in denen sie putzte, denn dort fehlte ebenfalls Schmuck, was ihr angelastet wurde.

Maria war eine Diebin – davon waren plötzlich alle überzeugt.

Am Abend fand Patrick seine Mutter in der Küche über dem Küchentisch zusammengesunken vor, leise weinend, weil sie nicht wusste, was werden sollte. Patrick versuchte, sie zu trösten, fragte, was passiert sei, aber Maria schüttelte nur den Kopf: nur Erwachsenensachen.

Doch die ließen sich nicht geheim halten: Patrick hörte schon am nächsten Morgen auf dem Schulhof von den Verdächtigungen und beriet sich mit Mads, was zu tun war. Beide kamen zu dem Schluss, dass Mads unmöglich zugeben konnte, dass er den Ring gestohlen hatte. Sie mussten ihn loswerden, damit alles wieder gut werden konnte.

So liefen sie noch am selben Tag in den Friedeholzer Forst, suchten ein geeignetes Versteck und fanden eine alte Eiche, an deren Fuß sie ein Loch gruben. Dort deponierten sie den Ring in einer Schachtel, die zum Schutz in einem durchsichtigen Plastikbeutel steckte. Sie bedeckten die Stelle mit Laub und Zweigen und schworen einander, niemandem ihr Geheimnis zu verraten.

Allein es half nichts.

Eine Weile versuchte Maria noch, Arbeit in anderen Häusern zu bekommen, doch überall, wo sie ihren Namen nannte, wurde sie weggeschickt. Ihr wurde klar, dass Finns Vater es geschafft hatte, ihren Ruf für immer zu ruinieren. Sie würde nie wieder in Glücksburg Fuß fassen.

Maria wurde kurz darauf der Prozess gemacht. Sie bekam eine Bewährungsstrafe wegen Diebstahls. Die Blicke auf der Straße und auf dem Wochenmarkt, das Getuschel hinter ihrem Rücken, die eigene Scham: Sie beschloss, die Stadt zu verlassen. Sie packte ihre Sachen und verließ mit ihrem Sohn über Nacht Glücksburg.

Mads schwante nichts Gutes, als er Patrick am nächsten Tag nicht auf dem Schulhof sah. Und als er am Nachmittag bei ihm zu Hause klingelte, machte niemand auf. Eine Frau erschien im ersten Stock am Fenster und rief: »Die sind fort.«

Mads starrte sie entsetzt an. »Fort? Wohin denn?«

Die Frau zuckte mit den Schultern. »Einfach weg. Ist besser so. Niemand will Diebe als Nachbarn.«

»Sie sind keine Diebe!«, schrie Mads. Er war so wütend, dass ihm die Tränen kamen.

Dann wandte er sich um und rannte weg.

26

Jean Paul hatte unrecht: Man konnte sehr wohl aus dem Paradies vertrieben werden. Nämlich dann, wenn die Erinnerung mit der Wahrheit kollidierte.

Mads hielt den Ring in seinen Händen, sah den Rubin höhnisch funkeln und fühlte seine Schande. Patrick und seine Mutter hatte man vertrieben, er, Mads, war ungeschoren davongekommen. Er saß noch immer am Fuß der Eiche, starrte auf den Ring, als es ihn durchfuhr: die Plastiktüte. Die Plastiktüte, mit der sie die Schachtel umwickelt hatten. Sie war verschwunden. Und wenn er so darüber nachdachte, war das Erdreich um die Wurzeln herum ziemlich locker gewesen. Das ließ nur einen Schluss zu: Patrick hatte ihren Schatz schon einmal geborgen.

Warum?

Er nahm die Schachtel an sich, besah sie genauer. Sie war ausgelegt mit einem Blatt Papier. Das war ihm in der ersten Aufregung gar nicht aufgefallen. Er nahm das Papier heraus und faltete es auf: Es war leer.

Mads holte ein Feuerzeug aus seiner Hosentasche und begann, mit der Flamme unter dem Blatt eine geheime Schrift hervorzuwedeln, die sich nach und nach an die Oberfläche brannte.

Drei Namen erschienen.

Er kannte keinen einzigen davon.

EIN MONSTER

27

Die Seniorenresidenz Rosenpark erschien Mads noch viel trister als bei seinem ersten Besuch, vielleicht auch, weil ihn der Gedanke daran bedrückte, was er der alten Frau mitzuteilen hatte.

Er klopfte an die Tür von Zimmer 335 und trat ein.

Frau Schulze saß wieder vor dem stumm laufenden Fernseher, mit einem so leeren Blick, dass es, als sie ihn ansah, schien, als würde sie aus einer fernen Welt in die graue Wirklichkeit ihrer zwölf Quadratmeter zurückstürzen. Sie brauchte mehrere Sekunden, um ihn wiederzuerkennen. Dann aber erhob sie sich erfreut und gab ihm lächelnd die Hand. »Mads, wie schön!«

»Hallo, Frau Schulze.«

Mads wartete, bis sie sich wieder in ihren Fernsehsessel gesetzt hatte.

»Was kann ich denn für dich tun?«, fragte sie.

Ohne ein weiteres Wort zu verlieren, griff er in die Hosentasche und holte den Ring hervor. Er legte ihn vor Frau Schulze auf den Tisch.

Sie sah ihn neugierig an und fragte: »Was ist das?«

Mads setzte sich.

»Das ist der Grund, warum man Sie für eine Diebin gehalten hat.«

Es war, als ob alles in dem kleinen Zimmer, Geräusche, die Möbel, ja sogar die Luft, zu einem kleinen Ball zusammenfiel und von ihnen wegrollte, bis da nur noch sie beide waren. In einem leeren Raum voll schwebender Erinnerungen. Sehr lange saßen sie so und sahen einander an.

»Es ist dir also wieder eingefallen?«

Mads fragte sich, ob er ihr von Patricks geheimen Botschaften erzählen sollte. Aber was, wenn Patrick nur ihm geschrieben hatte? Würde sie das nicht verletzen? Dass er, ein Freund aus Kindertagen, Nachrichten erhalten hatte, sie, die immer für ihn da gewesen war, nicht? Würde das nicht jede Mutter zutiefst treffen, wenn sie glauben musste, dass ein entfernter Bekannter wichtiger war als die nächste Angehörige?

»Ja«, antwortete er schlicht, ohne weitere Erklärungen.

»An was erinnerst du dich?«, fragte sie.

»An die Gerüchte, den Prozess, dass alle sagten, Sie wären eine Diebin. An den Tag, als Sie plötzlich fort waren.«

Sie nickte stumm.

»Sie haben nichts gestohlen. Und Patrick auch nicht. Ich war es, Frau Schulze. Ich!«

Sie schüttelte langsam den Kopf. »Es spielt wirklich keine Rolle mehr, Mads.«

»Wie könnte es keine Rolle spielen?«, fragte Mads. »Ich habe nichts gesagt, damals. Ich war schuld.«

»Du warst ein Kind, Mads. Ein kleiner Junge. Niemand kann von einem Kind verlangen, dass es sich Erwachsenen in den Weg stellt.«

»Ich habe Patrick ins Unglück gestürzt.«

»Nein, mein Junge, das hast du nicht. Das Urteil über mich war längst gefällt. Die Leute haben in mir immer nur die diebische Putzfrau gesehen. Niemand hätte etwas dagegen ausrichten können.«

»Vielleicht doch …«, entgegnete Mads schwach.

Sie beugte sich vor und tätschelte Mads' Hand. »Als du das erste Mal hier warst, habe ich dir gesagt, dass es doch vollkommen ausreicht, was du an schönen Erinnerungen an eure Freundschaft hast. Und jetzt sitzt du hier und machst dir Vorwürfe. Wäre es nicht besser gewesen, du hättest eure Freundschaft anders in deinem Herzen behalten?«

Mads schwieg: Hatte sie recht?

Er wusste es nicht.

Frau Schulze lehnte sich in ihrem Sessel zurück. »Übrigens hat mich ein Anwalt angerufen«, sagte sie. Offenbar wollte sie das Thema wechseln. »Wegen der Nebenklage. Ich habe zugestimmt. Du hast ihn geschickt, nicht wahr?«

»Ja.«

»Warum?«

»Weil ich eine Rede über Patrick schreibe. Das bin ich ihm schuldig«, gab er zurück.

Sie sah ihn skeptisch an. Ahnte sie, dass Mads ihr etwas verschwieg? Fragte sie sich gerade, ob er in diesem Fall mitforschte? »Mads«, begann sie langsam. »Ich möchte dich um etwas bitten.«

»Gern«, gab Mads zurück.

»Es ist alles so lange her. Du und Patrick, ihr seid verschiedene Wege gegangen. Deiner führte ins Licht. Ich wünsche mir, dass du dort bleibst.«

»Was heißt das?«, fragte Mads.

Sie schwieg.

Dann beugte sie sich vor und ihre kühle, runzelige Hand legte sich auf seine.

»Du bist ein Mann geworden, auf den dein Vater stolz sein kann. Ich bin es jedenfalls.«

Mads nickte, dann stand er langsam auf. Sein Blick fiel zufällig auf die Kommode, auf der ein paar Bilder standen. Ganz vorn ein aktuelles Foto von Patrick, das er bei seinem ersten Besuch nicht bemerkt hatte.

»Das Bild hier«, sagte Mads und wies darauf. »Das ist neu, oder?«

Sie war seinem Blick gefolgt: »Ja, Patrick hat es mir am Tag seines Todes geschenkt …«

Mads nahm es in die Hand: Er sah einen dünnen, blassen Mann mit müden Augen und einem traurigen Gesicht. Patrick hatte seiner Mutter eine letzte Erinnerung schenken wollen. Dieser Kauf eines Bilderrahmens war auch in seiner Akte erwähnt worden.

»Hat er Ihnen sonst noch etwas geschickt? Oder geschenkt?«

Sie schüttelte den Kopf. »Nur das.«

Er stellte das Bild wieder hin. »Eine Frage noch, Frau Schulze …«

Sie sah ihn fragend an. »Ja?«

»Sagen Ihnen die Namen Hagen Müller, Roland Schnoor und Fabian Hattje etwas?«

Sie zuckte zusammen, als hätten sie drei Schläge getroffen.

»Warum willst du das wissen?«

»Wie gesagt, mir ist so vieles wieder eingefallen …«, antwortete Mads ausweichend.

»Das sind die drei Männer, die mich wegen Diebstahls angezeigt haben. Sie haben sich zusammengetan. Hagen Müller, Finns Vater, war der Wortführer.«

Sie brach ab, schloss für einen Moment die Augen.

»Danke«, sagte Mads.

Er wandte sich zum Gehen.

»Was hast du vor, Mads?«, fragte sie unruhig.

Er lächelte nur und schloss die Tür hinter sich.

28

Mads stand vor einem der neueren Häuser am Groß Bremsberg in Glücksburg: Es war grau, modern, nichtssagend. Klinkerstein, Alufenster, auf der Rückseite ein Garten ohne Blumen. Der Vorgarten war nur ein Rasenstück, ein Mittelklassewagen stand vor der Haustür. Immerhin hatten die Dachziegel noch ein wenig von dem Glanz der Erstverlegung.

Damals hatten Patrick und er Finns Familie für reich gehalten, vielleicht wegen Finns Angeberei, vielleicht aber auch weil seine Eltern in einem Eigenheim lebten. Unvorstellbar für Jungs wie Patrick und ihn. Als Kind kam einem ohnehin alles größer, schöner oder wertvoller vor, als es tatsächlich war. Das letzte Mal, als er hier war, hatte er sich mit Patrick darüber unterhalten, wie sie es Finn heimzahlen konnten. Das war, bevor Mads die Idee mit dem Ring gehabt hatte.

Er trat an die Haustür, atmete tief ein und drückte dann die Klingel.

Er hörte Schritte im Flur, und im nächsten Moment stand eine Frau in den Fünfzigern vor ihm.

»Ja?«, sagte sie.

»Sind Sie Heike Müller?«, fragte Mads vorsichtig.

»Ja.«

»Mein Name ist Mads Madsen.«

Kurz sah sie ihn verwirrt an, dann weiteten sich ihre Augen. Sie wusste, wer er war. Dennoch blieb sie vorsichtig. »Ja?«

»Ich war ein Schulkamerad von Finn«, half Mads.

»Ja, ich weiß.«

»Ich würde gerne mit Ihnen sprechen.«

Mads lächelte sie freundlich an.

Kurz schien sie zu überlegen, ob sie ihn abwimmeln sollte, doch dann gab sie sich einen Ruck. Sie öffnete die Tür ganz und wies ins Haus. »Kommen Sie doch herein.«

Mads folgte ihr in ein spartanisch eingerichtetes Wohnzimmer. Das meiste im Raum war schwarz oder weiß, aus Leder, Glas oder Stahl. Ein Raum mit einer strengen männlichen Linie.

Sie bot ihm einen Platz am Esstisch an, fragte, ob er etwas trinken wolle, was er verneinte. Dann setzte sie sich ihm gegenüber – im größtmöglichen Abstand.

»Worüber möchten Sie reden?«, fragte sie höflich.

»Ich bin hier, um mich zu entschuldigen«, sagte Mads.

Heike Müller verbarg ihre Überraschung nicht. »Für was wollen Sie sich entschuldigen?«

Mads stand auf, ging auf sie zu und legte dann den Ring in ihre Hände. Ungläubig betrachtete sie das Schmuckstück.

»*Ich* habe ihn damals gestohlen. Nicht Maria.«

Er setzte sich wieder.

Heike Müller betrachtete schweigend erst den Ring, dann Mads.

»Es tut mir leid, was damals passiert ist«, sagte er.

»Mir auch.«

Ihr Gesicht wirkte plötzlich grau und eingefallen. Sie rieb mit der Rechten über den linken Handrücken.

Mads zog die Augenbrauen hoch. »Wie meinen Sie das?«

Sie antwortete nicht darauf, sondern fragte: »Was ist mit Maria? Wo lebt sie jetzt?«

»In Flensburg. In einem Altenheim.«

Sie schwieg. Sehr lange.

Dann fragte sie, ohne ihn anzusehen: »Wie geht es ihr?«

»Nicht gut. Patrick ist tot.«

Überrascht sah sie auf. »Was ist passiert?«

»Der Verkehrsunfall auf der Holnisser Noorstraße.«

Sie drehte den Ring zwischen den Fingern. »Wie seltsam …«

»Was?«

»Ich habe davon in der Zeitung gelesen. Und ich habe dabei an Patrick gedacht. Ich weiß auch nicht, warum.«

Wieder Schweigen.

Schließlich erhob sie sich und schob den Ring zu ihm hinüber. »Behalten Sie ihn. Ich will ihn nicht.«

»Sie wollen ihn nicht?«, fragte Mads.

Sie schüttelte den Kopf.

»Aber der Ring ist doch sicher viel wert?«

Ein trauriges Lächeln erschien auf ihrem Gesicht. »Der Ring ist so gut wie nichts wert. Der Stein ist synthetisch und der Ring vergoldetes Silber«, sagte sie.

»Ich verstehe nicht …«, begann Mads. »Sie haben Patricks Mutter deswegen angezeigt!«

»Mein Mann hat sie angezeigt – vielmehr mein Ex-Mann. Ich habe bei diesem dreckigen Spiel nur mitgemacht.« Sie wand sich unter seinen Blicken, als fürchtete sie, sie könnte daran Feuer fangen.

»Mein Ex-Mann hat Frau Schulze ins Unglück gestürzt. Er wusste ganz genau, dass sie nie etwas gestohlen hatte.«

»Und die anderen Kläger?«

»Freunde meines Ex-Mannes. Sie haben die Gelegenheit genutzt, ihre Versicherungen zu betrügen.«

Mads ballte die Hände zu Fäusten. »Warum haben Sie das getan?«

Heike Müller zuckte hilflos mit den Schultern. »Weil ich Angst hatte?«

Feine Tränen liefen ihr über die Wangen, aber sie hielt seinem Blick stand, rührte sich nicht, nackt und schutzlos, wie sie plötzlich war. Nach endlosen Sekunden würgte sie hervor: »Es tut mir leid.«

Mads trat an sie heran, nahm ihre Hand, legte den Ring hinein und schloss seine Finger um ihre Faust: »Dieser Ring gehört Ihnen.

Wenn es jemanden gibt, dem dieser Ring gehört, dann sind Sie das!«

Sie verstand es sofort.

Sie tat ihm leid, aber verzeihen mochte er ihr nicht. Dann endlich wandte er sich wieder dem Ausgang zu.

»Es tut mir leid«, rief sie ihm schluchzend nach.

Mads drehte sich nicht um. Ohne den Prozess wäre Patricks Leben anders verlaufen. Ein kleiner, fast wertloser Ring war der Beginn einer Abfolge von Ereignissen gewesen, an deren Ende Patrick auf der Straße gestorben war.

Er trat gerade aus der Haustür, als ihm ein Mann in seinem Alter entgegenkam. Eng anliegender, billiger Anzug, Undercut, Krawatte, protzige Uhr, die verdächtig nach Fake aussah, dazu glänzende, vermutlich ebenfalls gefälschte Lederschuhe. Einen Moment sahen sie einander neugierig an, dann war er schon an ihm vorbei ins Haus geeilt.

Mads schnaubte verächtlich: Immer noch derselbe Angeber wie früher.

29

Mads war nach Flensburg in die Nikolaus-Matthiesen-Straße zurückgekehrt und klingelte bei den Horlachers. Obwohl ihm die Haustür geöffnet wurde, blieb die Wohnungstür verschlossen. Vermutlich hatten ihn Herr oder Frau Horlacher durch den Spion im Türblatt erspäht und entschieden, sich tot zu stellen: Auf sein wiederholtes Klopfen reagierte niemand.

Frustriert machte er sich auf Richtung Hafen und dachte darüber nach, ob es irgendeine Möglichkeit gab, das, was er herausfinden wollte, herauszufinden, ohne auf Schwager Robert zurückzugreifen. Ihm fiel nichts Sinnvolles ein. Er parkte am Hafen. Sein Magen knurrte, als er bei den Horlachers anrief. Jemand hob ab: Timos Mutter. Nachdem Mads sich vorgestellt hatte, antwortete sie abweisend: »Mein Mann ist nicht da.«

»Ich möchte mit Ihnen sprechen«, antwortete Mads schnell, bevor sie auflegen konnte.

»Mit mir?«

»Ja. Sehen Sie, Frau Horlacher, es geht noch einmal um Patrick Schulze. Ich habe ja schon mit Ihrem Mann über ihn gesprochen. Er sagte, Patrick sei daran schuld, dass Timo auf die schiefe Bahn geraten sei …« Er atmete tief ein und fuhr mit einer kleinen Notlüge fort: »Das habe ich jetzt auch von anderer Seite gehört. Genauso, dass Timo wegen ihm im Gefängnis gesessen hat. Ist das richtig?«

Das war ein Schuss ins Blaue: Patricks Mutter hatte vom Weg ins Licht gesprochen. Was ihn annehmen ließ, dass Patrick die entgegengesetzte Richtung gewählt hatte. Dazu hatte er Timo als einen ziemlichen Schläger erlebt. Und Herr Horlacher hatte derart heftig auf die Erwähnung von Patricks Namen reagiert, dass etwas

Schwerwiegendes geschehen sein musste. Etwas wie eine Verurteilung oder ein Gefängnisaufenthalt zum Beispiel.

Er hörte sie schwer atmen, dann stieß sie hervor: »Wer hat Ihnen das gesagt?«

»Dann stimmt es?«

Wieder eine Pause.

Dann legte sie auf.

Mads steckte sein Handy ein und dachte, dass er bei den Horlachers nicht mehr vorstellig zu werden brauchte. Aber er hatte erfahren, was er wissen wollte. Also spazierte er rüber zu Bens Fischhütte, wo es die besten Fischbrötchen der Stadt gab, bestellte und aß mit großem Appetit.

Timo hatte also ein Motiv. Aber laut Ermittlungsakte hatte er leider ein Alibi. Eine Geburtstagsfeier hieß: jede Menge Zeugen. Ließ sich so etwas arrangieren? Konnte man wirklich so viele Leute dazu bewegen, eine Falschaussage zu machen? Schwer vorstellbar. Die Frage war, ob Timo wirklich die ganze Zeit auf dieser Feier gewesen war. Aber Mads nahm an, dass Hauptkommissarin Mills auch schon auf die Idee gekommen war, das zu prüfen. Er könnte der Bärenhöhle noch mal einen Besuch abstatten, um Timo zu finden, aber ein Kinnhaken reichte ihm vorerst.

Mads leckte sich die Finger: Der Matjes war ein Traum. Ob er noch ein Stremellachsbrötchen nehmen sollte? Fisch war schließlich gesund. Doch ein Blick auf die lange Schlange, die sich mittlerweile gebildet hatte, genügte, dass er sich anders besann. Er hasste es, anzustehen.

Just in diesem Moment sah er unter den Wartenden jemanden, den er dort nicht erwartet hätte, auch wenn Bens Fischhütte mittlerweile so berühmt war, dass selbst die ehemalige Außenministerin Annalena Baerbock samt Delegation des Auswärtigen Amtes schon mal hier bestellt hatte. Zwischen den Touristen mit ihren Trekkingjacken und den blassgesichtigen Einheimischen entdeckte er Jessica. Elegant gekleidet wie offenbar immer.

Mads näherte sich ihr von hinten und tippte ihr auf die Schulter. Sie blickte von ihrem Handy auf. Im Gegensatz zum letzten Mal wirkte sie weder eingeschüchtert noch verängstigt. Ja, nicht einmal überrascht. Sie lächelte sogar ein wenig und sagte: »Oh, hallo!«

»Hunger?«, fragte Mads.

Sie zuckte mit den Schultern. »Ich kaufe hier öfter.«

Mads fragte sich, ob Rübenkopf ein großer Fischfreund war und sie regelmäßig hierherschickte, weil er zu faul war, sich selbst um sein Essen zu kümmern.

»Hast du kurz Zeit?«, fragte Mads.

Sie lächelte. »Na ja, ich stehe hier an.«

»Ich meine danach?«

Sie sah ihn prüfend an, dann nickte sie. »Gut.«

Geduldig wartete Mads, bis sie ihren Einkauf erledigt hatte und mit einer Tüte zu ihm zurückkam, in der sich diverse Fischbrötchen befanden. Sie gingen gemeinsam die paar Meter bis zum Kai, vorbei an historischen Segelschiffen, Fischkuttern und Jollen, die an der Museumswerft das Flair vergangener Tage heraufbeschworen. Vor einem der alten Segelschiffe, dessen Takelage unter grauem Himmel schwankte und knirschte, blieben sie stehen.

»Was macht deine Rede?«, fragte sie, nahm eines der Brötchen und biss herzhaft hinein.

»Ich komme voran«, antwortete er und konnte trotz größter Anstrengung nicht vermeiden, futterneidisch auf das Brötchen in ihrer Hand zu starren: Stremellachs. War ja klar.

»Möchtest du eins?«, fragte sie kauend. »Ich habe genug!«

Er fühlte sich erwischt und schüttelte den Kopf. »Nein, nein, danke. Ich bin satt.«

Sein Magen knurrte wütend. Er hoffte, sie hatte es nicht gehört.

»Also, letztes Mal klang es noch so, als wärst du ziemlich eng mit Patrick befreundet gewesen. Stimmt doch, oder?«, fragte er schnell.

Sie verzog ein wenig die Mundwinkel, zuckte mit den Schultern. »Ja, ich denke schon.«

»Du und Timo aber nicht?«

Sie zögerte, dann entgegnete sie: »Nein.«

»Warum nicht?«

Sie wischte ihren Mund mit einer Papierserviette ab und legte das halb gegessene Brötchen zurück in die Tüte. »Wie gesagt, er ist ein Idiot. Aber auch ein armes Schwein. Ich kenne niemanden, der solche Verlustängste hat wie er. Darum war Patrick für ihn so wichtig. Er hat ihm Halt gegeben.«

Mads nickte und dachte an den Jungen vom Friedhof, der so anders gewesen war als alle anderen. Und sich deswegen in Mads' Herz geschlichen hatte. Vielleicht hatte Timo so ähnlich empfunden.

»Als wir ihn kennenlernten, hatte Timos Vater ihn gerade rausgeworfen. Timo hatte sich geschworen, nie wieder zurückzukehren. Er war völlig aufgeschmissen damals. Patrick und er waren dann schnell ziemlich dicke.«

»Und doch haben sich die beiden später entzweit«, sagte Mads.

»Ja.«

»Weil Timo ins Gefängnis musste«, ergänzte Mads und fuhr fort: »Wofür er Patrick die Schuld gab, richtig?«

Sie sah ihn überrascht an. »Ja.«

»Was ist passiert?«

Sie schwieg, überlegte offensichtlich, ob sie Mads vertrauen konnte oder nicht. Schließlich sagte sie: »Die beiden haben gedealt. Waren keine großen Nummern, aber wenn man das Zeug nicht selbst konsumiert und die Kohle nicht verschleudert, kommt eben ein bisschen was zusammen. Einer von Patricks Kunden war so ein dänischer Hipster, der ihm erzählt hat, dass er Investoren für sein Start-up sucht. Davon hat Patrick wiederum Timo erzählt. Und der war sofort Feuer und Flamme. Wollte aus dem Geschäft aussteigen und ganz legal Kohle machen. Timo hat Patrick gedrängt, gemeint, dass das die Chance ihres Lebens wäre. Dass sie zuschlagen müssten. Wahrscheinlich, weil er seinem Vater beweisen wollte, dass er kein Versager war.«

Mads nickte.

»Jedenfalls haben sie ihr Geld zusammengelegt und investiert. Und dann war der Däne auf einmal weg. Verschwunden. Mit der Kohle. Timo hat geglaubt, Patrick hätte ihn übers Ohr gehauen. Dass er mit dem Dänen unter einer Decke steckte. Die beiden gerieten in Streit, aber davon kam das Geld auch nicht zurück.«

»Die beiden waren aber nicht die Einzigen, die investiert hatten, oder?«, fragte Mads, dem ein Gedanke gekommen war.

Sie sah ihn misstrauisch an. »Wie meinst du das?«

»So, wie ich es sage. Da war noch jemand im Boot, oder?«

Er konnte in ihren Augen sehen, dass sie wusste, auf wen er anspielte: Rübenkopf.

»Schon möglich«, wich sie aus.

»Glaubst du denn, dass Patrick mit dem Dänen gemeinsame Sache gemacht hat?«, fragte Mads.

Sie zuckte mit den Schultern. »Das hätte er nie getan.«

Mads war sich sicher, dass sie log. Was bedeutete, dass Patrick ein Betrüger war. Kein Wunder, dass Rübenkopf ein Aggressionsproblem hatte. Und Timo wütend war. Dass Timos Vater wütend war. Nicht mal Patricks Mutter wollte über Patrick sprechen.

Mads spürte, wie sich Enttäuschung in ihm breitmachte. Der erwachsene Patrick war offenbar nicht mehr der gewesen, der er als Junge war. Der Junge vom Friedhof hätte seinen Freund niemals betrogen.

»Und wieso hat Timo gesessen?«, fragte Mads.

»Irgendein Deal ist schiefgegangen. Sie haben ihn erwischt. Patrick übrigens auch.«

»Er hat auch gesessen?«

»Ja. Sie sind beide noch nicht lange raus.«

Mads nickte. Das ergab Sinn. Und als Patrick aus dem Knast

entlassen worden war, war die Jagd eröffnet. Alle hatten ihr Geld zurückgewollt. Und jetzt war er tot.

»Und ihr beide?«, fragte Jessica unvermittelt.

»Patrick und ich?«, fragte Mads überrascht.

Sie nickte. »Du machst das doch nicht nur für seine Mutter?«

»Ich mache es auch für ihn. Patrick hat mir einmal sehr geholfen.«

Sie lächelte. »Ja, er war so jemand.«

Ihr Handy klingelte. Sie blickte aufs Display, schluckte und drückte den Anruf weg.

Rübenkopf calling.

Jessica straffte sich und fragte betont beiläufig: »Aber in letzter Zeit hattet ihr keinen Kontakt mehr, Patrick und du?«

Er mied ihren Blick und antwortete: »Nein.«

»Und seine Mutter? Hat sie vor dem Unfall noch was von ihm gehört?«

»Er hat ihr am Tag des Unfalls ein gerahmtes Foto von sich geschenkt. Zum Abschied.«

»Ein Foto?«, fragte sie verwundert.

»Ich vermute, er hat geahnt, was kommen würde.«

Sie nickte.

Wieder klingelte ihr Handy.

»Geh ruhig ran!«

Er winkte ihr zum Abschied zu und ging. Hinter sich hörte er, wie sie leise und ängstlich ins Handy sprach.

30

Bis zum Polizeirevier war es nicht weit, doch als Mads vor der weißen Gründerzeitschönheit stand, verließ ihn ein wenig der Mut. Wollte er wirklich herausfinden, wie Luisa Mills zu ihrem Spitznamen gekommen war?

Auf der anderen Seite hatte er etwas zum Fall Patrick Schulze beizutragen, ob sie ihn für einen Spinner hielt oder nicht. Diesmal würde er sich nicht von ihr einschüchtern lassen, er würde sich auf die Fakten konzentrieren und sich auch nicht davon ablenken lassen, dass sie zugegebenermaßen ziemlich gut aussah.

Er sortierte im Kopf, was er herausgefunden hatte, und fragte sich, was sie davon noch nicht wusste. Sie kannte die meisten Beteiligten, hatte ihre Aussagen aufgenommen oder würde es noch tun. Aber kannte sie auch die Dänen-Story? In der Ermittlungsakte stand jedenfalls nichts davon. Mads fand, dass HK Mills davon erfahren musste, denn aus dieser Sache ergab sich ein klares Motiv. Timo war eindeutig der Hauptverdächtige. Sie musste die Ermittlungen in diese Richtung lenken und versuchen, Timos Alibi zu entkräften.

Mads atmete tief durch und trat ein. Am Empfang fragte er nach der Hauptkommissarin. Man teilte ihm mit, dass sie nicht im Haus sei. Er hinterließ Namen und Handynummer und fuhr nach Hause.

Bobby begrüßte ihn hechelnd und wollte auf den Arm genommen werden, während im Wohnzimmer Udo lauthals von der großen Freiheit in New York sang, ebenso lauthals begleitet von Fridtjof. Mads steckte den Kopf zu ihm herein und rief: »Warst du schon mit dem Hund?«

Fridtjof saß am Wohnzimmertisch und deutete pantomimisch an, dass er ihn nicht hören könne.

Mads ging zur Stereoanlage, stellte die Musik ab und wiederholte seine Frage.

»Noch nicht«, gab Fridtjof zu.

»Was habt ihr denn den ganzen Tag gemacht?«, fragte Mads.

Fridtjof hob demonstrativ den Schreibblock in die Höhe, der vor ihm auf dem Tisch lag, und verkündete: »Ich schreibe ein Buch!«

Mads runzelte die Stirn. »Ein Buch? Du?«

Fridtjofs Gesicht verfinsterte sich. »Das kann man nett fragen oder so wie du gerade.«

Mads trat zu ihm. »Was für ein Buch?«

»Einen Bestseller!«, entgegnete Fridtjof zufrieden.

Mads nahm ihm dem Block ab. Darauf stand:

Bingo!
Strategien für Gewinner
Von Fridtjof Madsen
Kapitel 1

Mads sah auf. »Weiter bist du noch nicht?«

Fridtjof zuckte mit den Schultern. »Hab 'ne Schreibblockade.«

Mads gab ihm den Block zurück. »Ich dreh eine Runde mit Bobby.«

»Fiete hat angerufen. Er will sich morgen Abend mit dir treffen. Im Strandhotel. Er sagt, wegen du weißt schon.«

Mads nickte. Er würde wohl morgen die geheimnisvolle Frau kennenlernen, die Fiete gerade den Kopf verdrehte.

»Gehst du heute Abend noch weg?«, fragte Fridtjof.

»Vielleicht.«

»Okay, aber mach nicht so lange. Morgen ist ein wichtiger Tag.«

»Wieso ist morgen ein wichtiger Tag?«

»Weil wir morgen im Bingo gewinnen.«

»Wir?«

»Du und ich, Sohn. Und danach schreibe ich mein Buch. Und dann werden wir steinreich!«

Mads winkte ab. »Lass mich da raus.«

Fridtjof stieß verächtlich Luft aus. »Pah! Typisch Generation Z.«

»Du weißt doch gar nicht, was die Generation Z ist«, entgegnete Mads.

»Doch, du.«

»Meinetwegen. Bis später.«

Mads spazierte mit Bobby gerade um den Schlosssee, als sein Handy klingelte.

»Madsen?«

»Luisa Mills«, tönte es streng aus dem Hörer. »Sie haben um Rückruf gebeten.«

Mads schluckte. Er spürte, wie er feuchte Hände bekam. »Das ist nett, dass Sie anrufen. Ich habe da vielleicht etwas für Sie.«

»Was?«, fragte sie kurz angebunden.

»Ist ein bisschen schwierig am Telefon …«, gab Mads zurück.

Ein paar Sekunden hörte er nichts, aber vor seinem geistigen Auge sah er sie genervt die Augen verdrehen. Dann fragte sie: »Kennen Sie den Irish Pub am Hafen?«

»Ja.«

»Ich trinke dort nachher ein Feierabendbier. Wenn Sie mir das mit Storys über Geheimtinte und Jackenknöpfe versauen, dann zahlen Sie das.«

»Okay, ich …«

»Halb acht«, sagte Mills.

»Okay, ich …«

Aber da hatte sie schon aufgelegt.

Mads betrachtete sein Handy und zuckte mit den Schultern. Das lief doch gar nicht so schlecht. Aber da wusste er auch noch nicht, wie dieser Abend enden würde.

31

Vermutlich sahen alle Irish Pubs auf der Welt gleich aus, und auch wer den am Flensburger Hafen besuchte, wurde in dieser Hinsicht nicht enttäuscht: braune Wandvertäfelungen, Chesterfield-Sofas, massive Bistrostühle und gemütliche Sessel mit Stoffbezug, dazu eine winzige Bühne für Liveauftritte und eine prächtige Bar, die für jeden noch so exzentrischen Wunsch eine Flasche auf Vorrat hielt. Überall gab es kleine Lampen, sodass der Raum zugleich schummrig und doch gut ausgeleuchtet war.

Es hatte zu regnen begonnen, was bedauerlich war, denn so konnte man nicht draußen sitzen, mit Blick auf den Hafen. Obwohl der Pub erst seit einer halben Stunde geöffnet hatte, war er bereits gut gefüllt. Genau wie eine Gruppe strammer Trinker vor der Bühne, die schon eine beachtliche Menge leerer Gläser angesammelt hatten. Wie immer sie das in der kurzen Zeit fertiggebracht hatten.

Vorne an der Theke saß Mills vor einem Guinness. Der Schaum über dem tiefschwarzen Bier war noch unangetastet. Die Hauptkommissarin starrte geistesabwesend in die vielköpfige Flaschensammlung, die, prächtig illuminiert, vor dem mattierten Spiegel stand. Sie sah abgekämpft aus, aber nicht übellaunig. Mads kontrollierte kurz sein Outfit im Spiegel, setzte sich zu ihr und bestellte beim Barmann ebenfalls ein Guinness, obwohl er es nicht mochte.

»Harter Tag?«, fragte Mads mitfühlend.

»Oh, krieg ich jetzt 'ne Fußmassage?«, fragte Mills gereizt.

Mads seufzte: Sie war doch übellaunig. Und wie! Der Barmann brachte das Guinness und stellte es vor ihm ab. Mads trank einen Schluck und verzog den Mund: Das Bier war warm und bitter. Wie konnte eine Nation mit einer solchen Pub-Kultur nur solches Bier brauen? Und es grundsätzlich ungekühlt servieren?

»Wenn Sie es nicht mögen, warum bestellen Sie es dann?«, fragte Mills, die ihn offensichtlich beobachtet hatte.

»Ich dachte, ich könnte meine Meinung ändern.«

Sie sagte nichts, murrte aber auch nicht weiter herum. Dann nahm sie einen Schluck, der einem Seemann zur Ehre gereicht hätte, und wandte sich ihm dann zu. »Dann erzählen Sie mal!«

»Ich glaube, Sie sollten sich auf Timo Horlacher konzentrieren«, sagte Mads.

»Tatsächlich?«, gab sie ironisch zurück.

»Patrick hat ihn möglicherweise betrogen«, fuhr Mads fort. »Und nicht nur ihn.«

Der Spott wich aus ihren Augen. Plötzlich tänzelte Neugier wie eine kleine Flamme darin. »Ich höre?«

Mads berichtete in knappen Worten, was Jessica ihm verraten hatte. Mills hörte schweigend zu, dann erlosch das Interesse in ihren Augen.

»Und Sie glauben, dass Jessica Berghain zufällig am Hafen war?«, fragte sie ihn.

Mads zuckte mit den Schultern. »Warum nicht?«

Sie seufzte. »Herr Madsen, ich habe es Ihnen schon mal gesagt, aber ich wiederhole es gerne: Bitte halten Sie sich aus dieser Sache raus. Sie wissen nicht, auf was Sie sich da einlassen.«

»Jessica hat Angst.«

»Die sollten Sie auch haben.«

»Warum?«, fragte Mads.

»Ich kann Ihnen dazu nicht mehr sagen. Das sind laufende Ermittlungen.«

»Wir plaudern doch nur.«

»Nein, wir plaudern nicht. Sie machen eine Aussage. Und ich höre zu. Also, danke für die Information. Ist zur Kenntnis genommen.«

»Bitte schön, gern geschehen«, antwortete Mads pikiert. »Bin immer froh, wenn ich helfen kann.«

Mills fuhr zu ihm herum. »Sie – sollen – nicht – helfen!«

Mads schwieg beleidigt.

Dann wandte sie sich wieder ihrem Bier zu und nahm noch einen großen Schluck. Mads dagegen nippte an seinem Glas und verzog wieder das Gesicht.

Mills winkte dem Barmann. »Das kann man ja nicht mit ansehen ... Einen Cosmopolitan für die Lady!«

Der Barmann grinste Mads amüsiert an.

»Ich geh mal aufs Klo«, sagte Mads verdrossen und biss sich sofort auf die Lippen. Nicht alles, was man vorhatte, musste man auch ankündigen.

Als er zurückkehrte, standen an seinem Platz ein Cosmopolitan und einer der angetrunkenen Typen, die er schon beim Reinkommen bemerkt hatte. Offensichtlich hatte der Mann genug getankt, um Mills anzusprechen. Mads trat hinter ihn, räusperte sich, um ihm klarzumachen, dass er gerne wieder seinen Platz einnehmen wollte, was der andere aber geflissentlich überhörte. Stattdessen tippte der Typ Mills auf die Schulter und fragte, was sie trinken wolle. Und ob sie öfter hierherkäme. Und ob ihr schon jemand gesagt habe, was für wunderschöne Augen sie hätte.

Mads räusperte sich erneut, diesmal lauter.

Der Mann drehte sich zu ihm um, gab ihm den Cosmopolitan und griente. »Wiedersehn, Kumpel!«

Mads war sprachlos angesichts dieser Dreistigkeit und stand ein wenig verloren da, bis Mills zu dem Mann sagte: »Ich bin mit ihm verabredet.«

Der Mann lächelte ein schmieriges Lächeln, griff mit einer Hand nach ihrem Kinn und säuselte: »Mit mir kannst du mehr Spaß haben ...«

Was dann kam, dauerte weniger als eine Sekunde: Mills packte seinen Arm, sprang auf, fegte den Mann mit einem Tritt von den

Füßen und drehte ihm das Handgelenk in einen Haltegriff auf den Rücken. Dann kniete sie sich mit dem Schienbein auf seinen Kopf und presste ihn auf den schmutzigen Boden. Erst jetzt gab der Mann ein überraschtes, schmerzverzerrtes Quieken von sich.

»Ich würde jetzt gerne mein Bier trinken«, zischte ihm Mills ins Ohr.

»Bitch!«, schrie der Mann.

Seine Kumpels hatten mit offenem Mund zugesehen und näherten sich den dreien bedrohlich.

Mills zückte mit einem schnellen Griff ihren Dienstausweis und hielt ihn der Gruppe entgegen, ohne den Mann auf dem Boden loszulassen. Der stöhnte unter Mills' Schienbein, während seine Kollegen den Rückzug antraten.

Mills drehte noch etwas an seinem Arm, bis der Kerl schmerzerfüllt aufschrie. »Schon gut! Schon gut!«

Dann ließ sie ihn los, und er trollte sich kleinlaut.

Mads stand immer noch da, den Cosmopolitan zwischen Daumen und Zeigefinger, und sagte: »Ich wollte Ihnen gerade helfen. Ehrlich!«

Mills verdrehte die Augen.

»Die Rechnung«, sagte sie zu dem Barmann.

Mads stellte den Drink ab und seufzte. Nicht einmal zahlen durfte er. Frustriert verabschiedete er sich, was Mills mit einem zustimmenden Kopfnicken quittierte.

32

Zu Hause angekommen betrat er missmutig das Wohnzimmer. Sein männlicher Stolz fühlte sich wie einer dieser orientalischen Couchtische an: von tausend Hammerschlägen bearbeitet. Er war froh, dass Bobby keine Lust auf eine letzte Runde hatte, so konnte er unverzüglich ins Bett gehen.

In wirren Träumen erlebte er Superhelden-Abenteuer, die immer gleich endeten: Er besiegte den Gegner souverän, fiel dann aber in ein Loch oder wurde von einem Asteroiden erschlagen oder berührte versehentlich eine offene Hochspannungsleitung. Sein Ende wurde stets von einem hämischen Pling! begleitet, bevor ein neues Abenteuer begann.

Am frühen Morgen erwachte er von einem weiteren Pling! und musste feststellen, dass das nervige Geräusch von seinem Handy kam. Er hatte vergessen, den WhatsApp-Benachrichtigungston stumm zu stellen. Müde tastete er nach dem Telefon und sah, dass Fiete ihn die halbe Nacht mit Nachrichten bombardiert hatte, von denen die Hälfte aus Emojis mit Herzchen, startenden Raketen oder Heiligenscheinen bestand. Offenbar war er so verliebt, dass er nicht mehr wusste, wie er seine Gefühle auf erwachsene Weise mitteilen konnte. Zog man die Emojis und Zwischenrufe à la »Wahnsinn!«, »Kracher!« und eine verstörende Metapher mit explodierenden Sargdeckeln ab, reduzierte sich der Inhalt seiner Nachrichten darauf, dass er wieder ein Date mit Laura gehabt hatte. Und dass er sie heute Abend ins Strandhotel-Restaurant zum Essen eingeladen hatte. Und dass Mads herzlich eingeladen war, nach dem Essen auf ein paar Drinks an der Bar vorbeizukommen, um die aufregendste Frau der Welt kennenzulernen. Und dass er ihm lieber noch einmal schrieb, weil er sicher war, Fridtjof hatte vergessen, es ihm auszurichten.

Mads gähnte und antwortete, dass er gegen neun dazustoßen würde und dass Fiete versuchen sollte, bis dahin keinen Infarkt zu bekommen. Die Antwort kam umgehend: ein militärisch grüßendes Emoji und ein paar Herzchen. Mads seufzte. Hoffentlich bekam der sich bald wieder ein. Das war ja nicht auszuhalten! Genauso wenig wie Udo, der plötzlich im Discofox durch das Haus fegte: *Ich weiß, was ich will!*

Wütend warf Mads die Decke zurück. Er stürmte nach unten ins Wohnzimmer und stellte die Musik ab. Jetzt konnte er hören, dass Fridtjof in der Küche fuhrwerkte. Als er eintrat, stand sein Vater mit der Pfanne in der Hand am Herd, bereits ausgehfertig angezogen.

Fridtjof blickte ihn gut gelaunt an. »Oh, du bist schon wach«, rief er. »Kommst genau richtig zum Frühstück der Sieger!«

»Was?«, fragte Mads.

»Du und ich! Schon vergessen, Dummerchen?«

Mads stöhnte genervt auf.

»Na, komm, setz dich!«, bat sein Vater und kippte Rührei auf die vorbereiteten Teller auf dem Küchentisch. »Heute ist der Arbeiter-Samariter-Bund Ausrichter. Vielleicht erzähle ich dir erst mal was über die Räumlichkeiten …«

»Wieso das denn?«

»Weil bei einer Teambesprechung immer alles besprochen wird!«

»Ich fahr dich dahin, du spielst, ich hol dich wieder ab. Ende der Teambesprechung!«

Fridtjof sah ihn empört an. »Was? Du lässt mich im Stich?«

»Ich fahr dich hin, oder?«, sagte Mads, nahm seine Gabel und war im Begriff, sich das Rührei einzuverleiben, als sein Vater ihm den Teller wegzog. »Frühstück gibt's nur für Teamplayer.«

Mads breitete die Arme aus. »Ich habe doch gesagt, ich fahre dich!«

»Hilf mir zu gewinnen! Nur einmal!«, sagte Fridtjof beschwörend.

Mads zögerte. »Und dann ist Schluss?«

Fridtjof hob zwei Finger. »Ich schwöre.«

Mads war klar, dass er seinem Vater diesbezüglich nicht trauen konnte, aber er nickte. »Ein letztes Mal. Und dann lässt du mich mit dem Quatsch in Ruhe.«

»Das ist mein Sohn. Sportsmann durch und durch!«

Mads stopfte sich Rührei und eine Scheibe Bacon in den Mund. »Treiffbst niff auffi Spiffze!«

Gegen elf Uhr erreichten sie eine Flensburger Tanzschule, die freundlicherweise ihre Räumlichkeiten für das Bingospiel des Arbeiter-Samariter-Bunds zur Verfügung gestellt hatte. Es herrschte enormer Andrang, was Fridtjof sichtlich nervös machte.

»Vergnügungssüchtiges Pack«, fluchte er leise.

In dem gut gefüllten Raum waren Stühle und Tische in strenger Ordnung aufgebaut worden. Vorn stand ein großes elektrisches Bingorad, dazu zwei große Boxen und ein Mikrofon. Daneben ein Tisch, an dem von zwei freundlichen Damen die Bingokarten verkauft wurden. Eine lange Schlange hatte sich gebildet, in die sich Mads und Fridtjof einreihten. Herr Petersen, der Conférencier der Caritasrunde, war auch diesmal Spielleiter und begrüßte jeden Gast per Handschlag, die meisten sogar mit Namen.

»Herr Madsen, wie schön!«

Er lächelte, aber Fridtjof brummte nur etwas Unverständliches, drängte an ihm vorbei zum Tisch und bestellte zwanzig Karten.

»Donnerwetter«, rief Herr Petersen, der sich nicht im Geringsten irritiert von Fridtjofs Unfreundlichkeit zeigte. »Jetzt wollen Sie es aber wissen.«

»Er ist schon wieder im Tunnel«, erklärte Mads.

Herr Petersen winkte grinsend ab. »Alles gut.«

Fridtjof zog Mads wie einen Erstklässler hinter sich her zu einem der vorderen Tische, wo er begann, seine Karten auszulegen.

»Sieh mal, da ist wieder dein Freund«, sagte Mads, der das Winken des Mannes mit der Ernst-Huberty-Gedächtnisfrisur mit einem munteren Nicken beantwortete.

Fridtjof zischte: »Können wir uns jetzt auf das Spiel konzentrieren?«

Doch im nächsten Moment war der Mann bereits an ihren Tisch getreten. Er sagt freundlich: »Friedel! Wie geht es dir?«

Mads grinste seinen Vater an. »Friedel?«

»Oh ja, so haben wir ihn früher genannt.«

Fridtjof sah nicht auf, sondern fummelte an den Bingokarten herum.

»Hatten Sie auch einen Spitznamen?«, fragte Mads neugierig.

»Horsti«, antwortete der Mann. »Sie sind der Sohn?«

Mads nickte.

»Ihr Vater und ich und noch ein paar andere Jungs waren eine richtige Gang.«

Mads konnte sich ein Lachen nicht verkneifen. »Eine Gang?«

»Waren wilde Zeiten, was Friedel?«

Fridtjof warf ihm einen kurzen Seitenblick zu und sagte patzig: »Ich will jetzt spielen.«

Horsti hob die Hände wie zur Abwehr und sagte im Weggehen: »Okay, okay, wir können nachher noch plaudern.«

Mads verkniff sich einen Kommentar gegenüber seinem Vater zu dessen Benehmen und sah sich im Raum um. Es mochten vierzig, fünfzig Spieler und Spielerinnen gekommen sein, die meisten mit einer einzelnen Spielkarte. Frau Wellinghoff, die Seriensiegerin, hatte er noch nicht entdecken können.

Fridtjof zupfte an seinem Hemd. »Da!«

Er hatte so laut gesprochen, dass sich einige andere nach ihnen umdrehten. Und tatsächlich: Klein und tippelig trat sie ein, ihre Helmfrisur schimmerte bläulich violett. Sie war tadellos gekleidet, die Fingernägel korallenrot, trug eine schöne Perlenkette und dazu die großformatige Brille an einer goldenen Kette um den Hals.

Sie reihte sich geduldig, ja geradezu teilnahmslos in die Schlange ein, um schließlich bei Herrn Petersen zehn Bingokarten zu kaufen. Dann lief sie mit Geisha-Schritten an einen der Spieltische, wo sie ihre Karten ausbreitete.

Fridtjof legte kumpelhaft seinen Arm um Mads' Schultern und zog ihn zu sich: »Also, jetzt geht's um alles. Letzte Taktikbesprechung!«

Mads befreite sich aus der Umarmung seines Vaters. »Herrgott, Papa, es gibt keine Taktik beim Bingo!«

»Du lässt dich schon wieder von ihr einlullen!«

»Wenn du nicht sofort damit aufhörst, gehe ich!«

Fridtjofs Mund verzog sich zu einem Strich, dann beugte er sich hinunter und holte einen Jutebeutel hervor. Er griff hinein und legte zehn Bingostifte auf den Tisch.

»Wieso hast du denn alle Stifte eingepackt?«, stöhnte Mads.

»Nimm die roten! Die sind gut.«

Mads rupfte genervt die beiden roten Stifte vom Tisch, während Fridtjof Grün wählte – die Farbe der Hoffnung. Dann sah er Mads mit fiebrig wirrem Blick an. »Heute ist unser Tag, mein Junge. Zwei Habichte gegen eine Eule. Das kann unmöglich schiefgehen!«

In diesem Moment trat Herr Petersen vor und begrüßte die Anwesenden noch einmal offiziell, was Mads die Antwort ersparte. Nach ein wenig Regelkunde schaltete Herr Petersen das Bingorad ein. Die ersten Zahlen wurden ausgespuckt und über das Mikrofon verkündet. Fridtjof blinzelte kurzsichtig und suchte seine Karten ab, während Mads zu Frau Wellinghoff herüberspähte und die unvergleichliche Dynamik der alten Dame bewunderte, deren Hände kreisten und zustießen.

Fast hatte Mads seine Karten schon wieder vergessen, aber dann fing auch er Feuer. Er konzentrierte sich auf die ausgerufenen Zahlen und imitierte Frau Wellinghoffs Spiel. Unwillkürlich dachte er an Muhammad Ali und seinen berühmten Ali-Shuffle, mit dem er jeden Gegner verwirren konnte. Wie kämpfte ein Champion?

Schweb wie ein Schmetterling, stich wie eine Biene! Sein Stift stieß unerbittlich hinab auf die genannten Zahlen, während er im Geiste auf Zehenspitzen tänzelte: wirbelnde Beine, schneller als das Licht, bereit für den nächsten Stich. Und ehe er sichs versah, wurde er Teil eines rollenden, unwiderstehlichen, aus tausend buddhistischen Mönchskehlen gebrummten Mantras: »Schweb wie ein Schmetterling, stich wie eine Biene! Schweb wie ein Schmetterling, stich wie eine Biene! Schweb wie ein Schmetterling, stich wie …«

»Bingo!«

Der Ruf: ein Schock!

Wie aus dem Nichts endete sein Tanz.

Mads starrte auf seine Scheine, auf einem fehlten nur noch zwei Zahlen. Er musste nicht hochsehen, um zu wissen, wer gewonnen hatte. Frau Wellinghoff war so erbarmungslos wie ihre Spielkunst beeindruckend. Als er dann doch aufblickte, sah er sie, wie sie nach vorne dackelte und den Preis entgegennahm: eine Luxus-Rheumadecke.

Die hätte er auch gerne gehabt.

Wie hatte sie schon wieder gewinnen können? Wie hatte sie schneller sein können als er mit seinem Ali-Shuffle, präziser als sein Bienenschwarm? Frau Wellinghoff hob die Decke lächelnd der applaudierenden Menge entgegen. Und für eine Sekunde glaubte Mads, dass sie ihn angrinste. Ein belustigtes Funkeln in den Augen.

Fridtjof hatte recht: Die Alte war gut.

Oh, war die gut!

33

Nach dieser bitteren Niederlage verspürte Fridtjof offenbar keinerlei Verlangen, noch ein bisschen mit Horsti zu plaudern. Er strebte eilig aus der Tanzschule, ohne dem Winken und Rufen des alten Freundes Beachtung zu schenken. Mads folgte ihm schicksalsergeben, und so stiegen sie in den alten Benz und fuhren zurück nach Glücksburg.

Schmollend zog sich Fridtjof ins Wohnzimmer zurück, drehte *Liebe ohne Leiden* auf volle Lautstärke und gab sich ganz seinem Schmerz hin. Mads machte sich ans Mittagessen. Bobby bekam ihr Schälchen Trockenfutter, während er Nudeln kochte und eine fertige Tomatensoße mit Zwiebeln, Knoblauch und etwas gebratenem Speck aufpeppte. Dann rief er seinen Vater zum Essen – mehrfach. Als er schließlich kam, setzte er sich deprimiert an den Küchentisch und aß lustlos von seinen Nudeln.

»Jetzt komm schon. Es ist nur ein Spiel«, versuchte Mads ihn nach einer Weile aufzumuntern.

Fridtjof sagte nichts.

»Das nächste Mal machen wir sie fertig!«, fuhr Mads fort.

Fridtjof sagte nichts.

»Wir kaufen dreißig Karten!«, schlug Mads vor.

Fridtjof sagte nichts, beendete sein Mahl, stellte den Teller in die Spüle und schlurfte zurück ins Wohnzimmer. Mads folgte ihm nach dem Spülen, das ihm sein Vater so großzügig überlassen hatte, und fand ihn in seinem Ohrensessel sitzend. Er sah aus dem Fenster hinaus in den kleinen Garten, wo aber nicht viel zu sehen war: Weder Mads noch Fridtjof waren begabte Gärtner. Mads zog sich einen Stuhl heran und setzte sich seinem Vater gegenüber.

»Was ist los?«, fragte er.

»Nichts«, gab Fridtjof im Tonfall eines beleidigten Fünfjährigen zurück.

»Sie hat wieder gewonnen. Was soll's?«

»Das verstehst du nicht.«

»Was verstehe ich nicht?«

Fridtjof seufzte theatralisch.

»Dann erklär's mir, und lass mich nicht dumm sterben«, forderte Mads ihn auf.

Er schwieg lange, bis Mads bereits Anstalten machte aufzustehen.

»Es ist wegen Mama, also Stine.«

Mads horchte auf.

Fridtjof fuhr fort: »Als wir noch sehr jung waren, da haben wir immer davon geträumt, mit einem Wohnwagen durch die Welt zu fahren.« Er blickte auf und grinste schief. »Na ja, sagen wir Europa … Also gut: Schweden.«

Mads nickte.

»Ich hab damals nicht viel verdient, aber ich dachte, wenn ich wenigstens ein Auto hätte, dann könnten wir losfahren. Also hab ich gespart, hab jeden Pfennig beiseitegelegt. Ehrlich gesagt: Es war hoffnungslos. Vielleicht hätte es für eine alte Klapperkiste gereicht, nur dann wären ja auch noch Benzin und Versicherung dazugekommen. Von einem Wohnwagen gar nicht zu sprechen. Stine hat das nichts ausgemacht, mir schon! Ich wollte ihr doch etwas bieten. Ich wollte ihr jeden Wunsch erfüllen – ich war so verliebt in sie!«

Fridtjof bekam glänzende Augen. Mads lächelte.

»Also hat Stine angefangen, Lotto zu spielen. Jeden Samstagabend haben wir zugeguckt, wenn die Zahlen gezogen wurden.«

Mads lächelte immer noch.

»Und dann haben wir tatsächlich gewonnen. Ein gutes Jahr hatten wir da gespielt. Auf einmal hatte Stine drei Richtige. Sie hat wie verrückt gejubelt, und ich habe auch wie verrückt gejubelt!«

»Drei Richtige?«, fragte Mads amüsiert.

Fridtjof grinste. »Ja, waren nur ein paar Mark, aber wir haben uns gefreut, als hätten wir eine Million gewonnen. Wir haben sogar mit Sekt angestoßen. Wir waren so albern.«

»Und deswegen willst du jetzt unbedingt auch mal beim Bingo gewinnen?«

Fridtjof nickte unmerklich und zog sich offenbar in seine Erinnerungen zurück, wo er dem Lachen und der Liebe auf seiner inneren Leinwand zu folgen schien. Eine ganze Weile saßen sie nur da, während Fridtjof diesen verlorenen Momenten nachspürte.

Dann sagte er: »Wir haben nie einen Wohnwagen gekauft. Und sind auch nie nach Schweden gefahren. Dabei hatte ich es ihr doch versprochen.«

Er blickte auf und versuchte ein Lächeln. »Weißt du, mein Junge, es sind nicht die Toten, die spuken, sondern die Dinge, die nie getan oder gesagt wurden. Mach nicht denselben Fehler.«

Mads legte tröstend seine Hand auf die seines Vaters.

Dann schwiegen sie.

34

Am Nachmittag schrieb Mads ein wenig an der Rede für die nette alte Dame, die so friedlich eingeschlafen war und von ihrer ebenfalls friedlichen Familie sehr vermisst wurde. Er dachte auch an Jessica – und an Mills' Bemerkung, dass sie womöglich nicht zufällig vor Bens Fischhütte gewesen war. Das würde bedeuten, dass er beobachtet wurde und sie geschickt worden war, um ihn ein wenig auszuhorchen. Das hatte sie jedenfalls versucht, wenn auch nicht sehr geschickt. Wer steckte dahinter? Rübenkopf? Timo? Dachten die etwa, er wüsste, wo sich dieser Däne versteckte? Absurd! Hatten sie Angst, er könnte etwas entdecken, was Mills nicht entdeckt hatte? Genauso absurd. Waren es Drohgebärden, die ihn dazu bringen sollten, sich aus der Geschichte herauszuhalten? Nicht ganz so absurd.

Am Abend drehte er noch eine Hunderunde mit Bobby, die anschließend auf Mads' Bett sprang und sofort einschlief. Kurz vor neun Uhr machte er sich dann zu Fuß auf den Weg, passierte den See und das illuminierte Schloss, ging quer durch den Wald rüber zur Förde, wo die Fenster des schneeweißen Strandhotels schwache Lichter auf das spiegelglatte Meer warfen.

Mads betrat den halbrunden Vorbau und ging durch die Lobby ins Restaurant. Er war neugierig, wer diese Laura war. Die Frau, die Fiete derart den Kopf verdreht hatte. So euphorisch hatte er seinen besten Freund noch nie erlebt. Was hatte Laura, was andere nicht hatten? Sie fuhr offenbar gerne Motorrad, und das schnell. Eine Bikerin? Groß, schlank, tätowiert? Lange Haare? Nein, eher kurz, wegen des Helms. Eine, die trank wie ein russischer Seemann und aufdringlichen Bewerbern eine reinhaute – wie Mills? Was machte sie wohl beruflich? Bestimmt irgendwas Aufregendes: Stuntwoman oder Sprengmeisterin oder Testfahrerin.

Er entdeckte Fiete an der Bar.

Allein.

»Was ist los?«, fragte Mads, als er sich neben ihn auf einen Barhocker setzte. »Jetzt sag nicht, dass ihr euch gestritten habt?«

Fiete war entrüstet. »Quatsch! Sie macht sich nur etwas frisch.«

Mads nickte und sah, dass neben Fiete ein schwerer Tumbler stand, in dem goldgelber Whisky schimmerte. Die Tische im Restaurant waren zur Hälfte besetzt, die Gespräche auf angenehme Lautstärke herabgedimmt. Hinter der Bar stand ein Barmann mit weißem Hemd und schwarzer Hose, der Mads nach seinen Wünschen fragte. Er bestellte ein Bier.

»Was trinkst du da?«, fragte er Fiete.

»Einen Cosmopolitan.«

Mads räusperte sich.

Er fragte: »Und wie läuft's?«

»Wahnsinn«, antwortete Fiete versonnen.

Mads seufzte leise und hoffte, dass sich Fietes Wortschatz irgendwann mal wieder erholen würde. Worauf Fiete, wie um ihn zu verspotten, anfügte: »Sie ist sooo crazy!«

Mads nickte und dachte: groß, blond, kurzhaarig, athletisch, tätowiert, rote Lippen, blaue Augen, sehr attraktiv.

Jemand machte Anstalten, sich auf den Barhocker zu setzen, vor dem der Whisky stand, und Mads sagte reflexartig: »Sorry, ist besetzt.«

Fiete grinste und sagte: »Darf ich vorstellen? Das ist Laura.«

Mads starrte sie an: Sie war klein. Zierlich. Geradezu mädchenhaft. Sie trug einen haselnussbraunen Pony, die glatten Haare zu einem Zopf geflochten, was sie wirken ließ, als wäre sie gerade erst volljährig geworden. Ein wenig Mascara, ein wenig Kajal, zurückhaltender Lippenstift, fabelhafte Zähne. Grinsend gab sie ihm ihre kleine Hand. Sie trug ein Kleid, das an ihre Namensvetterin aus der amerikanischen Serie *Unsere kleine Farm* erinnerte. An den Füßen Ballerinas. Keine Stuntfrau, keine Testfahrerin, keine Sprengmeisterin. Eher Sparkasse. Oder Einwohnermeldeamt.

»Hallo, ich bin Mads«, sagte er verdattert.

»Freut mich«, antwortete sie beschwingt.

»Fiete hat viel von dir erzählt«, begann Mads, um ein wenig Small Talk bemüht.

»Er hat mir auch viel von dir erzählt«, gab Laura zurück. »Du bist Trauerredner?«

Mads nickte.

»Wie spannend.«

»Na ja, geht so. Und was machst du so?«

Mads lächelte und dachte: Jetzt sag nicht Sparkasse.

»Sparkasse«, sagte Laura.

»Sie ist Programmiererin«, sekundierte Fiete. »Sie macht die ganzen Sicherheitssachen.«

Mads grinste. »Ein IT-Nerd?«

Fiete schaute ihn böse an. Man musste kein Mentalist sein, um diesen Blick zu lesen.

Laura aber lachte. »Ja, IT-Nerd, stimmt.«

Das Gespräch nahm Fahrt auf und schnurrte mühelos dahin. Mads fand, dass Laura mit jeder Minute gewann: Sie war schlau, hatte Humor, war auf angenehme Weise selbstbewusst. Man sah sie nicht gleich, aber wenn man sie dann sah, nahm sie den ganzen Raum ein. Er konnte Fiete gut verstehen.

Irgendwann drehte sich Mads zur Restauranttür, weil Laura sich gerade mit Fiete angeregt über Motorräder unterhielt. Zu seiner großen Überraschung trat in dieser Sekunde Timo ein, der in seinen verwaschenen Klamotten und mit den unordentlichen Haaren reichlich deplatziert wirkte. Für einen Moment überlegte Mads, ob er sich zu erkennen geben sollte, aber Timo blickte nicht zur Bar, sondern lief zielstrebig zu einem großen Tisch in einer Nische, an dem nur ein Mann saß und aß.

Groß, Glatze, athletisch, sündteurer Anzug, schicke Uhr.

Mads kannte den Mann: Korbinian.

Timo verlangsamte seinen Schritt, als er an den Tisch trat, und blieb dann mit etwas Sicherheitsabstand davor stehen. Korbinian aß weiter, blickte nicht auf und machte auch keine Anstalten, Timo näher heranzubitten, gerade so, als habe er ihn nicht bemerkt. Hatte er aber. Nach einer geschlagenen Minute legte er sein Besteck ab und nickte Timo gnädig zu. Der trat etwas näher und erstattete offensichtlich Bericht. Einen Moment später entließ Korbinian ihn mit einem Nicken und setzte sein Mahl fort. Timo verließ zügig das Restaurant, offenkundig froh, es hinter sich gebracht zu haben.

Dann entdeckte Korbinian Mads. Lächelte ihm zu. Und nichts an diesem Lächeln war freundlich, einladend oder wohlmeinend. Im Gegenteil: Mads war, als zerrte Korbinian die Mundwinkel auseinander, bis nur noch Zähne zu sehen waren. Spitze, scharfe Zähne. Glühende Augen. Hände aus Stahl. Ein Monster wie aus einer Horrorgeschichte: unbesiegbar, bösartig und unerbittlich.

Mads schüttelte sich entsetzt, zwinkerte, sah Korbinian wieder essen. Nur essen. Hatte er das gerade geträumt? Eine Vision wie auf dem Friedhof? Erst jetzt bemerkte er, dass Fiete ihn offensichtlich angesprochen hatte. Er drehte sich wieder zu ihm und Laura um, folgte unkonzentriert dem Gespräch. Die fröhliche Unbeschwertheit der letzten Stunde wollte sich nicht wieder einstellen. Fortwährend hatte er das Gefühl, die glühenden Augen des Monsters hinter ihm würden sich durch seinen Rücken brennen.

Schließlich trank Mads sein Bier aus und kündigte an, den Heimweg antreten zu wollen, offenbar zu Fietes und Lauras ehrlichem Bedauern. Er erinnerte Fiete daran, dass sie morgen proben wollten, dann ging er zum Barmann und zahlte seine Drinks.

»Können Sie mir sagen, wer der Mann da in der Nische ist?«, fragte er ihn.

Der Barmann musste nicht aufsehen, um zu wissen, von wem Mads sprach. »Ein Stammgast.«

»Verraten Sie mir seinen Namen?«

Der Barmann zögerte, wägte ab, ob er den Namen nennen durfte oder nicht. Dann nickte er, als ob er sich selbst die Erlaubnis gegeben hätte, und antwortete: »Ralf Stoike.«

Mads schluckte. Er kannte den Namen. Er stand in der Ermittlungsakte. Timo war auf seinem Geburtstag gewesen, er und seine Gäste hatten für ihn ausgesagt.

Er war das Alibi.

35

Der Anruf kam am späten Nachmittag, was kein gutes Zeichen war. Mads nahm an, dass Fiete die Session kurzfristig absagen musste. Tote nahmen keine Rücksicht auf die Freizeitgestaltung eines Beerdigungsunternehmers. Mads hob ab und fragte: »Heute nicht?«

Fiete antwortete: »Doch, kein Problem. Aber kannst du mich abholen?«

»Wieso?«, fragte Mads zurück.

»Ich brauche ein bisschen Hilfe …«

Mads runzelte die Stirn. »Wieso?«

»Kannst du jetzt kommen oder nicht?«, entgegnete Fiete genervt.

»Schon gut, schon gut.«

»Danke«, antwortete Fiete patzig und legte auf.

Eine halbe Stunde später hielt Mads vor dem Institut Amelung. Als er gerade ausstieg, sah er Fiete mit seinem Kontrabasskoffer mühsam auf sich zuhumpeln.

»Was ist passiert?«, fragte Mads.

Fiete winkte ab und machte: »Pst.«

»Hä?«

Fiete beugte sich zu ihm vor und wisperte: »Nicht hier.«

»Ja, aber …«

Fiete schüttelte den Kopf und wandte sich dann um. Seine Mutter stand in ihrem Büro im Hochparterre am Fenster und sah auf die beiden herab. Ein Fenster weiter stand der stille Herr Barnardy und sah ebenfalls auf sie herab. Sie rührten sich nicht und erwiderten auch Mads' Gruß nicht. Wie Gespenster, die ein Stephen-King-Gruselhotel bewachten.

Mads flüsterte: »Was hast du angestellt?«

»Nichts.«

Das war so schlecht gelogen, dass Mads unwillkürlich schnaubte.

»Laura und ich …«, begann Fiete und wandte sich wieder zu den Fenstern. Die beiden Gespenster standen immer noch da.

»Ich erzähl's dir gleich«, antwortete Fiete schnell. »Jetzt hilf mir mal.«

Sie wuchteten den Kontrabass auf die Rückbank des Benz, bevor Fiete auf dem Beifahrersitz Platz nahm und dabei das Gesicht vor Schmerzen verzog.

Mads startete das Auto und fragte: »Also, was hast du angestellt?«

Fiete blickte hoch zu den Fenstern – jetzt waren sie leer. Ein Grinsen trat auf sein Gesicht. »Laura und ich waren gestern noch schwimmen.«

Mads fuhr los.

»Schwimmen? Es ist Anfang April?«

»Ja, ich weiß, war spontan.«

»Und wieso humpelst du?«

Fiete grinste immer noch. »Wir sind von der Schlossbrücke gesprungen!«

Mads sah verblüfft zu ihm herüber, was Fiete veranlasste, mit dem Zeigefinger nach vorne Richtung Straße zu deuten. Mads richtete den Blick wieder auf die Fahrbahn.

»Wieso …«, setzte er an.

»Laura hatte die Idee. Und da haben wir es einfach gemacht.«

»Das Wasser war doch bestimmt eisig«, sagte Mads.

»War es.«

»Und der See ist total flach.«

Fiete nickte. »Das weiß ich jetzt auch.«

Mads verdrehte die Augen. »Sie wird dich mit ihren verrückten Ideen noch umbringen, weißt du das?«

Fiete ging nicht darauf ein. »Wie findest du sie?«

»Gut«, antwortete Mads wahrheitsgemäß.

Fietes Grinsen versiegte. »Gut? Nur gut? Jetzt sag mal ehrlich, wie du sie findest!«

»Gut. Sag ich doch.«

Fiete sah ihn finster an.

»Sie ist der Wahnsinn«, sagte Mads, um die Situation zu retten.

»Nicht wahr?«, rief Fiete erfreut. »Sie ist irre, oder?«

»Das auch«, gab Mads zurück.

Zufrieden lehnte Fiete sich auf dem Beifahrersitz zurück. Dann aber rieb er sich wieder das schmerzende Bein. »Ich habe nicht mal gemerkt, dass ich mir was verstaucht habe. Wir sind ans Ufer, und da haben wir uns geliebt …«

Mads wollte davon nichts hören.

»Wann wirst du Laura deiner Mutter vorstellen?«, fragte er, um das Thema zu wechseln.

Das kühlte die Stimmung um ein paar Grad herunter. Nach einem Moment des Nachdenkens antwortete Fiete: »Wenn ich nicht mehr humpele.«

»Stell sie ihr einfach vor. Sie wird sie mögen.«

»Ich weiß nicht. Sie sind beide Alphaweibchen. Ich will einfach nicht …«

»… dass sie den kleinen Hundewelpen auffressen«, vollendete Mads den Satz.

»Ach, halt die Klappe, Blödmann.«

Jetzt grinste Mads.

Sie erreichten das Haus in der Collenburger Straße, Mads hob den Kontrabass vom Rücksitz und trug ihn hinunter in den Keller. Neben Heizungs- und Hauswirtschaftsraum gab es dort noch ein drittes Zimmer, dessen Wände sie mit Dämmwolle und Teppich ausgekleidet hatten. Ganz hinten stand dort eine kleine Snare Drum mit einem Hocker, daneben ein Köcher mit Trommelstöcken und Jazzbesen. Das war Fridtjofs Bereich. Vor der Trommel ein Mikro im Ständer, ein Barhocker, auf dem Mads für gewöhnlich Platz nahm, und eine rote Gibson-Hohlkörpergitarre in einem

Rack. Fiete stellte sich mit seinem Kontrabass meistens versetzt zwischen die beiden. Außerdem gab es ein kleines Mischpult, daran angeschlossene Verstärker und zwei große Boxen auf Ständern. Und überall Kabel und Effektgeräte.

Fridtjof trat ein, hinter ihm Bobby, ihre treueste und einzige Zuhörerin.

»Na, Männer!«, grüßte Fridtjof gut gelaunt. »Jammen wir ein bisschen?«

Mads bereute oft, dass ihm dieses Wort einmal herausgerutscht war. Fridtjof benutzte es seitdem intensiv. Er setzte sich an die Trommel und streichelte sanft ihre metallische Einfassung.

»Na, mein Schätzchen! Da bist du ja wieder!«, gurrte er und schnappte sich die Jazzbesen. »Wollen wir dich heute ein bisschen streicheln? Ja?«

»Mann, bin ich froh, dass uns hier keiner hört«, sagte Fiete und warf Mads einen vielsagenden Blick zu.

»Sie ist eine Lady!«, behauptete Fridtjof. »Die muss man mit Zartgefühl behandeln!« Er strich vorsichtig über das gespannte Fell. »Nicht wahr, mein Schätzchen?«

»Mads! Bitte! Sag ihm, ich will loslegen! Ohne Kommentare«, schaltete sich Fiete ein.

»Papa!«, mahnte Mads.

Der winkte ab. »Schon gut. Fiete versteht nichts von Musik. Er spielt Bass.«

Fiete wandte sich empört Mads zu. Der bedeutete ihm mit einer Handbewegung, diese sinnlose Diskussion nicht weiter fortzuführen.

»Was spielen wir denn heute?«, fragte Fridtjof und setzte sich betont gerade.

»Rat mal!«, gab Mads ironisch zurück.

Fridtjof beherrschte nur ein Stück, das engte die Auswahl ziemlich ein.

»Okay!« Fridtjof nickte, legte den Jazzbesen auf das Trommelfell und begann, mit der linken Hand in kleinen Kreisen zu rühren.

Dazu setzte er mit sanften Schlägen einen schleichenden Swing-Rhythmus. Fiete legte einen einfachen Basslauf unter das Schlagzeug.

»Leg los!«, rief Fridtjof Mads zu. »Ich weiß, du hast es drauf!«

Mads drehte sich seufzend zum Mikrofon, tippte auf das Mischpult, das ein automatisches Schnippgeräusch abspielte. Packte sich die Gitarre und zupfte die Akkorde mit den Septimen. Dann beugte er sich zum Mikrofon vor und begann zu singen:

Sie treffen sich täglich um Viertel nach drei, oh, oh, oh (oh, yeah)
Am Stammtisch im Eck in der Konditorei, oh, oh, oh, (oh, yeah)
Und blasen zum Sturm auf das Kuchenbüfett
Auf Schwarzwälder Kirsch und auf Sahne-Baiser
Auf Früchteeis, Ananas, Kirsch und Banane ...
Aber bitte mit Sahne!

Sie spielten das Stück einmal komplett durch und begannen danach wieder von vorn. Und Mads musste zugeben: Auf verstörende Art gefiel ihm der Song in dieser Version, auch wenn er hoffte, dass Fridtjof irgendwann mal ein zweites Stück dazulernen würde.

36

Seit Tagen war Mads nicht dazu gekommen, den Mann mit dem fehlenden Knopf zu observieren, heute aber hatte er sich vorgenommen, ihn zu stellen. Er wartete in seinem Versteck und surfte währenddessen durchs Netz auf der Suche nach Hinweisen über Ralf Stoike, aber es gab nichts über ihn: kein Foto, keinen Account in den sozialen Medien oder bei einer Jobbörse, kein Artikel. Nichts. Für das Internet schien er nicht zu existieren. Aber leider existierte er in der realen Welt. Und Mads hatte das ungute Gefühl, dass er der Schlüssel zu allem war.

Und plötzlich war Knopfmann da. Ein Kunde war vorgefahren, dessen Wagen offenbar einen Reifenwechsel benötigte. Mads sah Knopfmann aus der Werkstatt treten und wartete geduldig ab, bis der seinen Job erledigt hatte. Und als Knopfmann kurz danach mit seinem eigenen Auto das Gelände verließ, machte er sich bereit, um sich kurz darauf unauffällig hinter ihm in den Verkehr einzufädeln.

Zusammen fuhren sie wieder Richtung Tarup, diesmal ohne Abstecher in den Supermarkt, und erreichten schließlich den Trögelsbyer Weg. Dort parkte der Mann vor einem der zahlreichen niedrigen Mietshäuser, die hier zwischen gefälligen Grünflächen aufgereiht waren. Mads tat es ihm mit fünfzig Metern Abstand gleich. Der Mann verschwand in einem der Hauseingänge. Mads stieg aus und eilte möglichst unauffällig hinterher.

Am Haus angekommen drückte er kurzerhand alle Klingeln auf einmal. Der Türöffner summte. Mads trat ein und stieg in den ersten Stock, wo sich eine Tür öffnete, in der aber nur eine ältere Dame stand. Er entschuldigte sich, stieg dann weiter in den zweiten Stock, wo die Tür nur angelehnt war. Mads klopfte. Er hörte Schritte, jemand rief: »Komme!«, dann ging die Tür auf, und Knopfmann stand vor ihm. Er erkannte Mads sofort.

»Verdammt … Wie hast du mich gefunden?«, stieß er hervor.

Mads blickte auf das Klingelschild neben der Wohnungstür: *Erik Schaller* stand darauf.

»Können wir reden?«, fragte Mads.

Schaller blickte hektisch an ihm vorbei, spähte die Treppe hinab und zischte dann: »Bist du verrückt? Hau ab!«

»Erst will ich mit dir reden.«

»Nicht jetzt!«

Mads war nicht bereit, sich abwimmeln zu lassen. »Warum hast du mich angegriffen?«

»Verschwinde! Los!«

»Ich gehe nirgendwohin«, beharrte Mads.

»Gott, hätte ich mich doch bloß rausgehalten!«, fluchte Schaller. »Bitte geh! Es ist zu gefährlich!«

In diesem Moment erklang die Türklingel. »Hau ab, Mann, wir reden später!«

»Sag mir erst, warum plötzlich alle wegen Patrick durchdrehen. Ist es wegen diesem Dänen?«

»Was für ein Däne? Was redest du denn da? Es gibt keinen Dänen, Mann!«

Wieder ging die Klingel.

Mads rührte sich nicht von der Stelle. »Um was geht es dann? Hat es mit Stoike zu tun?«

»Sch!«, machte Schaller entsetzt. »Verschwinde! Ich bitte dich! Das hier ist alles viel zu groß für dich, verstehst du? Wenn Stoike nicht zurückbekommt, was ihm gehört, dann werden viele sterben. Du, ich, alle!«

Wieder das Klingeln, zweimal kurz hintereinander.

»Ich muss aufmachen! Kapier doch endlich: Du bist hier nicht sicher.«

Kurz zögerte Mads noch, aber die Panik in Schallers Augen war echt. Er nickte zum Abschied und wollte die Treppe wieder hinab, doch Schaller rief hektisch: »Andere Richtung! Warte, bis die Luft rein ist!«

Als es erneut klingelte, betätigte Schaller den Türöffner.

Während Mads ein weiteres Stockwerk hochstieg, um oben auf dem Treppenabsatz zu warten, traten unten schwere Schritte in den Flur. Vorsichtig linste Mads über das Geländer und konnte eine behaarte, kräftige Hand sehen, die sich den Treppenlauf hinaufschob. Dann herrschte eine dunkle Stimme Schaller an: »Wieso dauert das so lange?«

»Tschuldige, war auf Klo«, antwortete Schaller ängstlich.

Dann fiel die Wohnungstür ins Schloss – Stille kehrte ein.

Leise schlich Mads die Treppe hinab. Kurz lauschte er noch vor der verschlossenen Tür. Doch als nichts zu hören war, verließ er eilig das Haus.

37

Der nächste Morgen begann um sieben Uhr in der Früh mit einer vollen Dröhnung Udo Jürgens. Schlecht gelaunt sprang Mads aus dem Bett, stürmte mit schnellen Schritten ins Erdgeschoss und rein ins Wohnzimmer, wo er mit einer entschlossenen Bewegung den Stecker der Stereoanlage zog. Schlagartig wurde es still, nur ein wenig Geklapper aus der Küche war zu hören. Mads stürmte auch dort hinein und fauchte: »Los! Anziehen! Wir bringen dich ins Heim!«

Fridtjof stand im Pyjama vor dem Herd, unrasiert und mit verstrubbeltem Haar wirkte er wie dicht an der Verwahrlosungsgrenze. Er briet Speck und Rührei und drehte sich freudestrahlend zu seinem Sohn um. »Guten Morgen, mein Junge! War die Musik zu laut?«

Mads zählte innerlich bis drei und versuchte, mit tiefen Atemzügen seinem aufbrodelnden Blutdruck die Bläschengröße zu nehmen. Dann fragte er ruhiger: »Was soll das hier?«

Fridtjof strahlte ihn an. »Ich mache Frühstück. Für uns beide!«

»Schon wieder?«

»Warum nicht?«, entgegnete Fridtjof und drehte sich wieder zu den beiden Pfannen um.

Mittlerweile war auch Bobby in die Küche getrabt. Mads holte ihr Futter aus dem Kühlschrank und füllte ihr das Schälchen. Fridtjof hatte in der Zwischenzeit die Herdplatten abgestellt, Teller und Besteck sowie zwei Unterlagen aufgedeckt.

»Komm! Setz dich! Alles fertig!«

Mads setzte sich missmutig.

Fridtjof sah ihn bedauernd an. »Ich habe den Kaffee vergessen.«

Mads stand wieder auf, schaufelte Kaffee in die Maschine, schaltete sie an, setzte sich wieder. Fridtjof hatte sich bereits den Teller vollgeladen und fragte ungerührt: »Und Orangensaft?«

Wieder stand Mads auf, holte eine Tüte aus dem Kühlschrank und stellte sie zusammen mit zwei Gläsern auf den Tisch.

»Jetzt nimm doch!«, forderte Fridtjof ihn munter auf. »Das wird doch alles kalt!«

Mads' Mund verzog sich zu einem Strich. Dann lud auch er sich Ei und Speck auf den Teller und begann zu essen.

»Gut, was?«, sagte Fridtjof.

Mads knurrte etwas Unverständliches.

»Könntest ruhig mal Danke sagen!«, beschwerte sich Fridtjof.

Mads warf ihm einen bitterbösen Blick zu, musste Fridtjof aber zugutehalten, dass das Rührei sehr gut gelungen war.

»Du bist wirklich kein Morgenmensch, was?«

»Warum hast du eigentlich so gute Laune?«, fragte Mads.

Fridtjof grinste, dann griff er nach der Hand seines Sohnes und drückte sie. »Ich habe eine Lösung für unser Bingoproblem!«

»Ich habe kein Bingoproblem!«

»Frau Wellinghoff ist erledigt!«, sagte Fridtjof zufrieden und biss herzhaft in ein Stück knusprigen Bacon.

Es klingelte an der Haustür.

Mads sah Fridtjof misstrauisch an. »Wenn ich jetzt die Tür aufmache: Was erwartet mich da?«

»Woher soll ich das wissen?«, gab Fridtjof unschuldig zurück.

Bobby, die das Gespräch der beiden sitzend verfolgt hatte, sprang auf und ließ sich in Habachtstellung vor der Haustür nieder.

»Wehe, es ist etwas mit Frau Wellinghoff! «, zischte Mads in Fridtjofs Richtung, sprang auf und lief zur Haustür. Er öffnete sie. Vor ihm stand Mills, offenkundig noch mieser gelaunt als sonst, hinter ihr zwei Schutzpolizisten. Fridtjof war seinem Sohn gefolgt.

Mads wirbelte zu ihm herum. »Was hast du mit Frau Wellinghoff gemacht?«

»Ich? Gar nichts!«, verteidigte sich Fridtjof.

»Herr Madsen?«, fragte Mills scharf.

Beide sahen sie an.

»Junior«, fügte sie an. »Bitte begleiten Sie mich ins Präsidium!«

Mads fiel aus allen Wolken. »Was? Wieso?«

»Muss ich Ihnen Handschellen anlegen, oder bleiben Sie friedlich?«, fragte sie gereizt.

»Ich … Aber … Wieso?«

Sie packte ihn am Oberarm.

»Darf ich mich nicht anziehen?«

Mads stand nur in Boxershorts und T-Shirt da. Mills nickte und schickte die beiden Beamten mit ihm in sein Zimmer, wo er sich schnell einen Anzug, Hemd, Coat und Schuhe anzog.

Als er wieder herunterkam, stand Mills immer noch im Hauseingang. Sie sah skeptisch auf die kleine Bobby herab, die sie feindselig anknurrte.

»Wie wäre es mit etwas Rührei?«, fragte Fridtjof Mills. »Da hat man gleich einen guten Start in den Morgen!«

Mills schüttelte genervt den Kopf und fragte: »Können wir jetzt?«

Sie schob Mads vor sich her zum Polizeiwagen. Bobby lief ihnen bellend nach. Mills öffnete die hintere Tür des Wagens und drückte Mads, eine Hand in seinem Nacken, auf die Rückbank. Sie knallte die Tür zu.

Der Streifenwagen fuhr los.

EIN FINGER

38

Der Verhörraum war in seiner Kargheit ziemlich einschüchternd. Ein Tisch, vier Stühle. Und der venezianische Spiegel natürlich, den man aus Filmen kannte. Mads vermutete, dass die Polizei das Gespräch aufzeichnete, Kameras und Mikrofone sah er aber nicht.

Er saß mittlerweile seit einer Stunde in dem Raum, was, wie er argwöhnte, sicher Taktik war. Tatsächlich aber hielt Mills sich an die Vorschriften und wartete darauf, dass Mads' Schwager Robert Benker-Madsen auftauchte, um ihn anwaltlich zu vertreten. Sie wusste, dass Verhöre unter seiner Aufsicht unerquicklich geraten konnten und vor allem kurz. Er würde Mads sicher raten, den Mund zu halten. Und zwar zu allen relevanten Fragen.

Als der Anwalt endlich eintraf, begrüßte Mills ihn entsprechend kühl, dann gingen sie in den Verhörraum, wo Robert, noch bevor Mads ihn auch nur begrüßen konnte, sagte: »Du hältst den Mund!«

Mills informierte Mads darüber, dass er als Zeuge verhört werden würde, und fragte anschließend seine persönlichen Daten ab. Dann setzte sie Mads und Robert darüber in Kenntnis, dass seit gestern Abend ein gewisser Erik Schaller vermisst wurde.

Mads machte den Mund auf, aber Robert kam ihm zuvor: »Sehr bedauerlich. Dazu zwei Dinge. Es sind nicht mal vierundzwanzig Stunden vergangen, und Sie suchen bereits nach Herrn Schaller. Warum? Und zweitens: Was hat das mit meinem Mandanten zu tun?«

Mills legte die gefalteten Hände vor sich auf den Tisch: »Zu Punkt eins: Es gibt Grund zu der Annahme, dass Herr Schaller nicht freiwillig verschwunden ist. Und zweitens: Ihr Mandant kannte Herrn Schaller.«

»Und?«, fragte Robert. »Ich kenne auch viele Menschen, aber ich bin nicht verantwortlich für ihr Schicksal.«

Mills warf Mads einen Blick zu. »Ihr Mandant wird es Ihnen und uns sicher erklären können.«

Mads machte Anstalten zu antworten. Doch ging Robert dazwischen: »Mein Mandant wird zu gegebener Zeit darauf antworten.«

»Das kann er ruhig jetzt gleich tun. Es gibt eine Zeugin, die ihn gestern Nachmittag im Haus des Vermissten gesehen hat. Herr Madsen hat Herrn Schaller dort aufgesucht.«

Mads schluckte. Die Nachbarin, die auf sein wildes Klingeln geöffnet hatte! Deswegen waren sie so schnell auf ihn gekommen.

»Mein Mandant wird zu gegebener Zeit darauf antworten«, wiederholte Robert.

Die Hauptkommissarin sah Mads an. »Was wollten Sie bei Herrn Schaller?«

»Mein Mandant wird zu gegebener …«

»Wo waren Sie gestern Abend?«, fiel Mills ihm ins Wort. »Ab achtzehn Uhr?«

»Zu Hause«, sagte Mads, bevor Robert ihn daran hindern konnte. Immerhin entsprach es der Wahrheit. »Mit meinem Vater.«

»Die ganze Zeit?«

Mads überlegte. Er hatte mit Bobby eine große Hunderunde gedreht. Instinktiv wusste er aber, dass das hier eine dieser empfindlichen Situationen war, bei denen man besser nicht mit übertriebener Wahrheitsliebe auftrumpfte und eine mögliche Alibilücke kundtat.

»Mein Mandant wird …«

Mills hob die Hand zum Zeichen, dass Robert sich und ihnen diesen Spruch ersparen konnte.

Mills blickte in eine dünne Akte, die vor ihr auf dem Tisch lag. »Sie sind mit Herrn Schaller auf dieselbe Grundschule gegangen.«

»Wirklich?« Mads war ehrlich erstaunt.

Robert ging dazwischen: »Frau Kollegin, die betreffende Schule ist meines Wissen nach eine recht große. Wieso sollte das relevant sein?«

»Patrick Schulze, Erik Schaller, Mads Madsen. Alle auf derselben Schule.«

»Na und?«, wandte Robert ein. »Charles Manson und Dennis Wilson sind auch auf dieselbe Schule gegangen. Der eine hat Sharon Tate und sechs andere Menschen abschlachten lassen, der andere mit den Beach Boys Musik gemacht. Ihre voreiligen Schlussfolgerungen führen zu nichts, finden Sie nicht auch?«

»Ich wäre mir da nicht so sicher«, entgegnete Mills. »Patrick Schulze ist tot. Erik Schaller verschwunden. Und mit beiden hat Herr Madsen eine Verbindung.«

»Das ist reiner Zufall. Das beweist gar nichts.«

Mills sah wieder in ihre Akte. »Herr Madsen, Sie haben Maik Böhler aufgesucht. Zumindest kann er sich lebhaft an eine merkwürdige Begegnung mit jemandem in Retroanzug und Three-Tones erinnern. Das waren Sie, oder?«

Mads runzelte die Stirn. »Wen soll ich aufgesucht haben?«

»Herr Böhler ist Besitzer der Firma *FL Reifenservice & Autowerkstatt*.«

»Ach, der«, antwortete er.

Robert fuhr zu ihm herum und sagte sehr laut: »Ich möchte mit meinem Mandanten allein sprechen. Sofort!«

Mills konnte sich ein Lächeln nicht verkneifen. Offenbar war sie zufrieden, dass Mads angebissen hatte. Robert zog Mads am Arm vom Stuhl und ging mit ihm in ein angrenzendes Zimmer, das für Mandantengespräche vorgesehen war.

»Welchen Teil von ›Du hältst den Mund!‹ hast du nicht verstanden, hm?«, fuhr er Mads an.

»Ich … äh …«

»Halt den Mund, Mads!«

Mads schluckte und nickte.

»Das hier ist eine ernste Sache. Und das hast du anscheinend nicht verstanden. Wenn du willst, dass du hier heil rauskommst, wirst du tun, was ich dir sage. Klar?«

Mads nickte wieder.

»Woher kennst du diesen Böhler?«

»Ich kenne ihn nicht. Ich wollte ihn über Patrick Schulze aushorchen.«

Robert verdrehte die Augen.

»Mann, Mann, Mann! Du tauchst wirklich überall auf!« Einen Moment rieb er sich mit Zeige- und Mittelfinger über die Stirn. Dann sagte er ruhig: »Gut, komm jetzt. Und halt in Gottes Namen gleich die Klappe.«

Sie kehrten in den Verhörraum zurück.

Bevor Mills auch nur ansetzen konnte, etwas zu sagen, legte Robert los: »Nur eine Frage, Frau Mills. Warum fahren Menschen in Werkstätten? Weil sie wollen, dass jemand von der Bildfläche verschwindet? Oder weil sie einen Kostenvoranschlag für eine Reparatur ihres Autos brauchen? Mein Mandant wird keine weiteren Aussagen mehr treffen. Der Vater meines Mandanten wird bestätigen, dass er den ganzen gestrigen Abend und die ganze Nacht zu Hause war. Wenn die Staatsanwaltschaft darauf besteht, auch an Eides statt. Mein Mandant ist unbescholten und hat einen festen Wohnsitz. Beantragen Sie einen Haftbefehl?«

Mills sah Robert mit ausdrucksloser Miene an, dann schüttelte sie den Kopf.

»Damit sind wir hier fertig. Sie erreichen Herrn Madsen jederzeit über mich. Und ich möchte die Ermittlungsakte einsehen. So schnell wie möglich.«

Mills musste sich geschlagen geben.

»Übrigens, wieso sind Sie sich so sicher, dass Herr Schaller nicht einfach in Urlaub gefahren ist?«

»Dazu kann ich mich nicht äußern, solange Ihr Mandant sich nicht entschließt, zu kooperieren. Bis dahin können Sie ruhig davon ausgehen, dass wir dieses Gespräch nicht deswegen führen, weil mir langweilig ist.«

Robert zuckte mit den Schultern. »Wie Sie meinen.« Er machte Mads ein Zeichen, aufzustehen. »Wir gehen.«

Mills sah Mads eindringlich an. »Wir sehen uns wieder, Herr Madsen.«

Der schluckte. Das klang nicht, als würde sie dabei an ein Date denken.

39

Den Rest des Tages verbrachte Mads damit, seinen Vater mit so wenig Informationen zu versorgen wie möglich, weil man bei Fridtjof immer befürchten musste, dass er im Feuereifer, hilfreich zu sein, die Dinge weiter verschlimmerte. Dass Mads bei ihm gewesen war, wollte er mit ritterlichem Pathos beschwören, selbst wenn ihm die Polizei in einem scharfen Verhör die Fingernägel ausreißen würde. Mads versicherte ihm, dass es dazu sicher nicht käme. Es langte, wenn er aussagte, sie hätten zusammen ferngesehen.

In der Nacht aber tat er kein Auge zu.

Offensichtlich hatte er die Gefahr, in die er sich begeben hatte, unterschätzt. Ein Schauer lief ihm über den Rücken bei dem Gedanken daran, wie Erik Schaller angekündigt hatte, es würde Tote geben, wenn Stoike nicht bekam, was er wollte. Und jetzt war er verschwunden. Mills schien anzunehmen, dass ihm etwas zugestoßen war, sonst wäre sie nicht direkt bei Mads aufgetaucht. Möglich war natürlich auch, dass er sich abgesetzt hatte – wahrscheinlicher aber, dass er den gestrigen Besuch nicht überlebt hatte. Kein angenehmer Gedanke, fand Mads.

Am nächsten Morgen rief Robert an und bestellte Mads nach der Arbeit zu sich nach Hause. Famke und er wollten mit ihm sprechen. Auch Krischan, Mads ältester Bruder, schien sich zu sorgen und hatte sein Kommen angekündigt.

So parkten dann in der Einfahrt des schönen Reetdachhauses in Harrislee bereits zwei Luxuslimousinen in der Abenddämmerung, als Mads seinen alten Benz dahinterstellte und mit Fridtjof und Bobby ausstieg. Seine Nichten stürmten wie gewohnt aus der Tür und nahmen Bobby unter ihre Fittiche, während Famke an der Haustür auf Fridtjof und ihn wartete und sie zur Begrüßung jeweils mit einem sorgenvollen Blick bedachte und auf die Wange küsste. »Na, kommt erst mal rein.«

Sie folgten ihr ins Wohnzimmer. Dort saßen Robert und Krischan auf dem Sofa und tranken Flaschenbier. Durch das Panoramafenster konnte man den illuminierten, geschickt in Szene gesetzten Garten sehen. Famke bot Fridtjof und Mads ebenfalls ein Bier an, sie selbst trank ein Glas Wein. Sie plauderten ein wenig, dann holte Robert die Ermittlungsakte aus seiner Tasche und klopfte damit ungeduldig auf den Tisch.

»Also, ich habe mir mal die Mühe gemacht, die Akte zu lesen. Bisher bin ich davon ausgegangen, dass das nicht nötig ist, aber da wusste ich auch noch nicht, dass sich mein geschätzter Schwager offenkundig vorgenommen hat, auf einem Minenfeld den Fred Astaire zu geben.«

Alle Blicke gingen zu Mads, der betreten zu Boden sah.

»Wolltest du nicht eigentlich eine Rede schreiben?«, fragte Robert.

»Schon«, gab Mads zu.

»Dann lass mal hören! Ich bin gespannt. Wir alle sind gespannt.«

Mads schwieg.

»Nichts?«, setzte Robert nach.

Famke ging dazwischen: »Das reicht, Robert. Ich denke, er hat es kapiert. Schließlich ist er erwachsen.«

Robert schüttelte den Kopf. »Aber so verhält er sich nicht, das ist ja das Problem. Stattdessen bringt er nicht nur sich selbst in Schwierigkeiten, sondern mich gleich mit!«

Die anderen sahen ihn fragend an.

»Ich habe dir die Akte von Patrick Schulze besorgt, Mads. In treuem Glauben, dass du eine Trauerrede schreibst. Stattdessen gibt es jetzt nicht nur einen Toten, sondern auch noch einen Vermissten, mit dem du irgendwie zu tun hast. Und ich stehe als Anwalt im Verdacht, eine polizeiliche Ermittlung zu behindern. Vielleicht sogar Mandantengeheimnisse verraten zu haben, denn wie du weißt, vertrete ich Frau Schulze in der Nebenklage. Die mich natürlich nicht bezahlen wird.«

»Pah, Anwälte«, brummte Fridtjof. »Denken immer nur ans Geld.«

Robert atmete tief durch. »Es geht darum, ob ich eine Vertretung von Frau Schulze nur vorgetäuscht habe, um an die Ermittlungsakte zu kommen, die ich anschließend meinem geschätzten Schwager, dem Vollpfosten, überlassen habe.«

»Dann bist ja wohl eher du der Vollpfosten!«, entgegnete Fridtjof.

»Papa«, mahnte Mads.

»Was denn? Ich verteidige dich nur!«

Robert sah Famke an. »Kann er nicht mit seinen Enkeln spielen gehen?«

Fridtjof wollte gerade etwas erwidern, als Krischans Handy piepte. Er tippte auf dem Display herum.

»Langweilen wir dich?«, zischte Fridtjof.

»Ich hab Bereitschaft«, sagte Krischan, ohne den Blick von seinem Telefon zu nehmen.

Fridtjof war im Begriff, ihn zusammenzufalten, doch Mads hielt ihn zurück: »Komm mal runter! Du bist grad keine Hilfe!«

Fridtjofs Gesicht war ein einziger Ausdruck der Empörung. »Ah, aber für dein Alibi bin ich gut genug?«

»Papa«, mahnte jetzt auch Famke.

Fridtjof verschränkte die Arme vor der Brust und ließ sich beleidigt in die Polster zurückfallen.

Robert wandte sich an Mads. »Was war mit Erik Schaller?«

»Er wollte mich warnen. Und ich wollte wissen, warum.«

»Und was hat er gesagt?«, fragte Robert.

»Er sagte, dass diesem Stoike offenbar etwas gestohlen wurde und dass deswegen alle durchdrehen.«

Robert sah Mads lange an.

Dann fragte er: »Weißt du, wer Ralf Stoike ist?«

Mads schüttelte den Kopf.

»Ein Berufsverbrecher. Einer von der schlimmsten Sorte. Drogen, Geldwäsche, Erpressung, Prostitution, Mord. Das ganze Programm. Nur, dass er nie verurteilt wurde.«

Mads spürte, wie sich sein Magen verknotete. »Aber ich habe ihn doch nicht bestohlen«, war alles, was ihm einfiel.

»Was vermutlich der Grund ist, warum du noch lebst.«

Stille drängte aus der Mitte des Wohnzimmers zu den Wänden, sie saßen da wie starre Zuschauer in einem verlassenen Theater.

»Und jetzt haben wir Erik Schaller, der verschwunden ist und, wie ich vermute, auch nicht wieder auftauchen wird«, sagte Robert in die öde Leere hinein.

Niemand kommentierte das Gesagte.

»Von diesem Problem einmal abgesehen«, fuhr Robert fort, »müssen wir uns überlegen, wie wir uns gegenüber Mills verhalten. Ich glaube nicht, dass sie wirklich glaubt, du hättest eine Straftat begangen, aber dummerweise tauchst du überall auf, wo es Verschwundene oder Tote gibt.«

»Aber …«, wollte Mads einwenden.

Robert hob die Hand. »Ich weiß schon. Aber sie ist eine Ermittlerin mit zwei offenen Fällen. Pass auf, du machst deine Aussage. Wir stecken ihr, dass Stoike in der Sache mit drinhängt und irgendetwas sucht. Und dass du nur zufällig in die Geschichte reingestolpert bist. Das lässt uns auch nicht gerade gut aussehen, aber sie wird dich hoffentlich in Ruhe lassen.«

Mads nickte. »Okay.«

»Mann, Mann, was für eine Scheiße!«, maulte Fridtjof.

Famke knurrte: »Still jetzt! Das bringt gar nichts! Und damit das klar ist, Papa: Wir halten zusammen!«

»Musst du mir nicht erklären!«, fauchte Fridtjof.

Krischans Handy piepte.

Fridtjof fuhr zu ihm herum: »Du gehst mir so was von auf die Nerven!«

»Kannst du das nicht mal fünf Minuten abstellen?«, fragte Famke ungehalten.

»Ich muss los!«, sagte Krischan ungerührt und blickte Mads an. »Wenn was ist, ruf mich an!«

»Sag, dass es ein Schlaganfall ist, sonst kommt er nicht!«, ätzte Fridtjof.

»Papa!«, sagte Famke streng.

Fridtjof erhob sich und sagte beleidigt: »Dann gehe ich eben zu meinen Enkeln!«

Krischan umarmte Mads. »Ich bin immer für dich da, versprochen!«

Mads nickte. Dann ging auch Krischan.

»Ich brauche einen Schnaps«, stellte Robert fest. »Noch jemand?«

Famke und Mads hoben die Hand.

Robert ging zu dem Sideboard am Ende des Raums und nahm eine Flasche Malteser, dazu drei Schnapsgläser.

Famke drückte Mads die Hand. »Das wird schon wieder. Robert ist der Beste. Und wenn es hart auf hart kommt – Dänemark ist nicht weit.«

Mads lächelte schwach. »Du meinst, Papa und ich auf der Flucht?«

»Die *Stine* liegt ja wohl bereit.« Famke grinste.

Mads schüttelte den Kopf. »Wir beide? Wochenlang in einem winzigen Boot auf dem offenen Meer? So fangen Horrorfilme an. Da miete ich uns lieber einen Wohnwagen. Er hat erzählt, dass er mit Mama in einem Camper um die Welt reisen wollte.«

Famke runzelte die Stirn. »Mama? Die hättest du nie auf einen Campingplatz gekriegt. Sie hat Camping gehasst.«

»Echt?«

»Ja, Mama war mehr so der Hoteltyp. All inclusive.«

»Hm.« Mads war irritiert.

Schon wieder so eine Story seines Vaters.

Robert schenkte die drei Gläser voll. »Geben wir Fridtjof was ab?«

Mads und Famke sahen sich an und schüttelten die Köpfe.

40

Mills und Mads sahen sich also schon kurz darauf im Präsidium wieder. Mit Robert an seiner Seite erklärte Mads ihr vorsichtig seine Rolle in dem Spiel und folgte dabei akribisch der Strategie, die Polizei nur so viel wissen zu lassen wie unbedingt nötig, und nichts zu sagen, was ihn selbst in den Fokus rücken konnte.

Am Ende seiner Aussage war Mads sicher, seine Person ins rechte Licht gerückt zu haben: Er war nur ein naiver Trauerredner, der es mit seiner Fragerei ein kleines bisschen übertrieben hatte. Beiläufig erwähnte er, dass seiner Meinung nach Stoike der Schlüssel zu dem Ganzen war und ihm irgendetwas abhandengekommen war. Mills blickte ihn skeptisch an. Glücklicherweise verkniff sich Mads eine lobende Bemerkung zu seiner detektivischen Vorarbeit und verließ das Präsidium ohne Handschellen.

Doch die Unzufriedenheit piesackte ihn penetrant wie eine Mücke in der Nacht. Er war weit gekommen, und was hatte es ihm gebracht? Keinen Zuspruch, nicht mal ein kleines Dankeschön hatte er für die Ermittlungsarbeit bekommen.

Er rief Fiete an und fragte, ob er mit ihm essen gehen wollte. Sie trafen sich in der Marktwirtschaft in Glücksburgs Mitte, einem urig-modernen Brauhaus. Dort saßen sie bei selbst gebrautem Pils und verzehrten ein »Glückstädter«, Sauerteigbrot mit Matjesfilet an Apfel-Basilikum-Joghurt. Kauend machte sich Mads Luft, erzählte die ganze Geschichte noch einmal bis ins kleinste Detail, lamentierte, erklärte, dass er sich unverstanden fühle, ungerecht behandelt dazu. Fiete hörte geduldig zu, obwohl er sicher lieber über Laura gesprochen hätte, und fragte schließlich: »Und? Was willst du jetzt tun?«

Mads zuckte mit den Schultern. »Mills und Robert wollen natürlich, dass ich die Füße stillhalte.«

»Wäre bestimmt auch das Klügste.«

»Aber es gibt noch so viele Fragen!«

»Zum Beispiel?«

»Patrick hat mir zwei Botschaften zukommen lassen. Was, wenn es noch mehr gibt?«

»Glaubst du wirklich, er wollte, dass du dich in Gefahr begibst?«

»Er hat geschrieben, dass ich heimlich wie ein Agent vorgehen soll. Jetzt weiß ich auch, warum. Aber ich muss die ganze Zeit über etwas ganz anderes nachdenken: Wenn Patrick Stoike bestohlen hat, wieso bringt der ihn dann um, bevor er die Sache wieder zurückhat? Ich meine, wenn dir etwas wirklich wichtig ist, würdest du dann nicht alles tun, um die Information aus dem Dieb herauszubekommen, die es braucht, um es zu finden?«

Fiete nickte.

Mads fuhr fort: »Erik Schaller hat was gewusst. Oder wenigstens geahnt. Vielleicht hat er das Auto gesehen, mit dem Patrick überfahren wurde.«

»Das liegt jetzt bestimmt auf dem Grund der Ostsee. Genau wie Erik.«

Mads nickte. »Aber wir haben noch eine weitere Spur: Jessica.«

Fiete wirkte skeptisch. »Nach allem, was du erzählt hast, glaube ich, sie hat Angst, sie lügt und will bestimmt nicht riskieren, dass man ihr Gesicht demnächst chirurgisch wiederherstellen muss. Oder dass sie bei mir in der Kühlkammer landet.«

»Ich glaube, dass sie sich wünscht, dass Patricks Mörder bestraft wird.«

Fiete schüttelte den Kopf. »Du kannst ihr nicht trauen.«

»Das tue ich auch nicht. Trotzdem glaube ich, dass sie zu den Guten gehört.«

»Soso. Und ich bin der kleine Hundewelpe, der aufgefressen wird«, spottete er.

Mads winkte ab: »Jedenfalls hat Patrick mit Stoike irgendetwas zu schaffen gehabt, Timo hat es noch. Mich würde es sehr wundern, wenn Jessica da nicht auch mit drinhängt.«

Fiete sah ihn besorgt an. »Diese Typen sind jetzt in Alarmbereitschaft. Die beobachten alle, die mit der Sache zu tun haben könnten. Du solltest wirklich nicht bei Jessica auftauchen. Ihr zuliebe!«

Mads wirkte unschlüssig.

»Im Ernst, Mads. Wenn du weitermachst, hast du diese Typen so richtig an den Hacken. Und die Polizei noch dazu!«

»Jaha.«

Mads fuhr lustlos mit seiner Gabel über das letzte Stück Matjesfilet und verstrich einen Klecks Joghurt über den Teller. Er würde Jessica in Ruhe lassen. Vorerst.

Aber da kannte er auch noch nicht den weißen Kapitän.

41

Am Abend lud Fridtjof Mads zum gemeinsamen Fernsehgucken ein und überließ ihm dabei die Wahl des Programms. Sie bestellten Essen, das Mads aussuchen durfte, ohne dass Fridtjof ihm mit nervigen Extrawünschen in den Ohren lag. Und vor dem Zubettgehen bot er Mads freiwillig an, noch eine große Runde mit Bobby zu drehen. All das hätte Mads unter normalen Umständen in höchste Alarmbereitschaft versetzt, aber die Ereignisse der letzten Tage hatten ihn mitgenommen, und so dachte er sich bei Fridtjofs vermeintlich selbstlosen Akten der Nächstenliebe nicht viel. Auch als er Mads außergewöhnlich freundlich daran erinnerte, ihn am nächsten Tag zum Bingo zu fahren, wurde er nicht misstrauisch, sondern nickte nur seufzend.

Am Morgen dann saßen sie im Auto auf dem Weg nach Flensburg zur Bingo-Veranstaltung der Johanniter. Sie parkten in einem abgelegenen Gewerbegebiet im Südwesten. Mads fragte sich, ob diese Lage wohl potenzielle Mitspieler abschreckte, aber vor der Tür der Johanniter drängten sich einige Herrschaften, die wohl Mittel und Wege gefunden hatten, herzukommen.

Fridtjof rieb sich die Hände und sagte: »Heute werden wir eine epische Bingoschlacht schlagen, mein Junge.«

»Du vielleicht, ich nicht«, antwortete Mads.

»Wir beide!«, beharrte Fridtjof. »Und weißt du, was?«

»Nein«, gab Mads desinteressiert zurück.

»Wir werden gewinnen. Weil wir Frau Wellinghoff die schmerzhafteste Niederlage ihres laaangen Lebens zufügen werden!«

Fridtjof grinste derart hinterhältig, dass Mads unvermittelt Kassandrarufe durch den Kopf krähten.

»Was hast du angestellt?«, fragte er misstrauisch.

»Ich?«, rief Fridtjof theatralisch.

»Ja, du!«

Fridtjof sah sich kurz um, als befürchtete er, sie würden bespitzelt. Dann raunte er: »Ich habe einen Joker …«

Mads stutzte. »Was für einen Joker?«

Fridtjof grinste diabolisch. »Es gibt eine neue Spielleiterin.«

»Na und?«

»Sie und ich sind so!«

Er kreuzte Mittel- und Zeigefinger, um zu demonstrieren, dass zwischen ihn und die neue Spielleiterin kein Blatt Papier passte.

»Wie bitte?«, fragte Mads empört und wohl ahnend, was folgen würde.

Fridtjof betrachtete seine Fingernägel und bemerkte wie beiläufig: »Sie wird die richtigen Zahlen vorlesen.«

Mads starrte seinen Vater an, der zufrieden wirkte wie eine fette Katze nach ihrem Lieblingsmahl.

»Du bescheißt ein paar arme Rentner beim Bingo? Was kommt als Nächstes? Verkaufst du Heroin in der Kita?«

Fridtjof winkte ab. »Was du da wieder redest, Junge!«

»Ich mache da nicht mit, klar?«

»Es ist nur dieses eine Mal!«

»Nein.«

»Du musst ja nicht mitspielen. Nur dabei sein. Und ein Foto machen.«

»Nein.«

»Bitte, Junge!«

Mads sah den flehentlichen Blick seines Vaters. Erinnerte sich daran, warum Fridtjof unbedingt dieses eine Spiel gewinnen wollte. Und ließ sich erweichen.

»Danach ist Schluss?«, fragte Mads warnend.

»Ich schwöre!«, antwortete Fridtjof und hob zwei Finger zur Bekräftigung.

»Nie wieder Bingo?«, fragte Mads.

Fridtjof schluckte, dann nickte er. »Nie wieder!«

Mads atmete tief durch. »Okay. Wehe, du kommst mir noch einmal damit! Wehe!«

Fridtjof schlug seinem Sohn auf die Schulter. »Das ist mein Junge! Ich wusste doch, dass in dir ein Gewinner steckt!«

Mads musterte ihn streng, Fridtjof hob abwehrend die Hände und versprach: »Alles klar, ich bin still! Sieh her: Ich schweige!« Pantomimisch zog er einen Reißverschluss vor seinem Mund zu.

Sie stiegen aus, reihten sich ein, betraten einen schmucklosen Konferenzraum, in den vielleicht dreißig Spieler passten. Fridtjof kaufte Lose und zwinkerte der Spielleiterin so verschwörerisch zu, dass Mads sich peinlich berührt umsah. Aber niemand schien es bemerkt zu haben. Sie nahmen ihre Plätze ein, als auch die unschlagbare Frau Wellinghoff eintrat, adrett wie immer, und ein ganzes Dutzend Lose kaufte.

Dann begann das Spiel. Frau Wellinghoff bearbeitete mit kalter Präzision ihre Tippscheine, der Rest pickte mit kurzsichtigem Blick mühsam Nummern wie Muscheln beim Strandspaziergang auf. Bald überspannte eine stille Konzentration den Raum, allein Fridtjof tupfte gut gelaunt mit seinen neuen Stiften mal hier, mal da Zahlen ab und nickte Mads mit einem überlegenen Lächeln zu.

Zahl um Zahl wurde gezogen, stellte sich schwankend auf die andere. Ein Turm, bereit, beim ersten Ruf des Siegers zusammenzustürzen. Fridtjof musterte gelangweilt, ja geradezu arrogant die anderen Spieler, die jetzt noch versunken ankreuzten und ihm gleich zujubeln sollten. Ahnungslose Amateure, die sie waren. In diesem Raum regierte nur einer: Fridtjof der Erste – Vater, Trommler, Bingokönig. Er blickte zu Mads, zeigte ihm komplizenhaft zwinkernd einen Schein, auf dem nur noch zwei Zahlen fehlten. Mads fand, dass er nicht nur ein schlechter Verlierer war, sondern vor allem ein noch viel schlechterer Gewinner.

Die Spielleiterin rief eine Zahl auf.

Fridtjof tupfte sie routiniert auf seinem Schein ab.

Frau Wellinghoff rief: »Bingo!«

Fridtjofs Kopf wirbelte zu ihr herum, der Mund zu einem lautlosen Schrei aufgeklappt. Frau Wellinghoff hatte sich erhoben und tippelte nach vorne, wo die Spielleiterin den Schein kontrollierte und ihr dann gratulierte.

»A-a-aber«, stammelte Fridtjof und blickte abwechselnd auf seine unvollendete Zahlenreihe und auf Frau Wellinghoff, die ihren Gewinn in die Höhe hielt: eine Luxus-Leselupe.

Dann sah er Mads an, verwirrt, empört, fassungslos.

»Soll ich jetzt ein Foto machen?«, fragte Mads trocken.

Fridtjof presste die Lippen aufeinander, sah wieder nach vorne, wo Frau Wellinghoff immer noch neben der Spielleiterin stand und ganz diskret eine Geste in seine Richtung machte: Sie legte den Mittelfinger über den Zeigefinger.

Dann lächelte sie überlegen.

Fridtjof war wie versteinert und sagte tonlos: »Diese Frau ist der Teufel!«

Es war das Ende seiner Bingokarriere.

Gesenkten Haupts schlich er hinaus, gefolgt von Mads, der beim Hinausgehen noch ein paar Worte mit dem dicken Horsti wechselte.

»Wo bleibst du denn?«, murrte Fridtjof, als Mads ungefähr fünf Sekunden nach ihm mit Horsti ins Freie trat.

»Hallo«, grüßte der Mann mit der Ernst-Huberty-Frisur seinen alten Freund.

Der ignorierte ihn. »Können wir endlich?«, drängelte er.

»Frau Wellinghoff …«, erklärte Mads Horsti entschuldigend, der mitfühlend nickte.

»Ja, die ist echt unheimlich.«

Fridtjof wandte sich ab und marschierte zum Auto.

Mads verabschiedete sich von Horsti und lief ihm nach. »Mann, krieg dich mal wieder ein!«

Fridtjof stieg schweigend in den Benz.

Als Mads gerade den Wagen anlassen wollte, sah er Horsti in seinen Wagen einsteigen. *Blitz & Blank Gebäudereinigung* stand auf der Beifahrertür, daneben ein Panda, dem man einen Eimer und einen Lappen in die Pranke gedrückt hatte.

Warum war sein Vater so schlecht auf ihn zu sprechen?

Mads fand, dass er das endlich mal klären musste.

42

Fridtjof schmollte den Rest des Tages. Gegen Abend tauchte er überraschend oben bei Mads auf, setzte sich aufs Bett und lauschte eine Weile mit ihm Nat King Cole.

Dann fragte er unvermittelt: »Sag mal, die Sache mit Patrick … Warum interessierst du dich eigentlich so für ihn?«

»Na ja, er war für mich da, als sonst niemand da war.«

Fridtjof nickte bekümmert. »Ich war dir wohl keine große Hilfe, was?«

Mads zuckte mit den Schultern. »Es war für alle ein großer Schock.«

»Trotzdem. Ich bin dein Vater. Ich hätte stark sein müssen.«

Mads sah ihn erstaunt an. Selbstkritik war eigentlich keine Karte in seinem Tugendquartett. Er räusperte sich und sagte: »Vielleicht … Aber wer kann das schon in so einer Situation?«

Fridtjof sah auf. »Meinst du?«

»Ja.«

»Und du bist nicht wütend auf mich?«

»Nein.«

Er schwieg eine Weile und sagte dann: »Ich wäre wütend.«

»Wer sind Sie? Und was haben Sie mit meinem Vater gemacht?«, fragte Mads grinsend.

Fridtjof winkte ab, konnte sich ein Lächeln aber nicht verkneifen. »Ach, du und deine Scherze. Vielleicht gehst du doch lieber zum Radio.«

»Ah, da isser ja wieder! Zum Glück«, antwortete Mads.

Fridtjof wechselte das Thema. »Was essen wir heute?«

Aber Mads wollte die Gelegenheit nutzen, um noch ein wenig

in der Vergangenheit zu wühlen: »Verrat du mir erst mal, warum du so grantig gegenüber deinem alten Kumpel Horsti bist! Der scheint doch ganz in Ordnung zu sein.«

Fridtjof tat, als hätte er die Frage nicht gehört. »Pizza? Oder, warte, wir haben noch Bolognese eingefroren.«

Mads verschränkte die Arme vor der Brust.

Fridtjof schwieg.

Dann seufzte er. »Er hat Stine mal den Hof gemacht.«

»Mama hatte was mit Horsti?«, fragte Mads erstaunt.

»Natürlich nicht!«, empörte sich Fridtjof. »Deine Mutter und ich waren ein Herz und eine Seele.«

»Und trotzdem hat er sich an sie rangemacht?«

»Kann ihn schon verstehen«, sagte Fridtjof. »Deine Mutter war die schönste Frau weit und breit.«

»Aber ein bisschen verübelst du es ihm schon?«, fragte Mads.

»Na ja, er hat ziemlich auf dicke Hose gemacht! Seine Firma lief saugut, er hatte Geld und fuhr ein großes Auto, und ich war berufsbedingt viel unterwegs. Irgendwann hat mir jemand gesteckt, dass Horsti deine Mutter während einer meiner Dienstreisen zum Essen eingeladen hat. Aber deine Mutter ist immer standhaft geblieben! Sie war eine Heilige! Ja, das war sie!«

Mads sah seinen Vater skeptisch an.

Der fügte rasch hinzu: »Und ich habe mich dann natürlich umso mehr ins Zeug gelegt! Da hatte der Blödmann sowieso keine Chance.«

»Hm, hm«, machte Mads.

Fridtjof nickte versonnen, während er mit nach innen gerichtetem Blick im Tagebuch seiner Erinnerungen blätterte. Sekundenlang sah er einfach nur vor sich hin, bis sich sein seliges Lächeln plötzlich abkühlte. Er kam zurück zum Wesentlichen: »Also, was wollen wir essen?«

Mads zuckte mit den Schultern und antwortete: »Bolognese klingt gut. Mit Spaghetti.«

Fridtjof ging nach unten in die Küche. Mads blickte ihm nach und spürte, dass nichts, aber auch gar nichts an dieser Geschichte stimmte. Wenn Horsti wirklich versucht hatte, Fridtjof die Frau auszuspannen, würde er ihm doch jetzt sicher nicht so kumpelhaft begegnen? Etwas war zwischen den beiden geschehen, aber sicher nicht das, was Fridtjof gerade erzählt hatte.

43

Es hatte so seine Vorteile, wenn man eine Ermittlungsakte kannte. Deswegen war es für Mads auch nicht besonders schwierig, am nächsten Vormittag das Geschäft ausfindig zu machen, in dem Patrick am Tag seines Todes für seine Mutter ein Foto von sich hatte machen und rahmen lassen. Es lag etwa in der Mitte des Holms, der großen Einkaufsstraße in Flensburg, die vom Südermarkt bis zum Nordertor führte und abschnittsweise den Namen wechselte.

Mads wartete geduldig, bis er an der Reihe war, dann zeigte er der Angestellten den Screenshot von Patrick, Jessica und Timo. Er deutete auf Patrick und fragte, ob sie sich an den Mann erinnere.

»Ja, richtig, der Mann mit dem Unfall«, sagte sie eifrig. »Ich erinnere mich. Der hat hier ein Foto machen lassen. Die Polizei hat mich auch schon befragt. Sind Sie auch von der Polizei? Gibt es etwas Neues?«

Mads schüttelte den Kopf. »Ich bin nicht von der Polizei. Nur ein Freund, der sich fragt, wie das alles passieren konnte.«

Die Frau nickte.

»Erinnern Sie sich, ob er an diesem Tag irgendetwas Besonderes gesagt hat?«

»Nur, dass das Foto für seine Mutter ist.«

»Sonst nichts?«

»Nein, tut mir leid. Er hat mit EC-Karte bezahlt und ist dann gegangen. Ganz normal.«

Mads nickte. Dass Patrick mit Karte bezahlt hatte, wusste er bereits aus der Akte. Auch dass der Bankautomat, bei dem Patrick kurz darauf hundert Euro abgehoben hatte, in fußläufiger Entfernung lag. Er bedankte sich, verließ das Geschäft und kehrte zu seinem alten Benz zurück.

Nachdem Patrick bei seiner Mutter gewesen war und ihr das Bild geschenkt hatte, wohin hatte er sich dann begeben? Er besaß kein Auto. Die Polizei hatte sämtliche Taxi-, Uber- und Busfahrer der Stadt befragt – ohne Ergebnis. Er könnte abgeholt worden sein, aber von wem? Außer Timo und Jessica hatte er offenbar keine Freunde – und beide hatten keinen Führerschein. Vielleicht war er mit dem Zug gefahren, aber in dem Fall hätte die Polizei sicher etwas gefunden: Gab es nicht Überwachungskameras am Bahnhof?

Aus einem Impuls heraus fuhr er zur Seniorenresidenz, parkte und sah sich um. Alles ruhig. Er lief die Straßen entlang, überlegte, wohin es Patrick getrieben haben könnte, und entdeckte eine Frittenbude. Er zeigte dem Besitzer das Foto und fragte, ob er Patrick schon einmal gesehen habe – was dieser verneinte. Mads klapperte erfolglos noch ein paar weitere Geschäfte ab, bis er auf eine kleine Trinkhalle stieß. Er kehrte ein und zückte erneut das Handy, um nach Patrick zu fragen.

Der Wirt, ein großer, dicker Kerl mit Rauschebart und speckigem Pullover, rief direkt: »Jo! De is hier wehn.«

Überrascht fragte Mads: »Sie erinnern sich an ihn?«

»Jo.«

Er bestellte ein Bier und versuchte, sich seine Aufregung nicht anmerken zu lassen. Von der Trinkhalle hatte in der Ermittlungsakte nichts gestanden! Er war der Polizei also möglicherweise um eine Nasenlänge voraus! Für Sherlock Holmes nichts Besonderes – für ihn ein geradezu berauschendes Gefühl.

»War er länger hier?«

Der Wirt nickte. »Jo. Hat die ganze Zeit mitm witte Klaus gesabbelt.«

»Mit dem weißen Klaus?«, fragte Mads. »Wer ist das?«

»Stammgast. Ole Seemann. Drinkt mehr as he Dörst hett.«

Offenbar war Mads anzusehen, dass sein Plattdeutsch etwas eingerostet war. Der Wirt sprach überdeutlich, als er erklärte: »Harter Säufer.«

»Sie haben nicht zufällig mitbekommen, worüber die beiden gesprochen haben?«, fragte Mads.

Der Wirt schüttelte den Kopf. »De hem watt drunken, und denn warn se op n Mol de beste Frünn, nehm ik an, denn de witte Klaus hett denn secht, dat he em no Glücksborg forn wull.«

Mads runzelte die Stirn. »Sie sind mit dem Auto nach Glücksburg? Ich dachte, der war total blau.«

Der Wirt zuckte mit den Schultern. »Jo. Aber ik bün ja nich sin Modder.«

»Hat Patrick gesagt, warum er da hinwill?«

Der Wirt schüttelte den Kopf. »Ne, he hett bloß secht, dat dat wichtig wer. Ik heff mi al wunnert. Dor is ja ann Daach schon nix los. Mitten in de Nacht glix gor nich.«

»Was für einen Eindruck hat er auf Sie gemacht?«

»Ruhig. Büschen trurig. Aber dat sünn se meist alle, wenn se hier sitten und drinken.«

Mads nickte und zahlte sein Bier. »Haben Sie zufällig die Adresse vom weißen Klaus?«

Er nannte ihm eine Anschrift in der Dibler Straße.

»Danke«, sagte Mads.

Draußen auf der Straße gab Mads die Adresse in Google Maps ein: Es war nicht weit. Er beschloss, dem alten Seemann einen Besuch abzustatten.

44

Das graue Haus war wenig einladend, die anderen Häuser in der Nachbarschaft waren es auch nicht: schmucklose Sechzigerjahre-Mehrfamilienkästen mit Wellplastikbalkonen. Dazwischen viel gemähtes Gras und ein paar Bäume.

Mads las die Namensschilder, fand einen Klaus Bergmann im Erdgeschoss und klingelte. Es dauerte nicht lange, dann sprang summend die Tür auf. Mads trat in den Flur und sah, wie sich eine Tür öffnete. Ein Käpten wie aus dem Bilderbuch trat vor: weißer Vollbart, weißes Haar, blaue Augen, einfache schwarzblaue Kapitänsmütze mit Goldborte und Anker. Rollkragenpullover, dunkle Hose, schwarze Arbeitsschuhe. Er sah Mads streng an und fragte rau: »Wat is?«

»Hallo, ich heiße Mads Madsen. Ich bin Trauerredner …«

»Wat büs du?«, fragte der Käpten verwundert.

»Ich bin wegen Patrick Schulze hier.«

»Patrick wer?«

»Der Mann aus der Trinkhalle. Den du vor einer Weile nach Glücksburg gefahren hast?«

Unter dem weißen Rauschebart verzog sich der Mund zu einem Lächeln. »Dor büst du also. Glöövt heff ik dat ja nich.«

Mads war sprachlos. Er hatte ihn erwartet? Wie war das denn möglich?

»Kumm rin!«, sagte der weiße Klaus und stieß die Tür auf. »Dor mööt wie en op nehmen!«

Mads sah auf die Uhr. »Alkohol? Um zehn Uhr morgens?«

»Jo!«, rief der weiße Klaus von drinnen. »Wi sünd laat!«

Mads folgte ihm seufzend, auch wenn sie seiner Meinung nach

nicht spät dran waren mit dem Trinken. Das Wohnzimmer war vollgestopft mit Seemannsdevotionalien: An den Wänden Ölgemälde und Knotentafeln, auf Regalen Buddel- und andere Modellbauschiffe, Deko aus Tauen, Fischernetzen und bunten Glasbojen.

Der weiße Klaus hatte bereits eine Flasche Genever geöffnet und zwei Gläser auf den Tisch gestellt. »Set di dool!«

Mads folgte dem Sitzbefehl und nahm das Schnapsglas entgegen, das ihm gereicht wurde.

»Ik bün Klaus. De witte Klaus.«

»Ich weiß«, antwortete Mads.

»Na, denn! Nich lang schnacken, Kopp in Nack'n!«

Klaus trank auf ex, Mads nippte vorsichtig, aber als er den skeptischen Blick des Käptens sah, kippte auch er den Schnaps in einem Zug. Es schüttelte ihn.

»Können wir bitte Hochdeutsch sprechen?«, fragte Mads. »Mein Platt ist zu schlecht.«

»Meinetwegen«, gab Klaus zurück und goss von Neuem ein.

»Was haben Sie eben gemeint mit: ›Da bist du also‹?«, fragte Mads.

»Dein Freund hat's gesagt. Hat gesagt, der kommt vielleicht vorbei. Und dann redet ihr.«

Mads fiel auf, dass Klaus nicht einmal einen norddeutschen Akzent hatte, wenn er Hochdeutsch sprach. Ungewöhnlich für einen, der so gut im Platt war.

»Über was sollen wir reden?«, fragte Mads.

»Über dasselbe, über das Patrick und ich gesprochen haben. Die See. Und die Freiheit.«

»Wollte er fliehen?«, fragte Mads.

Klaus sah ihn verwundert an. »Fliehen? Nee, aber er wollte wissen, wie es so ist auf See.«

Er trank seinen Genever und goss nach.

»Und wie ist es auf See?«, fragte Mads.

Klaus zuckte mit den Schultern. »Keine Ahnung. Bin nie gefahren.«

»Was?«, fragte Mads überrascht.

»Hab'n flauen Magen. Diese Schaukelei da draußen – widerlich. Einmal bin ich mit gewesen auf hoher See und hab sechs Wochen durchgekotzt. Mein Käpten damals meinte, er hätte noch nie einen gesehen, der so kotzen konnte wie ich.«

Mads starrte Klaus an. Dem Käpten aus der Werbung schienen die erstaunten Blicke nichts auszumachen, im Gegenteil: Es amüsierte ihn.

»Aber ich hab gemerkt, dass die Leute Seemänner mögen. Wahrscheinlich, weil sie denken, wir sind freie Männer. Jedenfalls wurde aus Klaus Bergmann irgendwann Seemann Klaus. Ich hab Plattdüütsch gelernt und angefangen, von Kap Horn zu sabbeln. Und alle haben's geglaubt. Sogar das Fernsehen. Die wollten später übrigens vorbeikommen. Ich mache denen regelmäßig Einsprecher. Und? Sieht gut aus hier, oder? So 'ne richtige Seemannshöhle, was?«

Er lachte rau.

»Wenn die wüssten, dass ich schon auf 'ner Kinderschaukel das Kotzen krieg. Oder von Milch. Oder beim Autofahr'n.« Plötzlich hellte sich sein Gesicht auf. »Nur von einer Sache kriege ich nicht das Kotzen. Weißt du, welche?«

Mads schüttelte den Kopf.

»Vom Saufen!«

Er brach in so dröhnendes Gelächter aus, dass Mads gar nicht anders konnte, als mitzulachen.

»Wie auch immer!«, sagte Klaus belustigt und kippte sich einen neuen ein. »Die Leute wollten glauben, dass der witte Klaus die Welt gesehen hat. Jedenfalls hat sich keiner je dafür interessiert, ob das wahr ist, was ich sage. Die wollten nur Geschichten hören. Immer nur Geschichten.«

»Was war denn jetzt mit Patrick?«, fragte Mads.

Klaus stutzte einen Moment, als habe er vergessen, weswegen

Mads hier war. Dann nickte er. »War nicht gut dran, der Junge. Hat viel von seinem Mädchen gesprochen.«

»Welchem Mädchen?«, fragte Mads.

»Jessica. Immer nur Jessica.«

Mads war nicht überrascht: Auch in diesem Punkt hatte sie gelogen. Patrick und sie waren offensichtlich nicht nur Freunde gewesen. Aber hatte Fiete recht? War sie Teil des Stoike-Clans? Und hatte Mills richtig damit gelegen, dass sie nicht zufällig im Hafen aufgetaucht war, als er dort Fischbrötchen gegessen hatte?

Klaus goss nach.

»Hat Patrick eventuell auch von einem Ralf Stoike gesprochen?«, fragte Mads.

Klaus schüttelte den Kopf. »Nee, das nicht. Aber von einem Timo. Das war sein bester Freund. Hatte Schuldgefühle wegen ihm. Hat gemeint, dass er alles kaputtgemacht hat.«

»Und er hat wirklich gesagt, dass ich zu dir kommen würde?«, fragte Mads.

Klaus nickte. »Ja, er hat gesagt, ein alter Freund kommt vielleicht vorbei und fragt nach ihm. Und dass er deswegen unbedingt noch nach Glücksburg muss.«

Mads nickte. Der Brief in der Nacht.

Der Ring in der Kiste.

Sie schwiegen.

Eine eigenartige Stimmung zog auf wie Nebel an einem trüben Tag auf dem Wasser. Wie lächerlich die Dekoration da wirkte, wie unwirklich das Zimmer. Nichts war hier echt, nur die Melancholie, die sie gerade empfanden.

Plötzlich erhob sich Klaus, ging zu einem Wandschrank, öffnete eine Schublade und holte einen Briefumschlag heraus.

»Hier! Das hat er mir für dich gegeben.«

Mads nahm den Umschlag entgegen.

Er musste ihn nicht öffnen, um zu wissen, dass auf dem Blatt darin nichts zu sehen war. Dann verließ er Klaus und dessen Wohnung. Draußen am Wagen nahm er ein Feuerzeug aus der Hosentasche, zog das Papier aus dem Umschlag und ließ unter dem Blatt die Flamme tanzen. Im goldgelben Geflacker entstand dort nur ein Wort.

Jessica.

45

Mads wusste, dass er Jessica nicht trauen konnte, aber wenn er nicht mit ihr sprach, dann würde er niemals herausfinden, was wirklich passiert war. Doch wie sollte er in Kontakt mit ihr treten? In der Wohnung am Hafen lauerte Rübenkopf. Schon beim letzten Mal hatte er Mads fast erwischt. In der Ermittlungsakte stand ihre Telefonnummer, aber was, wenn ihr Handy überwacht wurde? Das war im digitalen Zeitalter keine große Kunst. Was, wenn sie ihn verriet? Was, wenn er sie verriet?

Er war ratlos.

Zu Hause beschloss er, erst mal mit Bobby einen langen Spaziergang an der Förde zu machen. Vielleicht würde frische Luft frische Ideen heranwehen. Mittlerweile war der Himmel aufgeklart, die Sonne strahlte über der grauen, ruhigen See. Vom Strand aus hatte man einen schönen Blick auf Kollund und Sønderhav, das nur ein paar Hundert Meter entfernt friedlich dalag. Ein schwacher Wind schlich über das Wasser. Mads sah der hüpfenden Bobby nach, die ihre kleine schwarze Nase in alles hineinsteckte, was ihr begegnete. Kurz tauchte sie zwischen den Felsen ab, um dann, als Mads sie rief, emporzuschießen, für den Fall, dass sie gebraucht wurde. Mads grinste, öffnete sein Smartphone, um ein Foto von ihr zu machen, und überlegte, ob er es auf Instagram hochladen sollte. Bobby war bereits einige Male in seiner Galerie vertreten, aber Mads dachte wie die meisten Hundebesitzer, dass ein Foto mehr von ihrem Tier sicher nicht schaden konnte. Er öffnete seine Seite und sah, dass er eine Nachricht bekommen hatte. Jessica Berghain hatte offensichtlich die Blockade aufgehoben und nur einen Satz geschrieben: *Ich muss mit dir sprechen.*

Als hätte sie es gewittert. Hatte sie genug von einer gewalttätigen Welt, die sie als Geisel hielt, oder stellte sie ihm gerade eine Falle? Mads war überzeugt, dass ihr Patricks Tod wirklich nahegegangen war, aber wie viel hatte er ihr wirklich bedeutet? Reichte es, damit sie sich Mads jetzt anvertraute? Hatte Eriks Verschwinden das Fass zum Überlaufen gebracht?

Mads tippte: *Wann?* Er starrte auf das Display. Etwa eine Minute später konnte er sehen, dass Jessica seine Antwort gelesen hatte und zurückschrieb. Er biss sich gespannt auf die Lippen.

Komm, wenn es dunkel ist. Sei bitte sehr vorsichtig. Die Nacht hat tausend Augen.

Dann erschien ein Screenshot: eine Google-Markierung. Sie wollte sich nicht in der Penthouse-Wohnung am Hafen treffen, sondern am Spielplatz Friedeholz. Nicht weit von seinem Zuhause entfernt, nicht weit von der Stelle, an der der Ring vergraben worden war, aber mitten im Wald. Wenn ihm dort jemand auflauerte, würde niemand seine Schreie hören. Dieser Platz wäre der perfekte Ort, um jemanden umzubringen und verschwinden zu lassen.

Ich werde da sein. Aber ich werde mich absichern. Okay?

Sie las die Mitteilung, kommentierte sie aber nicht.

Mads fragte sich, ob es wirklich Jessica war, die ihm hier schrieb. Oder Rübenkopf. Oder womöglich sogar Stoike. Er verließ den Chat und stellte fest, dass er erneut blockiert worden war. Das wiederum schien ihm ein gutes Zeichen zu sein: Hätte Stoike oder einer seiner Handlanger diesen Kanal nicht offen gelassen, um Normalität zu suggerieren? Und überhaupt: Würde ihn ein Gangster zur Vorsicht mahnen? Ihn darauf aufmerksam machen, dass die Finsternis gefährlich sein könnte?

Es gab nur einen Weg, das herauszufinden. Und es blieb wahrscheinlich nur diese eine Nacht, um Licht ins Dunkel zu bringen. Er rief Bobby. Der Spaziergang war vorbei.

Er kehrte zurück nach Hause.

Bereit für die Dunkelheit.

46

Fiete war entsetzt über Mads' Pläne und beschwor ihn am Telefon, nicht zu dem Treffen zu fahren.

»Schick die Polizistin!«, rief er. »Die macht die Scheiße wenigstens beruflich!«

»Jessica wird sofort abhauen, wenn Mills da auftaucht«, entgegnete Mads.

»Und wenn sie dir eine Falle stellen?«

»Kann sein, aber ich glaube, Jessica will reinen Tisch machen.«

»Soll ich das auf deinen Grabstein meißeln lassen?«, fragte Fiete sarkastisch.

»Ich melde mich alle fünfzehn Minuten bei dir. Und ich teile meinen Standort mit dir.«

»Dann parke ich aber in der Nähe«, beharrte Fiete.

Mads stimmte zögernd zu: »Aber so, dass dich niemand sieht.«

»Es ist trotzdem eine Scheißidee«, murrte Fiete.

»Wird schon gut gehen«, entgegnete Mads und legte auf.

Fridtjof ging früh zu Bett, sodass Mads sich gegen zehn Uhr aus dem Haus schleichen und sich auf den kurzen Weg zum Treffpunkt machen konnte, wo er Fietes Wagen auf dem Parkplatz vor dem Forst sah. Stumm nickte er seinem Freund hinter der Scheibe von draußen zu.

Die Nacht war frisch, der Wald finster und feucht. Mads stieß blasse Atemwölkchen aus. Im Gehölz war es so dunkel, dass er mit dem Handylicht den Fußweg bescheinen musste. Endlich erreichte er die Lichtung, auf der Schaukeln, eine Rutsche und mehrere dreieckige Holzbüdchen im fahlen Mondlicht standen. Er schaltete das Licht wieder aus.

Dann sah er in etwa zwanzig Metern Entfernung am Waldrand das Aufglimmen einer Zigarette: Jemand stand zwischen den dunklen Stämmen und rauchte. Mads wählte Fietes Nummer und flüsterte, als er abhob: »Bleib dran!«

Er näherte sich dem Leuchtsignal, bis er neben einem Baum die Schemen einer Silhouette ausmachen konnte. Ob Mann oder Frau, konnte er nicht sagen.

»Jessica?«, fragte er leise.

Die Glut fiel zu Boden, verlosch.

Dann leise Schritte, die auf ihn zukamen.

Mads hob alarmiert das Handy – dann erkannte er Jessica.

»Bist du allein?«, fragte sie.

»Ja. Und du?«

»Ja.«

Sie ging auf ihn zu.

»Mit wem telefonierst du?«, fragte sie.

»Mit jemandem, der sofort da ist, wenn das hier nicht gut verläuft«, antwortete Mads.

Sie nickte.

Jetzt bemerkte er die große Reisetasche, die sie umgehängt hatte.

»Wo willst du hin?«, fragte Mads.

»Weg«, antwortete Jessica knapp, um nach einem kurzen Zögern anzufügen: »Weit weg.«

»Das von Erik hast du gehört?«, fragte Mads.

»Ja.«

Sie standen jetzt dicht beieinander.

Jessica sah Mads besorgt an. »Hör mir bitte gut zu, Mads. Dir scheint immer noch nicht klar zu sein, mit wem du es zu tun hast. Das sind keine Leute, mit denen du diskutieren oder die du von etwas überzeugen kannst. Sie kennen weder Mitgefühl noch Gnade. Und sie verzeihen nur, wenn du ihnen etwas gibst, das den Wert dessen übersteigt, was du ihnen schuldest. Nur dann kommst du davon. Hast du das verstanden?«

Mads nickte: »Ich denke schon.«

Jessica schnaubte leise. »Du denkst! Es ist wichtig, dass du das weißt. Dass dir das in jeder Sekunde bewusst ist.«

»Okay.«

»Ich tue das nur für Patrick. Was du mit den Informationen anfängst, ist deine Sache. Auch wenn du nach dieser Nacht beschließt, alles für immer zu vergessen.«

»In Ordnung. Aber unter einer Bedingung!«

»Welche?«

»Keine Lügen mehr!«

»Okay.«

»Warst du zufällig am Hafen, als wir uns getroffen haben?«, fragte Mads.

»Nein.«

»Ist Stoike wütend, weil Patrick ihn mit dem Dänen zusammen hereingelegt hat?«

»Nein.«

»Dann weißt du, worum es wirklich geht?«

»Ja.« Mads sagte ins Handy: »Fiete, ich leg jetzt auf. Es ist alles in Ordnung.«

»Okay.«

Er unterbrach die Leitung, behielt das Smartphone aber in der Hand. Dann sah er sich um und lud Jessica mit einer Geste ein, auf der Schaukel Platz zu nehmen. Wahrheit – Lüge. Lüge – Wahrheit. Im Gleichgewicht, schwebend über der Erde. Einen Moment lang schwieg sie, dann aber erzählte sie ihm ihre Geschichte. Patricks Geschichte.

Alles.

47

Für Patrick waren die Wochen und Monate nach ihrem überhasteten Umzug aus Glücksburg so schmerzhaft, dass er sich niemandem offenbaren konnte. Nach außen gab er sich rebellisch und vorwitzig, in seiner Brust aber klaffte ein Loch, das alles verschlang, was ein kleiner Junge so dringend brauchte: Vertrauen. Liebe. Freundschaft. Nicht einmal seine Mutter ließ er noch an sich ran. Er konnte ihr nicht verzeihen, dass sie ihm keine Wahl gelassen hatte. Sie, die alles vor ihm verheimlicht hatte, um ihn nicht zu belasten, hatte, ohne es zu ahnen, ihren Sohn von sich weggetrieben.

Verlust war nicht für alle gleich. Es war ein Unterschied, ob man viel besaß und etwas verlor oder wenig und alles. Jetzt gab es für ihn nichts mehr außer der heimlichen Furcht, dass so etwas noch einmal passieren konnte.

Er beschloss, keine Freunde mehr zu haben.

Wie in Glücksburg wurde er auch in Bremerhaven zum Außenseiter, und er gefiel sich in dieser Rolle, denn so war er unverwundbar.

Vier Jahre ging das so, dann aber, eines Tages, stellte seine Klassenlehrerin eine neu zugezogene Schülerin vor: Jessica Berghain. Und weil neben ihm noch Platz war, setzte sich Jessica zu ihm und lächelte ihn an. Für Patrick war es der Moment, in dem sein vernachlässigtes Herz plötzlich aufgeregt zu schlagen begann.

Keine Woche verging, da schwirrte sie ihm derart im Kopf herum, dass ein Tag nur ein guter war, wenn er sie zum Lachen gebracht hatte. Er war gerade mal vierzehn Jahre alt, aber überzeugt, dass sie die Eine war. Am liebsten hätte er das in die Welt hinausgeschrien, wenn er nicht im Innersten überzeugt gewesen wäre, dass Jessica ihn nicht liebte. Jedenfalls nicht so wie er sie. Und so schwieg er. Aus Angst, zu verlieren, was er gar nicht besaß.

Jessica ahnte von allem nichts.

Sie war in schwierigen Familienverhältnissen aufgewachsen und suchte nach jemandem, der ihr Halt geben konnte. Ihren Vater hatte sie nie kennengelernt, und er wünschte auch keinerlei Kontakt zu ihr. Unterhalt hatte er nur sporadisch gezahlt und erst, als ihre Mutter ihn über die Ämter ausfindig machen ließ. Jessica begann sich schon früh zu fragen, was so schrecklich an ihr war.

Kaum dass sie volljährig waren, rissen Jessica und Patrick von zu Hause aus und landeten in Hamburg. Mittellos nahmen sie jeden Job an, schliefen mal hier, mal dort und trafen eines Abends auf Timo, der ihr Schicksal in gewisser Weise teilte, aber noch viel unbeholfener, orientierungsloser und naiver war als die beiden anderen.

Sie freundeten sich an.

Timo heftete sich an Patrick, sah zu ihm auf. Und Patrick hatte mit ihm einen Freund gewonnen, der ihm immer zuhörte. Dem er sich anvertrauen konnte.

Eine Weile lebten sie als eine eingeschworene Gemeinschaft zusammen. Doch dann traf Jessica einen gut aussehenden, nicht mehr ganz jungen Mann, der offensichtlich viel Geld hatte und sie nach ihrer Schicht im Restaurant, in dem sie jobbte, erst zu einem Drink und ein paar Tage später zum Essen einlud. Er war charmant, selbstbewusst, redegewandt. Kurz: Er war alles, was bei Jessica Eindruck machte.

Beim Essen fragte er sie beiläufig, ob sie ihren Job mochte, und Jessica antwortete ihm: »Es ist nur ein Job.«

»Interessiert an einem besseren? Einem, bei dem du richtig verdienen kannst?«

Jessica nickte.

Er schob seine Hand über den Tisch und hob sie kurz an: Darunter lag ein winziges Beutelchen gefüllt mit einem weißen Pulver. Dann nahm er ihre Hand und legte sie sanft auf das Beutelchen.

»Ist es das, was ich denke?«, fragte Jessica.

Der Mann nickte und antwortete: »Es gehört dir.«

Jessica zögerte einen Moment, dann schloss sich ihre Hand zu einer Faust. Sie nahm das Beutelchen.

Und hatte einen neuen Job.

48

Jessica mochte alles an Seb. Er war einer, der das Leben mühelos wirken lassen konnte, für den es keine Grenzen gab, der voller Ideen war und wie ein Gaukler im Zirkus viele Bälle gleichzeitig in der Luft hielt. Seb hieß eigentlich Sebastian, und wenn man ihn ärgern wollte, nannte man ihn Basti. Schon nach ihrem ersten gemeinsamen Abendessen war Jessica sich sicher, dass Seb und sie zusammengehörten. Sie teilten sich das Tütchen, zogen es in einer euphorischen Nacht durch, und als der Morgen graute, als sie vor seinem riesigen Bett stand und sein Blick ertastete, was sich unter ihrer Kleidung verbarg, da wusste sie, dass alles perfekt war. Das schöne Penthouse. Der schöne Mann. Das schöne Leben.

Nie wieder würde sie arm sein. Nie wieder ohne Schutz. Hier oben, in dieser herrlichen Wohnung, wollte sie mit ihm sein. Im Gegenzug wäre sie für ihn da. Seine Wünsche, seine Freuden und seine Hoffnungen würden ihre werden. Und natürlich willigte sie ein, Kokain für ihn zu verkaufen.

Die ersten Wochen vergingen im Rausch. Nicht im wortwörtlichen Sinn, denn Sebs Befehl, niemals selbst zu konsumieren, solange sie verkaufte, war ihr heilig. Aber weil sie keck war, weil sie süß und kommunikativ war, konnte sie sich schnell über ihren Job im Restaurant einen Kundenstamm aufbauen, der Seb funkelnde Umsätze bescherte.

Bald war sie seine beste Verkäuferin, und sie genoss die Macht, die sie über ihre Kunden hatte. Wenn sie scherzte, lachte man, wenn sie ungehalten war, kuschte man, und wenn sie zugewandt war, freute man sich. Denn sie hatte es, und solange sie es hatte, war sie die wichtigste Person auf Erden. Was sie aber nicht erkannte, war, dass sie selbst eine Abhängige war. Dass sie all das selbst war, was sie an ihren Kunden abstieß. Nur dass Seb ihre Droge war.

Patrick musste das alles mit ansehen und fürchtete, er könnte Jessica für immer verloren haben. Timo riet ihm, dass er sie endlich ziehen lassen solle. Doch wie hätte Patrick sie aus seinem Leben verbannen können? Wie verbot man der Sonne zu scheinen? Der Erde, sich zu drehen? Dem Regen zu fallen? Seine Liebe war keine Emotion, sie war Physik. Und so sagte er zu, als Jessica ihn fragte, ob er mit in das Geschäft einsteigen wolle: Er wollte bei ihr sein. Sie lieber als eine Fata Morgana am Horizont sehen, die er niemals würde erreichen können, als gar nicht. Timo war auch bald mit von der Partie.

Sie lernten Seb kennen, und sogar Patrick musste zugeben, dass er kein übler Kerl war. Das Geld sprudelte nur so. Alles war im Fluss, alles war leicht, und nichts konnte sie aufhalten. Nicht einmal die Polizei, die ihnen natürlich auf den Fersen war, aber die sie nicht erwischte, weil sie schlicht und ergreifend unverschämtes Glück hatten.

Patrick und Timo zogen in eine schöne Wohnung, Jessica wohnte mittlerweile ganz bei Seb. Sie lebten leichtsinnig und hegten jeder für sich heimliche Hoffnungen: Patrick, dass Jessica ihn doch noch lieben könnte, Timo, seinem Vater zu beweisen, dass er es aus eigener Kraft ganz nach oben schaffen konnte, und Jessica, dass sie wertvoll genug war, dass ein Mann bei ihr blieb.

Dann kam der Tag, an dem Jessica ihnen freudestrahlend mitteilte, dass sie Seb heiraten werde. Obwohl sich an Patricks Situation eigentlich nichts geändert hatte, war es, als hätte sie ihm einen gewaltigen Eiszapfen in den Schädel gerammt. Seine Hoffnungen erstarrten zu Permafrost.

Etwa zur gleichen Zeit machte ihm einer seiner Kunden, ein dänischer Hipster, ein unverhofftes Angebot: Der Typ war fleißiger Konsument des weißen Quasselpulvers und besaß noch dazu ein sehr aussichtsreiches Start-up, für das er nach Investoren suchte.

Natürlich wusste Patrick, dass Kokain Dinge in einem besonderen Glanz erstrahlen ließ, aber das Start-up schien nicht nur profitabel, sondern setzte sich auch für eine gute Sache ein. Timo war Feuer und Flamme, nachdem Patrick ihm davon erzählt hatte, und bekniete seinen Freund, den günstigen Moment zu nutzen. Sie hatten genug Geld angehäuft, um es in eine Firma einzubringen. Sie konnten Teilhaber von etwas Legalem, Ehrenwertem werden, von etwas, das repräsentabel war.

Das hier war die Chance ihres Lebens!

Schließlich war Patrick überzeugt und sprach mit seinem Kunden – man wurde sich einig. Es fehlte nur noch eine Unterschrift, ein kratziger kleiner Schriftzug auf einem weißen Vertragspapier.

Doch dann stand Jessica eines Abends vor der Tür.

Verheult, verzweifelt, am Boden zerstört. Seb hatte sie verlassen. War von einem Tag auf den nächsten verschwunden. Hatte seine Sachen gepackt, das Penthouse gekündigt, das Handy abgestellt. Sie würde ihn nie wiedersehen. Aber ihr aller tiefer Fall hatte gerade erst begonnen.

49

Jessica hatte wie eine Besessene gearbeitet, hatte Monat für Monat versucht, ihre Umsätze zu steigern, und nicht bemerkt, dass sich das Spiel geändert hatte: Seb war Ralf Stoike begegnet, so wie jeder in diesem Geschäft an irgendeinem Punkt Ralf Stoike begegnete. Seb ordnete sich in dessen Organisation ein, und zu Stoikes großer Freude wuchs das Geschäft, sodass die Lieferungen an Seb größer und größer wurden. Seb machte Geld, Seb war zuverlässig, Seb hatte sich unter Kontrolle – es gab keinen Grund, ihm nicht zu vertrauen.

Aber Seb hatte eigene Pläne. Und die hatten nichts mit diesem illegalen, gefährlichen Geschäft zu tun, sondern mit einem neuen Leben. Er begann, seine Spuren zu verwischen, sich auf den großen Moment vorzubereiten, an dem er für immer verschwinden würde, um irgendwo am anderen Ende der Welt als ein ganz neuer Mensch mit neuer Identität, neuer Vergangenheit und neuer Zukunft aufzutauchen.

Er übertrug Jessica immer mehr Verantwortung, was diese als Vertrauens- und Liebesbeweis wertete, bestellte eine letzte, gigantische Lieferung bei Stoike, die er beiseiteschaffte, und löste sich in Luft auf. So geschickt hatte er seinen Abgang geplant, dass man glauben konnte, es hätte ihn nie gegeben. Er war nur noch eine Anekdote im Gedächtnis einiger Menschen, ein schillernder Mythos.

Für Jessica hatte das Ganze katastrophale Konsequenzen. Sie war verlassen worden und litt darunter, aber vor allem wusste sie: Stoike würde sein Geld einfordern. Geld, das sie nicht besaß, denn in ihrer Gutgläubigkeit hatte sie ihre Barschaft in Sebs Depots und

Tresoren gelassen, und sie musste gar nicht erst nachsehen, um zu wissen, dass das Geld verschwunden war.

Es dauerte nicht lange, da stand Stoike vor der Tür des gekündigten Penthouse, und es interessierte ihn herzlich wenig, dass Seb sie alle betrogen hatte. Er forderte sein Geld und gab Jessica drei Tage Zeit, ihn auszuzahlen. Als sie auch am vierten Tag mit leeren Händen dastand, machte Stoike seinen Standpunkt deutlicher: Mit Knochenbrüchen, Prellungen, Schürfwunden und drei ausgeschlagenen Zähnen landete Jessica im Krankenhaus.

Dort fand Patrick sie und war entsetzt.

Sie weinte, war der festen Überzeugung, dass Stoike sie das nächste Mal umbringen würde. Patrick versprach, ihr zu helfen, und bekniete Timo, Jessica das Geld zu geben, das sie ins Start-up hatten investieren wollen, um ihr Zeit zu verschaffen. Timo war außer sich: Sie hatten es doch fast geschafft! Sie waren doch schon fast draußen! Aber Patrick flehte ihn an. Ohne ihre Hilfe würde Jessica sterben! Timo schrie und fluchte, aber am Ende setzte sich Patrick durch. Sie gaben Stoike ihr Geld. Es reichte nicht. Stoike wusste aus diesem Umstand natürlich Nutzen zu schlagen und setzte fest, wie es fortan weiterging: Sie gehörten jetzt alle ihm.

Ihr Leben, wie sie es bis dahin gekannt hatten, war vorbei. Jeden Tag presste Stoike ihnen mehr ab, jede Woche verlangte er höhere Umsätze. Und bald taten sie nichts anderes mehr, als Geld heranzuschaffen, das sie selbst nicht behalten durften.

Timo begann, Jessica zu hassen. Sie hatte alles ruiniert. Hatte ihm und Patrick die Zukunft verbaut. Das Geschäft mit dem Dänen war dahin, die Aussicht, aus der Sache auszusteigen: gleich null. Kurz darauf wurden Timo und Patrick bei einer Übergabe von Fahndern festgenommen. Im Bemühen, Stoikes Forderungen zu befriedigen, waren sie immer größere Risiken eingegangen, was nun ein abruptes Ende fand: Patrick und Timo bekamen beide fünf Jahre.

Noch im Gerichtssaal kündigte Timo Patrick die Freundschaft.

Timo ging fest davon aus, dass das Patrick in seiner elenden Vernarrtheit für Jessica vollkommen gleichgültig war, aber er irrte: Es brach Patrick das Herz. Er fiel in eine schwere Depression, und später saß er im Lübecker Knast wegen einer Schlägerei mit einem Mitinsassen die kompletten fünf Jahre ab, während Timo wegen guter Führung bereits nach vierzig Monaten entlassen wurde.

Jessica fuhr nicht ein, aber hätte sie gewusst, was passieren würde, wäre sie liebend gern mit den beiden anderen ins Gefängnis gegangen. Schon lange hatte Stoikes rechte Hand, Dejan Bronski, ein Auge auf sie geworfen. Um des lieben Friedens willen hatte er eine Annäherung vermieden, weniger wegen Seb oder Patrick, sondern mehr, weil Stoike es hasste, wenn persönliche Beziehungen die Geschäfte beeinträchtigten. Mit Sebs Verschwinden und Patricks Verurteilung aber war der Weg frei.

Bronski versuchte es zunächst auf die freundliche Tour: Er lud Jessica zum Abendessen ein. Schenkte ihr Blumen. Und als sie auf seine Avancen nicht einging: eine teure Uhr. Als Jessica sie behielt, war für Bronski der Handel geschlossen: Sie war sein. Doch Jessica wollte nichts mit ihm zu tun haben, denn Bronski war alles, was Seb nicht gewesen war: dumm, hässlich, ohne Manieren.

Bronski nahm die Zurückweisung nicht gut auf und beschloss, sich an Jessica zu rächen: mit den Mitteln, die er von Stoike kannte.

Patrick ahnte, dass etwas geschehen sein musste, denn Jessica besuchte ihn nicht mehr im Gefängnis, und irgendwann erfuhr er, dass sie wieder im Krankenhaus gelandet war. Und wer dafür verantwortlich war. Er schwor, dass er es Bronski nach seiner Entlassung heimzahlen würde. Außer Jessica war ihm niemand mehr geblieben.

Endlich war es so weit, und das Erste, was er tat, war, Bronski aufzulauern, um ihm mit einer Eisenstange den Schädel einzuschlagen. Bronski überlebte, hatte aber ein paar Beulen mehr in seinem hässlichen Rübenschädel und verlor sein linkes Auge.

Stoike befahl daraufhin einen Burgfrieden zwischen den Parteien, an den sich alle zu halten hatten: Jessica sollte zu Bronski ziehen und bei ihm leben, Patrick würde im Gegenzug nicht bestraft werden, wenn er sich fügte. Jessica flehte ihn an, einzuwilligen, was er ihr zuliebe tat.

Aber er war wieder für sie da. War ihr ein Freund, machte ihr Mut und spendete Hoffnung.

Und endlich sah sie ihn!

Nach all den Jahren sah sie ihn das erste Mal und verstand, was er durchgemacht haben musste. Wie hatte sie so blind sein können? Patrick liebte sie, hatte es immer getan und würde es immer tun. Sie hatten so viele Gelegenheiten verpasst. Aber sie könnten doch noch glücklich werden! Sie könnten alles hinter sich lassen und neu anfangen! Sie könnten, wenn Bronski nicht wäre. Und vor allem: Stoike.

Die mussten weg.

Und Patrick wusste auch schon, wie.

50

Stoike hielt sich aus guten Gründen bedeckt mit allem, was ihn selbst betraf. Dennoch sickerte hier und da etwas durch: Gerüchte, Klatsch, Mutmaßungen. Aber auch ein paar Fakten. Sein prächtiges Haus. Sein unendlicher Reichtum. Sein großer Einfluss. Er herrschte wie ein König, nicht unvorsichtig, war aber doch arrogant geworden: Stoike fühlte sich unangreifbar. Und angesichts der vergeblichen Versuche der Justiz, seiner habhaft zu werden, war er es tatsächlich. Was zum einen daran lag, dass er vermied, persönlich anwesend zu sein, wenn ein Verbrechen geschah, zum anderen daran, dass er sein Geld auf sehr moderne Weise wusch.

Stoike nutzte Kryptowährungen. Er hatte Spezialisten, die sein Geld durch Peer-to-Peer-Börsen schleusten, Tumblers nutzten oder Token Sales verkauften. Ein Netzwerk von Bankern und Börsianern, die das Geld so lange verschleierten, verschoben und im Kreis herumführten, bis es vor den Augen derer, die es zu verfolgen versucht hatten, einfach verschwand.

Trotzdem sorgte Stoike vor. Wie jeder Gangster musste er damit rechnen, dass ihm die Behörden eines Tages doch auf die Schliche kamen. Für diesen Tag hatte er vorgesorgt.

Mit einem Stick.

Auf ihm waren nicht nur einige Millionen in Kryptogeld, sondern vor allem: der Kontakt zu seinem Netzwerk, das ihm das Geld wusch. Mit diesem Stick konnte er an jeden Punkt der Welt fliehen und hätte zu jeder Zeit Kontrolle über sein gesamtes Vermögen und sein Geschäft. Er musste nur den Wohnort wechseln und konnte weitermachen, weil sein Verbrecherleben auf einem Datenträger komprimiert war.

Der »Fluchtstick« war im inneren Kreis der Stoike-Vertrauten ein offenes Geheimnis. Angeblich lag er stets griffbereit auf seinem Schreibtisch neben einem Laptop, der nicht ans Netz angeschlossen war, um Hackern zu entgehen. Wenn es einmal eng werden sollte, würde Stoike den Stick nehmen, den Laptop zerstören und auf Nimmerwiedersehen verschwinden.

Patrick dachte, wenn er diesen Stick an sich bringen könnte, dann könnte er mit Jessica fliehen. Das verschlüsselte Passwort würde er von Spezialisten gegen einen Anteil an der Beute knacken lassen. Das Geld gehörte dann ihm. Und die Kontakte zum Netzwerk den Behörden, denn das würde seine Rache an Stoike sein.

Patrick wartete auf eine günstige Gelegenheit. Bis auf Bronski und vielleicht noch zwei, drei andere Capos durfte niemand Stoikes Haus betreten. Und keiner das Allerheiligste: sein Büro. Ein kleiner Raum, in dem sich nur ein Schreibtisch, ein Stuhl, der Laptop und der Stick befanden. So jedenfalls sagte man.

Die Gelegenheit kam, als Stoike beschloss, sein Haus in einen Hochsicherheitstrakt zu verwandeln: mit einer neuen, hochsensiblen Alarmanlage mit Fußboden- und Glassensoren und Fallgittern für das Büro. Patrick erschlich sich das Vertrauen eines Mitarbeiters der Sicherheitsfirma, die Stoikes Haus zu einem Fort ausbaute, und erfuhr, dass die Alarmanlage mit einem von der Firma vorinstallierten Code übergeben würde, den der Besitzer anschließend mit einem eigenen Code überschreiben musste. In der Nacht vor der Übergabe brach Patrick in Stoikes Haus ein.

Er fand das Büro, und er fand den Stick.

Und fast wäre er auch davongekommen, wenn er nicht von einer zusätzlich neu installierten Überwachungskamera aufgenommen worden wäre, die der Mitarbeiter der Sicherheitsfirma nicht erwähnt hatte. Diese Kamera löste einen Alarm aus.

51

Stoike reagiert schnell.

Alle seine Leute schwärmen aus, durchsuchen mit ihren tausend Augen, ihren tausend Rufen die Nacht, kreisen am Himmel, bereit hinabzustürzen, sollte Patrick sich aus der Deckung wagen. Alle sind in Aufruhr, Stoike tobt und duldet kein Versagen. Natürlich misstraut er Timo und Jessica.

Er lässt sie zu sich kommen und macht ihnen Angst. Es gibt niemanden, der einem anderen Menschen eine solche Angst machen kann wie Ralf Stoike. Es ist weniger das, was er sagt, sondern vielmehr der kalte, unbezwingbare Wille in seinen Augen, der das Herz zittern lässt.

Jessica schweigt. Stoike starrt sie an, durch sie hindurch. Er presst alles, was noch von ihr übrig ist, in der Glut seiner Hände zusammen. Bis er sicher ist, dass sie nichts weiß.

Als er sich Timo zuwendet, knickt der sofort ein. Er gesteht, dass er Patrick mit einem Mann von der Sicherheitsfirma habe plaudern sehen. Dabei habe er sich nichts gedacht. Er zittert, verbrennt unter Stoikes Blicken und hofft auf einen schnellen, schmerzlosen Tod. Aber Stoike will ihn nicht umbringen, nur sicherstellen, dass ihm nie wieder ein eigener Gedanke im Kopf wächst.

Er sagt: »Sobald wir Patrick finden, wirst du ihn töten!«

Er kann in Timos Augen das Entsetzen sehen. »Das ist der Preis. Entkommt er, dann seid ihr der Preis!«

Mehr sagt er nicht.

Den Rest der Nacht und den darauffolgenden Tag ist Patrick wie vom Erdboden verschwunden. Als es wieder Nacht wird, ruft Patrick Jessica an.

Er weint.

»Es tut mir leid! Es tut mir so leid!«

»Patrick! Wo bist du?«, fragt Jessica panisch.

Er weint.

»Wo bist du, mein Liebling?«

Er weint.

»Flieh, Patrick, flieh! Du kannst es schaffen!«

Er weint.

Dann sagt er noch einen letzten Satz: »Es gibt kein Glück für Menschen wie uns!«

Aufgelegt.

Zwei Stunden später erreicht Timo eine SMS von Patrick: *Ich stelle mich.* Timo zeigt sie Bronski, und der informiert Stoike.

»Ich will ihn lebend«, ruft Stoike.

Timo schickt eine SMS zurück: *Wo bist du?*

Eine Minute später kommt die Antwort: *Auf dem Parkplatz am Ende der Holnisser Noorstraße.*

Sie steigen in Bronskis Auto. Bronski schleudert mit quietschenden Reifen davon, an Glücksburg vorbei, auf die lange, gerade Holnisser Noorstraße, beschleunigt weiter. Sie fliegen durch die Nacht, Scheinwerfer betasten gierig die Straße, auf der es weder Seiten- noch Mittelstreifen gibt. Zu beiden Seiten senkt sich ein Graben, der in Wiese und Dunkelheit übergeht.

Timo starrt angsterfüllt hinaus.

Mit einem Pling erreicht ihn eine weitere SMS.

Er öffnet sie und starrt auf das Display.

»Was steht?!«, schreit Bronski wütend und lehnt sich zu Timo herüber.

Für den Bruchteil einer Sekunde versuchen sie zu verstehen, was dieses eine Wort bedeutet. Für den Bruchteil einer Sekunde starren beide auf das Display, starren auf dieses Wort, als im nächsten Augenblick jemand aus dem Graben auf die Straße springt. Die Scheinwerfer erfassen ihn – Timo sieht Patrick ins Gesicht.

Die furchtlosen Augen.
Mit einem dumpfen Knall mäht ihn das Auto nieder.
Schnapp!

52

Kurz vor der blauen Stunde endete Jessicas Geständnis, und obwohl der Mond hinter Wolken verschwunden war und Dunkelheit das wenige Licht vertrieben hatte, war Mads sicher, dass sie weinte. Lautlos und unsichtbar. Patrick hatte Jessica und Timo nicht opfern wollen. Sie waren seine Familie.

»Sie haben angehalten und sind ausgestiegen«, fuhr Jessica mit belegter Stimme fort. »Timo musste Patricks zerschmetterte Leiche durchsuchen. Sie haben ein Prepaidhandy gefunden und es mitgenommen. Darum wissen sie, dass Patrick nicht nur Timo diese letzte Nachricht geschickt hat, sondern auch dir. Dann sind sie wieder gefahren und haben Bronskis Proleten-Pick-up in die Werkstatt gebracht, wo er von Maik und Erik in seine Einzelteile zerlegt worden ist. Sie haben alles nach Polen verschoben und den Kaufvertrag über Bronskis Wagen ein knappes Jahr zurückdatiert. Ihre Prepaidhandys – jeder von Stoikes Männern besitzt eins – haben sie irgendwann weggeschmissen. Zwei Tage später war alles verschwunden, was auf sie hätte hindeuten können.«

Mads dachte an Erik Schaller und dessen Versuch, ihn zu warnen. Er wollte sich gar nicht vorstellen, was der Mann vom Auto hatte abwaschen müssen: Blut, vielleicht auch Knochen- und Hautreste.

»Und der Stick?«, fragte er.

»Verschwunden.«

»Und du weißt nicht, wo er sein könnte?«

»Nein«, sagte Jessica.

»Ist Stoike denn auf den Stick angewiesen? Er kann doch bestimmt auch ohne ihn an seine Millionen ran?«, fragte Mads.

»Es ist nicht das Geld, es sind die Namen! Wenn dieser Stick in die Hände der Behörden kommt, dann wissen sie alles über sein Netzwerk. Dann wissen sie, wer ihm hilft. Und glaub mir, wenn die Männer, die zu diesen Namen gehören, erfahren, dass sie in Gefahr sind, dann bringen sie Stoike und alle seine Kapos um.« Sie schnippte mit dem Finger. »Einfach so. Das ist ein gewaltiges Netzwerk. Stoike darf bei der Jagd auf den Stick nicht versagen. Es steht zu viel auf dem Spiel.«

Sie schwiegen.

Der Mond trat wieder hinter den Wolken hervor. Jessicas blasses Gesicht tauchte vor ihm auf. Sie sagte leise: »Es gibt noch eine Sache, die ich Stoike nicht verraten habe …«

Mads sah sie erwartungsvoll an.

»Patrick hat ständig von Timo gesprochen. Er hat mir erzählt, wie er darunter gelitten hat, dass er nichts mehr mit ihm zu tun haben wollte. Er hat oft gesagt, dass er sich nicht verzeihen könne, wie das alles gelaufen ist.«

»Du meinst, er hat ihm den Stick geschickt?«

Jessica nickte. »Als er wusste, dass es kein Entkommen mehr gibt, wollte er seine Schuld begleichen. Da bin ich sicher.«

»Hast du Timo darauf angesprochen?«

»Nein. Wir haben uns danach nur ein einziges Mal gesehen, und da hat er nicht viel gesprochen. Aber er hat genau gewusst, was Patrick für uns beide getan hat.«

»Wenn es so ist, wie du sagst«, begann Mads, »dann müsste Timo nur lange genug stillhalten. Er könnte in Ruhe seinen Abgang vorbereiten, wie Seb. Und dann verschwinden. Er könnte irgendwo auf der Welt neu anfangen. Und Stoike könnte er auch drankriegen.«

»Ja, aber das wird er nicht tun. Er hat Angst, dass Stoike ihn vorher umbringt, ein Exempel an ihm statuiert.«

Ihr Gespräch flaute ab, bis es in der Windstille im Boden versank. Der Morgen schob sich bereits in allen Schattierungen von

Blau den Himmel hinauf, als Jessica aufstand. Die Schaukel kippte auf Mads' Seite.

»Ich muss jetzt gehen.«

»Was hast du vor?«

»Ich verschwinde. Und hoffe, dass ich meine Spuren gut genug verwischen kann. Denn wenn nicht …«

Sie ließ den Satz unvollendet.

Mads erhob sich ebenfalls.

»Kann ich dich irgendwohin bringen?«

Sie zögerte, dann nickte sie. »Zum Bahnhof.«

Sie gingen zum Parkplatz zurück. Mads signalisierte Fiete, dass er fahren konnte, dann setzte er sich mit Jessica in seinen alten Benz, und sie fuhren nach Flensburg. Er hielt vor dem roten Backsteingebäude des Bahnhofs. Es war noch sehr früh, Straßenlaternen schimmerten, ein Bus hielt hinter ihnen an einer Haltestelle und fuhr wieder los. Müde Passanten liefen umher.

Er stieg mit ihr aus und gab ihr zum Abschied die Hand. »Ich wünsche dir viel Glück.«

»Ich dir auch«, antwortete Jessica.

Dann drehte sie sich um, trat durch den Haupteingang in das Bahnhofsgebäude und verschwand.

53

Mads widerstand der Versuchung, heimlich nachzuschauen, welchen Zug sie nahm, und hoffte, dass sie ein glückliches Händchen bei der Wahl ihrer neuen Heimat und der Menschen, mit denen sie sich dort umgab, haben würde. Stoike hatte sicher so weitreichende Verbindungen, dass sie nicht in Deutschland bleiben durfte. Sie musste ins Ausland, um unbeschadet aus diesem Karussell des Verbrechens auszusteigen.

Er war müde. Und hungrig. Es gab im Bahnhof eine Bäckerei, aber er wollte Jessica nicht aufscheuchen. Und würde Bronski, sobald er bemerkte, dass Jessica geflohen war, nicht automatisch hier auftauchen? Er setzte sich ins Auto, fuhr in die nahe Südstadt, passierte die mittlerweile vertrauten Unternehmen im Gewerbegebiet und fand einen Brötchenservice, der bereits geöffnet hatte.

Er ließ es sich gut gehen, aß langsam und dachte darüber nach, was er mit all dem, was er jetzt wusste, anfangen sollte. Sicher wäre die naheliegendste Lösung, zur Polizei zu gehen, aber er ahnte, dass Mills, obwohl sie ihm für seine Recherche über die Maßen dankbar sein müsste, alles andere als erfreut reagieren würde. Sie wäre sicher in ihrer Ermittlerehre gekränkt, und vermutlich würde sie nach Wegen suchen, ihm seinen Alleingang juristisch heimzuzahlen. Vielleicht sollte er sich mit Robert beraten, aber der wäre sicher auch dafür, dass er seinen Krimiquatsch mit dem organisierten Verbrechen einstellte.

Satt und zufrieden stieg er wieder in seinen Wagen und fuhr los. Auf der Eckernförder Landstraße erspähte er plötzlich ein bekanntes Logo auf einem Werbebanner, das am Dachfirst eines Gewerbebetriebes angebracht war: ein Pandabär mit Eimer und

Lappen, daneben der Firmenname *Blitz & Blank Gebäudereinigung*. Vor dem Haus gab es einen Parkplatz für Angestellte und Kunden, den Mads spontan anfuhr. Er blickte auf einen großen Bau mit verspiegelten Scheiben. Der Haupteingang war überdacht.

Er trat ein und ging auf den Empfang zu, hinter dem eine junge, hübsche Frau saß und ein Telefonat beendete, nur um gleich das nächste anzunehmen. Sie meldete sich mit Namen und Firmennamen, fragte, was sie tun könne, und stellte mit einem gesäuselten »Moment!« den Anruf durch.

Dann blickte sie auf und lächelte Mads an. »Was kann ich für Sie tun?«

»Es wird Ihnen vielleicht ein bisschen komisch vorkommen, aber ich suche einen älteren Herrn, der mit meinem Vater Bingo spielt und Horst heißt.«

Sie sah ihn ein wenig verdutzt an, dann lächelte sie wieder. »Das wird der Senior sein.«

»Ist er da?«, fragte Mads.

Sie schüttelte den Kopf. »Nein, er ist schon in Rente. Seine beiden Kinder führen jetzt die Geschäfte. Wollen Sie vielleicht mit einem von ihnen sprechen?«

»Nein, ich würde mich gerne mit dem Vater unterhalten.«

»Aha«, sagt die junge Frau. »Ist es was Ernstes?«

Diesmal schüttelte Mads den Kopf. »Nein, nein. Es ist nur eine private Angelegenheit, bei der er mir vielleicht helfen könnte.«

Sie überlegte einen Moment, dann schob sie ihm einen Zettel und einen Stift über die Theke. »Schreiben Sie hier Ihren Namen und Ihre Telefonnummer auf. Der Senior schaut immer mal wieder rein.«

»Danke«, antwortete Mads, notierte beides und reichte ihr den Zettel.

Er verabschiedete sich und fuhr zurück nach Glücksburg.

Als er das Glücksburger Schloss passierte, entschied er sich, Luisa Mills anzurufen. Auch wenn er bereits jetzt ahnte, dass sie ihn wegen seines Alleingangs sicher behandeln würde wie ein Geburtstagskind seine Piñata.

Das Wetter war mittlerweile von grauer Tristesse, nieselig dazu, sodass die Collenburger Straße nass und leer vor ihm lag. Er fand eine Parklücke in der Nähe seines Hauses, zog den Zündschlüssel ab und stieg aus.

»Herr Madsen?«

Eine sonore Männerstimme.

Mads drehte sich um.

Ralf Stoike stand vor einem Porsche Cayenne und kam auf ihn zu, mit einem Blick, der ihm befahl, sich nicht zu bewegen, um die Dinge nicht noch schlimmer zu machen, als sie ohnehin schon waren. Auf der Beifahrerseite stieg ein zweiter Mann aus: Dejan Bronski, mit grobem, verbeultem Futterrübenkopf und einem linken Auge, das unnatürlich starr war.

Stoike sah Mads freundlich lächelnd an, aber seine Augen waren wie glühende Kohlen. Bronski trat indes direkt hinter Mads, der sich wie in einem Schwitzkasten fühlte.

»Schön, Sie wiederzusehen«, sagte Stoike ruhig.

Mads brachte kein Wort heraus. Er musste alle Kraft aufwenden, um sich zusammenzunehmen.

»Ich würde jetzt gerne die Rede in Auftrag geben, von der ich gesprochen habe«, sagte Stoike sanft.

Mads schwieg.

»Wissen Sie, für wen diese Rede sein soll?«

Er nickte.

»Und?«, fragte Stoike. »Wissen Sie schon, was Sie schreiben wollen?«

Mads schwieg.

Stoike ließ versonnen den Blick schweifen. »Nun, Sie könnten vielleicht schreiben, dass Sie ein mitfühlender Mensch waren. Einer, der sich um seine Familie gekümmert hat, Famke und ihre drei Kinder, Krischan, den begabten Arzt, oder um seinen Vater Fridtjof, seinen Hund Bobby und seinen besten Freund Fiete.« Er sah wieder Mads an. »Das wäre doch ein guter Anfang, oder?«

Angst griff mit kalter Hand an sein Herz: Stoike wusste alles über ihn und seine Familie.

»Sie könnten auch schreiben, dass der Tod Ihr Freund war. Dass Sie ihm all Ihre Geschichten verdanken.« Er legte theatralisch die Stirn in Falten. »Und dass Sie mutig waren. Sie sind doch ein mutiger Mensch, Herr Madsen?«

Wie diese Augen brannten!

Stoike seufzte. »Wobei, wenn ich es recht bedenke, sind Sie sind nicht mutig. Eher ein bisschen leichtsinnig, ein bisschen zu neugierig. Und wissen Sie, woher ich das weiß?«

Stoike beugte sich zu ihm vor. »Ich kann es sehen. Sie sind schwach und voller Angst.«

Mads schwieg und spürte, dass Bronski hinter ihm noch näher an ihn heranrückte. Fast konnte er seinen Atem im Nacken spüren.

»Sieh mich an!«, befahl Stoike. »Sieh mich an, und sag mir, was *du* siehst!«

Mads war wie gelähmt.

Stoike sagte eisig: »Ich will, was mir gehört!«

Mads schüttelte leicht den Kopf. »Ich … Ich kann Ihnen nicht helfen.«

Stoike starrte Mads an – es war unerträglich. Schließlich gab Mads nach und schlug die Augen nieder. Er wusste im selben Moment, dass er damit seine Antwort als Lüge enttarnt hatte.

»Sieh mich an!«, befahl Stoike erneut.

Mads blickte wieder auf.

»Du wirst ihn mir bringen!«

»Wie gesagt … Ich weiß gar nicht, wovon Sie …«

Blitzschnell hatte Bronski ihn von hinten umklammert und drückte so fest zu, dass Mads die Luft wegblieb. Seine linke Pranke schob sich auf Mads' Mund, während Stoike Mads' rechte Hand packte, mit seiner Faust den rechten Zeigefinger umschloss und ihn mit einem harten, mühelosen Ruck aus dem Gelenk brach.

Mads konnte das Krachen des Knochens hören. Dann fuhr ein so scharfer Schmerz seinen Arm hoch, dass er glaubte, der Kopf müsste ihm explodieren. Seine Schreie verendeten unter Bronskis Hand. Mads blickte schmerzverzerrt auf seinen Finger, der fast rechtwinklig aus dem Gelenk herausstand. Ihm wurde schlecht.

Stoikes Mund war dicht neben seinem Ohr. »Wenn ich nicht bekomme, was mir gehört, dann werde ich dir alles nehmen, was du liebst – deinen Hund, deinen Vater, deine Geschwister, deinen Neffen, deine Nichten, deinen Bestatterfreund. Ich werde dein Leben ausbrennen, bis nur noch Schuld, Schmerz und Zerstörung übrig sind. Hast du mich verstanden?«

Mads nickte mühsam.

»Sag es! Sag: Ich habe verstanden, Herr Stoike!«

Bronski nahm endlich die Hand von seinem Mund. Mads wollte tapfer sein, aber er war diesen Männern nicht gewachsen. Er schaute zu Boden, würgte schließlich hervor: »Ich habe verstanden, Herr Stoike.«

Bronski packte Mads bei den Haaren und riss seinen Kopf nach hinten, sodass er Stoike wieder ansehen musste. Der griff in aller Ruhe in sein Sakko, holte einen kleinen Notizblock und einen teuer aussehenden Kugelschreiber hervor und notierte eine Telefonnummer.

»Wenn du ihn hast, rufst du diese Nummer an.«

Er steckte Mads den Zettel in die rechte Hand und drückte gnadenlos zu. Wieder schoss ein weiß glühender Schmerz den Arm hoch. Mads unterdrückte einen Schrei.

»Wenn der Anruf kommt, dann weiß ich, dass ich einen Partner habe. Und du wirst sehen, dass ich meine Partner gut behandle. Wenn der Anruf aber nicht kommt oder diese Hure vom KK1 vor meiner Tür steht, dann weiß ich, dass ich keinen Partner habe. Und dann wirst du sehen, was ich mit meinen Feinden mache.«

Mads nickte.

Bronski ließ von ihm ab.

Mads sank stöhnend auf den Bürgersteig, klemmte seinen rechten Arm zwischen seine Oberschenkel im vergeblichen Versuch, den Schmerz zu lindern. Er sah, wie der Cayenne aus der Parklücke fuhr, vorbei an der Polizeiwache, die für Glücksburg zuständig war. Es hatte sie nicht im Geringsten gestört, ihn hier, in unmittelbarer Nähe zur Polizei, zu überfallen. Auch das war sicher als Botschaft gemeint: Es gibt keinen Schutz für dich.

Nirgends.

54

Erst in seinem alten Benz erlaubte sich Mads zu weinen.

Aus Verzweiflung, aus Schmerz und aus Schock. Er war vor diesen Männern gewarnt worden, aber wirklich ernst genommen hatte er die Warnungen nicht. Gewalt begriff man erst, wenn man ihr ausgesetzt war. Horror verstand man nur, wenn er einem selbst widerfuhr. So wie man sich an einem freundlichen, friedlichen Strand keinen Sturm vorstellen konnte.

Er fuhr ins Franziskus-Hospital nach Flensburg und bekam, als er seinen Finger vorzeigte, als Erstes ein schmerzstillendes Medikament. Warten musste er trotzdem. Die Röntgenbilder zeigten einen sauberen Bruch. Er musste nicht operiert werden. Der Finger wurde gerichtet und mit einer Schiene und etwas Gips ruhig gestellt.

Fridtjof hatte in der Zwischenzeit mehrfach versucht, ihn zu erreichen. Auf dem Weg zum Auto rief er ihn zurück und erfuhr, dass Bobby einen Haufen in der Küche hinterlassen hatte.

»Das hat sie absichtlich gemacht!«, wetterte Fridtjof.

»Du solltest mit ihr raus«, gab Mads zurück.

»Ich wollte ja, aber ich war mit meinem Bestseller beschäftigt!«, behauptete Fridtjof.

»Ich bin auf dem Weg«, hatte Mads geantwortet und war zurückgefahren.

Natürlich fragte Fridtjof, was mit seiner Hand passiert war, aber er antwortete nur, dass er gestürzt wäre. Fridtjof nickte seufzend. Das Glück war ihnen gerade einfach nicht hold.

Mads drehte eine Runde mit Bobby, die anhänglicher war als sonst, nicht von seiner Seite wich und ihn immer wieder fragend ansah. Sie nahm ihm die Sache mit dem Sturz offenkundig nicht ab. Wie um ihn aufzumuntern, hörte sie geradezu vorbildlich auf ihn. Später zog Mads sich in sein Zimmer zurück, legte sich ins Bett und schlief ein paar Stunden.

Albträume quälten ihn.

Als er erwachte, dämmerte es bereits. Er fühlte sich furchtbar, nahm zwei Tabletten und ging erneut mit Bobby spazieren. Er spürte eine große Niedergeschlagenheit, ein Gefühl der Demütigung und der Hilflosigkeit. Stoikes Blick, die suchenden, bösen Augen, in deren Iris sich sein Gesicht spiegelte, gingen ihm nicht mehr aus dem Kopf.

Später am Abend rief er Fiete an.

Sie trafen sich in der Marktwirtschaft. Fiete sah ihn erstaunt an und zeigte auf die geschiente Hand. »Machst du einen auf E. T.?«

Mads lächelte gequält. Fiete begriff, dass etwas ganz und gar nicht stimmte.

»Was ist passiert?«, fragte er alarmiert.

Sie bestellten Lykke Pils, warteten, bis die Kellnerin es auf ihrem Tisch abgestellt hatte, dann setzte Mads Fiete ins Bild. Die ganze Geschichte samt ihrem unrühmlichen Höhepunkt.

Fiete trank einen großen Schluck und sagte erschrocken: »So eine Scheiße!«

Mads nickte und trank sein Glas auf ex. Fiete leerte sein Bier daraufhin auch und winkte zwei neue Pils heran.

»Und jetzt?«, fragte er, nachdem sie serviert worden waren.

»Ich brauche den Stick«, antwortete Mads verzweifelt.

»Und du glaubst, Timo hat ihn?«

Mads zuckte mit den Schultern. »Keine Ahnung.«

»Und wenn er ihn nicht hat?«, fragte Fiete.

Mads sah ihn verzweifelt an. »Was glaubst du?«

Fietes Miene war versteinert – diesmal trank er sein Glas auf ex.

»Aber was hast du denn jetzt vor?«, fragte er, nachdem er noch einmal neues Bier bestellt hatte. »Willst du zu Timo gehen und ihn fragen?«

»Echt jetzt?«, gab Mads patzig zurück.

Fiete reagierte verärgert. »Woher soll ich wissen, was man da tut? Ich war noch nie in so einer Situation!«

»Ich auch nicht!«

»Dann mach mich nicht so an! Diese Scheiße hast du ganz alleine verzapft!«

»Glaubst du, ich weiß das nicht?«

Sie schwiegen einen Moment.

Dann sagte Mads: »Entschuldige bitte!«

»Schon okay.«

Bier kam – Bier ging.

Mads spürte einen schwerelosen Wirbel im Kopf. Er hatte nicht viel gegessen und der Alkohol tat seine Wirkung. In Verbindung mit dem Schmerzmittel eine sehr angenehme.

»Ich sehe nur eine Möglichkeit«, begann Mads. »Ich breche bei Timo ein und suche nach dem Stick. Vielleicht hat er ihn zu Hause versteckt.«

»Spinnst du?«, fragte Fiete zurück.

»Weißt du was Besseres?«

Das wusste Fiete nicht.

Eine Weile saßen sie einfach nur da und starrten in ihre leeren Gläser.

»Hilfst du mir?«, fragte Mads schließlich.

»Beim Einbrechen?«, fragte Fiete.

Mads nickte.

Fiete zögerte und antwortete: »Weißt du …«

Mads sah ihn mit hochgezogener Augenbraue an: »Ach, schon vorbei, dein neues, wildes Leben? Keine riskanten Sprünge von Brücken und Sex am Ufer mehr und so?«

»Das ist ja wohl was ganz anderes!«, protestierte Fiete.

»Ja, vielleicht. Aber die Sache ist die: Stoike weiß leider auch, wer du bist.«

»Du bist so ein Idiot!«

»Ich weiß«, gab Mads niedergeschlagen zurück.

»Wegen dir haben wir jetzt alle einen Psychopathen am Hals!«

Mads sagte nichts mehr – Fiete bestellte neues Bier.

Als es serviert worden war, fragte er: »Bist du schon mal irgendwo eingebrochen?«

Mads schüttelte den Kopf. »Nein.«

»Weißt du wenigstens, wo Timo Horlacher wohnt?«

»Seine Adresse steht in der Ermittlungsakte.«

Fiete überlegte einen Augenblick, dann schlug er mit der flachen Hand auf den Tresen. »Ach, scheiß drauf! Brechen wir ein und holen uns den verdammten Stick!«

»Ehrlich?«, fragte Mads mit leiser Hoffnung.

»Ist ja nicht so, dass wir groß die Wahl hätten, oder?«

»Danke.«

Fiete winkte ab. »Dank nicht mir, sondern meinem neuen, gefährlichen Alter Ego.«

Mads verdrehte die Augen.

Aber er lächelte.

Das erste Mal seit einer gefühlten Ewigkeit.

55

Die Flensburger Neustadt genoss nicht den besten Ruf. Wenn sie Thema in den Zeitungen oder sozialen Medien war, dann nicht selten im Zusammenhang mit Kriminalität. Verglichen mit Brennpunkten anderer Städte wirkte sie aber nicht besonders abschreckend. Es gab keine hässlichen Wohnsilos, keine herumlungernden Gestalten in dunklen Ecken oder vermüllte Straßen. Im Gegenteil: Große Teile der Neustadt mit ihren meist flachen Häusern wirkten beschaulich, geradezu harmlos. Der Stadtteil lag zentral, in der Nähe des Hafens und der belebten Norderstraße. Bei genauerem Hinsehen allerdings sah man sehr wohl den Renovierungsbedarf vieler Häuser. Einige standen leer, weil ihre Besitzer auf Wertsteigerung spekulierten.

Mads hatte den Tag genutzt, sich hier im Viertel umzusehen, besonders in der Gegend um das Haus herum, in dem Timo wohnte: Harrisleer Straße, Schwalbengasse, Möwengasse. In der Möwengasse fand er schließlich einen Zugang zu einem verwilderten und mit Sperrmüll vollgestellten Garten, der hinter dem besagten Haus lag. Im ersten Stock, wo Timo laut Akte wohnte, entdeckte er ein Fenster mit Milchglasscheibe. Das musste das Badezimmer sein. In dem Haufen Sperrmüll fand Mads zwei alte Kommoden und einen Holzstuhl, die sich so übereinanderstapeln ließen, dass man sich am Fensterbrett hochziehen konnte.

Die Vorbereitungen waren getroffen. Nach Einbruch der Dunkelheit holte er Fiete ab. Sie parkten am Anfang der langen Harrisleer Straße. Fiete fand das übertrieben, aber Mads bestand auf der Vorsichtsmaßnahme, und so mussten sie ein ziemliches Stück bergauf gehen, bevor das Haus in Sicht kam. Im ersten Stock brannte

Licht hinter verbeulten Lamellenjalousien. Sie platzierten sich auf der gegenüberliegenden Straßenseite.

»Und jetzt?«, fragte Fiete. »Warten wir die ganze Nacht, ob er seine Bude verlässt?«

»Ja.«

Fiete murmelte einen Fluch, den Mads dezent überhörte.

Sie standen eine knappe Stunde da, stapften hin und wieder gegen die Kälte auf oder rieben sich die Hände, soweit das in Mads Fall möglich war. Sein Verband schimmerte verräterisch weiß im Zwielicht der Straßenlaternen.

Dann aber verließ Timo tatsächlich das Haus und eilte die Harrisleer Straße hinab Richtung Hafen. Die beiden sahen ihm nach und überquerten zügig die Straße.

»Du musst über den Garten rein! Über die Möwengasse«, flüsterte Mads und drückte Fiete einen Glasschneider in die Hand. »Vorne im Garten stehen zwei Kommoden und ein Stuhl. Steig darauf. Oben ritzt du die Scheibe an und drückst sie ein. Dann kannst du mir von drinnen aufmachen.«

»Und wenn er abgeschlossen hat?«, fragte Fiete.

»Dann muss ich auch über den Garten rein. Krieg ich zur Not auch hin.«

Fiete seufzte, lief los und verschwand in der Möwengasse. Mads sah sich nervös nach allen Seiten um, aber niemand beachtete ihn: Es war kaum jemand unterwegs. Nach fünf Minuten öffnete sich die Haustür, Fiete winkte ihn hektisch herein. Zusammen stiegen sie in den ersten Stock und traten in Timos Wohnung.

Der Wohnraum war dreckig und roch schlecht. Überall standen Reste von Dönerbudenessen, leere Bierdosen und volle Aschenbecher herum. Die Möbel waren billig und kaputt. Auf den ersten Blick gab es nichts von Wert, auch keinen Computer, an dem ein Speicherstick hing. Sie warfen einen Blick in die Küche, die noch schlimmer aussah als das Wohnzimmer, und begannen schließlich, Schubläden und Schranktüren aufzuziehen und zu durchsuchen.

Nichts.

Ihre Bewegungen wurden von Minute zu Minute hektischer, und die Blicke irrten haltlos durch den Raum. Mads hastete schließlich in das dritte Zimmer, das Schlafzimmer, das so klein war, dass nur ein Bett und eine Kommode reinpassten. Auf der Matratze lag ein Laptop. Und im USB-Port steckte ein Stick.

»Fiete!«, rief er mit gepresster Stimme.

Der trat ein und sah Mads mit dem Laptop und dem Stick. Sofort begann er, auf der Tastatur herumzutippen. Der Zugang war passwortgeschützt.

»Nimm alles mit, auch den Laptop!«, flüsterte Fiete. »Ich geb das mal Laura. Vielleicht kann die das knacken.«

Mads sah ihn skeptisch an.

»Ich sag nicht, wo wir es herhaben. Oder warum sie nachsehen soll. Versprochen!«

Mads nickte, nahm den Rechner an sich, drehte sich zu Fiete und verfiel in Schockstarre: Im Wohnzimmer stand Timo. In der Hand eine weiße Plastiktüte mit Junkfood. Er ließ sie auf den Boden fallen und griff blitzschnell in seine Jacke.

Ein Messer schnappte auf.

Mads warf die Tür zu und stemmte sich mit Fiete dagegen, als sie Timo bereits hämmern hörten: »KOMMT RAUS! LOS!«

»Scheiße!«, zischte Fiete leise. »Was jetzt?«

Mads hatte darauf keine Antwort.

Timo warf sich mit großer Wucht gegen die Tür. Alles in dieser Wohnung war alt und schäbig und von lachhafter Qualität. Die Tür war da keine Ausnahme: Das Türblatt krachte laut, und es war klar, dass es bald aus dem Rahmen herausbrechen würde.

»ICH SCHLITZ EUCH AUF, IHR SCHWEINE!«

Mads hörte, wie Timo sich in Rage schrie, wie er vor Wut fast durchdrehte, bereit, sich blindwütig auf sie zu stürzen. Er würde wie ein Irrer über sie herfallen, und Mads wusste nicht, wie man ein Messer abwehrte.

Die Tür knirschte, gab Zentimeter um Zentimeter nach.

Mads flüsterte: »Fiete!«

Der blickte ihn verzweifelt an.

»Lassen wir ihn durchbrechen! Er wird hinfallen. Dann trete ich auf seinen Arm, und du nimmst ihm das Messer ab!«

Fiete nickte, wirkte aber so panisch, dass Mads nicht wusste, ob er ihn auch verstanden hatte. Wieder sprang Timo gegen die Tür; die Angeln rissen aus. Die Tür hing windschief in der Zarge. Wenn Timo sich noch einmal dagegenwarf, würde sie ihnen entgegenkippen. Fiete und Mads traten einen Schritt zur Seite, bereit, sich auf Timo zu stürzen, sobald der mit der Tür in das Zimmer fiel.

Aber Timo kam nicht.

Atemlos warteten sie ab, aber alles, was sie hörten, war ein dumpfer Aufprall, als ob Timo etwas Schweres auf den Boden hatte fallen lassen.

Dann wieder lähmende Stille.

»Friedrich?«, fragte eine leise Stimme aus dem Wohnzimmer.

Fiete sah Mads verdattert an. »Das … Das kann doch nicht sein …«

Mads runzelte irritiert die Stirn, als Fiete sich aufrichtete und an der Tür ruckelte, die komplett aus dem Rahmen brach und ins Wohnzimmer kippte. Vor ihnen stand der stille Herr Barnardy. Und zu seinen Füßen lag ein lebloser Timo.

»Was machen Sie denn hier?«, fragte Fiete überrascht.

Der sah Fiete ruhig an und antwortete knapp: »Deine Mutter.«

»Meine Mutter?«, fragte Fiete noch überraschter. »Was? Wieso? Warum?«

Mads schob ihn aus dem Schlafzimmer und sagte: »Vielleicht klären wir das später, ja?«

Herr Barnardy nickte zustimmend.

Fiete blickte auf Timo. »Der ist doch nicht tot, oder?«

Herr Barnardy schüttelte den Kopf.

»Wie haben Sie das gemacht?«, fragte Fiete.

»Gelernt ist gelernt«, antwortete Herr Barnardy.

»Gelernt? Wo lernt man denn so was?«, fragte Fiete.

»Können wir jetzt bitte gehen?«, drängelte Mads.

Herr Barnardy wies mit der Hand auf die offene Wohnungstür.

»Die haben Sie auch aufgemacht?!«, rief Fiete.

Mads schob ihn hinaus, sie eilten die Treppen hinab auf die Straße. Gegenüber vom Haus stand der Leichenwagen der Amelungs.

»Au, Scheiße!«, fluchte Mads. »Geht's noch ein bisschen unauffälliger?«

Herr Barnardy eilte zur Fahrertür und schloss sie auf. Fiete folgte ihm zum Wagen und zog Mads mit sich, der erst zögerte, einzusteigen, sich dann aber doch mit Fiete auf den Beifahrersitz quetschte, weil er nur noch wegwollte von hier.

Der Wagen beschleunigte nur sanft, wer hier mitfuhr, hatte es in der Regel nicht mehr eilig. Sie passierten den Hafen, sahen auf das Wasser, das die Lichter der Stadt goldgelb spiegelte, die Boote, die friedlich darin schaukelten.

»Wieso meine Mutter?«, fragte Fiete.

Herr Barnardy antwortete knapp: »Sie macht sich große Sorgen.«

»Und deswegen verfolgen Sie mich?«, fragte Fiete fassungslos.

Herr Barnardy nickte und antwortete: »Seit einiger Zeit schon.« Er klang nicht, als wäre ihm dieses Geständnis unangenehm. Im Gegenteil: Er stimmte der Ansicht von Fietes Mutter, dass ihr Sohn observiert gehörte, offensichtlich zu, wobei es wohl keine Ansicht von Alva gab, der Herr Barnardy nicht zugestimmt hätte.

Fiete starrte ihn entsetzt an. »Etwa auch auf der Schlossbrücke?«

Herr Barnardy nickte.

»Und danach am Ufer?«

Herr Barnardy nickte.

Vielleicht weil sich die Anspannung legte, vielleicht aber auch nur weil er plötzlich lebhafte Bilder in seinem Kopf surren sah, machte Mads das schnorchelnde Geräusch eines unterdrücken Lachens.

Fiete spießte ihn mit wütenden Blicken auf. »Was ist da so witzig dran?«

»Da ist Muddi aber jetzt voll im Bilde, was?«

Fiete schluckte. Sah vom amüsierten Mads zum ungerührten Herrn Barnardy und wieder zurück: Die Vorstellung, dass Herr Barnardy seiner Mutter in allen Einzelheiten geschildert hatte, was er mit Laura wo getrieben hatte, fühlte sich an, wie im Zentrum einer interstellaren Supernova der Peinlichkeit zu verglühen.

Wütend wandte er sich Herrn Barnardy zu. »Wir beide werden uns morgen mal über Grenzen unterhalten!«

»Wünschen Sie, dass Ihre Mutter dabei ist?«

Mads Schnorcheln ging in einen Erstickungsanfall über.

»Das wünsche ich nicht!«, kreischte Fiete.

Sie brachten Stick und Rechner Laura, dann kehrten sie zurück ins Institut.

Sie brauchten alle einen Drink.

56

Mads erwachte noch vor Morgengrauen, weil sein Finger hämmernd pulsierte. Er warf zwei Schmerztabletten ein, bevor er sich wieder ins Bett legte und für zwei weitere Stunden einnickte. Dann stand er auf und drehte eine Runde mit Bobby. Er war gerade wieder zu Hause angekommen, als Fiete ihm eine WhatsApp schickte: *Soll ich dich zu deinem Auto fahren?*

Mads schrieb zurück: *Ja, bitte. Gibt es Neuigkeiten?*

Fiete versprach, ihn in einer Stunde abzuholen, und verneinte: Laura hatte sich noch nicht gemeldet. Mads zog sich an, kaufte Brötchen und machte sich gerade daran, den Frühstückstisch zu decken, als Fridtjof im Pyjama dazustieß.

»Was macht der Finger?«, fragte er.

»Tut weh«, antwortete Mads.

Sie hatten gerade Platz genommen, als es an der Tür klingelte. Fridtjof sah Mads fragend an.

»Ist für mich«, antwortete der, ging zur Haustür und öffnete sie.

Für einen Moment sah er Mills zusammen mit zwei Uniformierten im Eingang stehen, dann aber hatte sie ihn schon gepackt und mit einem Fußfeger von den Beinen geholt. Eine Sekunde später kniete sie in seinem Kreuz, drehte ihm die Arme auf den Rücken und legte erst die linke, dann die rechte Hand in Handschellen.

Bobby bellte wie verrückt.

»Mads Madsen, hiermit verhafte ich Sie wegen Mordes an Timo Horlacher. Sie haben das Recht, sich zur Sache zu äußern oder zu schweigen. Sie haben das Recht auf einen Anwalt. Sie haben …« Sie kramte den Haftbefehl aus ihrer Tasche. »Ach, scheiße, lesen Sie es sich doch selbst durch.«

Sie steckte ihm den Haftbefehl in die Hosentasche.

»Und wie? Sie haben mir Handschellen angelegt!«

»Im Präsidium werden Sie 'ne Menge Zeit haben. Und wie ich die Sache sehe: danach noch viel mehr.«

Fridtjof kam in den Flur geeilt, als Mills Mads gerade wieder auf die Beine stellte.

»Ruf Robert an!«, rief Mads hektisch.

Mills schob ihn ruppig zum Polizeiwagen und zischte: »Der wird dich auch nicht mehr retten!«

SCHAUSENDE

57

Sie hatten ihn schnurstracks ins Präsidium gebracht. Auf dem Flur traf er auf Fiete, durfte aber nicht mit ihm sprechen. An Fietes Seite war seine Mutter Alva, kühl und schön wie immer. Sie warf Mads einen Blick zu, der ihm klarmachte, dass er ihr in nächster Zeit besser nicht vor die Füße lief. Den stillen Herrn Barnardy sah er nicht.

Seine Fingerabdrücke wurden genommen. Selbst der Verband am Zeigefinger der rechten Hand wurde gelöst, um an die dortige Fingerkuppe zu gelangen. Dann wurde Mads in einen kahlen Raum geführt, wo er sich entkleiden und seine Wäsche abgeben musste. Ein Beamter sprühte ihm eine Flüssigkeit auf Hände, Arme, Kopf und Füße und löschte für ein paar Sekunden das Licht. Nichts fluoreszierte. Dann gab man ihm aus einem Fundus einfacher Ersatzkleidung ein T-Shirt und eine Hose, die ihm nicht passte. Dazu ein paar Badelatschen. Obwohl er wahrlich andere Sorgen hatte, fand Mads, dass er grauenhaft schlecht angezogen war.

Schließlich verfrachteten sie ihn wieder ins Verhörzimmer, wo er erneut eine ganze Weile alleine an dem einzigen Tisch saß. Abwechselnd starrte er auf den leeren Stuhl ihm gegenüber und auf sein blasses Bild im venezianischen Spiegel. Er hatte keine Ahnung, wie er sich jetzt verhalten sollte. Sein erster Impuls war, Mills alles haarklein zu beichten, aber was würde dann passieren? Wer würde ihn vor Ralf Stoike beschützen? Wer seine Familie beschützen?

Endlich trat Mills ein, in ihrem Schlepptau sein Schwager Robert, der ihn wie beim letzten Mal schon ermahnte, nichts zu sagen. Mads nickte, beantwortete Mills Fragen nach seinen Personalien und ließ sich belehren, dass er als Beschuldigter verhört wurde. Nicht als Zeuge.

»Vielleicht sind Sie so freundlich, uns zu erklären, was überhaupt vorgefallen ist?«, fragte Robert.

Mills antwortete kalt: »Gestern Abend wurde Timo Horlacher in seiner Wohnung ermordet.«

»Vielleicht warten wir erst mal das Ergebnis der Rechtsmedizin ab, bevor wir solche voreiligen Schlüsse ziehen!«

»Das können Sie gerne tun«, antwortete Mills, »aber solange Sie mir nicht erklären können, wie Herr Horlacher sich selbst von hinten die Kehle aufgeschlitzt haben soll, gehen wir mal von Mord aus.«

»Die Kehle aufgeschlitzt?«, mischte Mads sich ein.

Mills schob ihm ein Blatt Papier und einen Kugelschreiber hin: »Schreiben Sie Ihren Namen darauf!«

Mads sah erst sie, dann Robert irritiert an.

»Schreiben Sie!«

Robert zuckte mit den Schultern und nickte. Mads begann, seinen Namen auf das Papier zu schreiben, als Mills sagte: »Danke, das reicht schon!«

»Wie jetzt?«, fragte er.

»Der Mörder war Linkshänder«, erklärte Mill. »Wie Sie.«

Mads schluckte.

Robert schob Papier und Kugelschreiber zurück zu Mills. »Das ist aber kein Beweis. Es gibt zehn Millionen Linkshänder in Deutschland. Und nur weil er einer von ihnen ist, glauben Sie jetzt, mein Mandant hat einen Menschen getötet?«

»Was wollten Sie gestern Abend bei Herrn Horlacher?«, fragte Mills.

Robert runzelte die Stirn, sah Mads fragend an. Der senkte den Blick.

Mills legte den Kopf schief. »Nichts? Keine Idee mehr?«

Mads schwieg.

»Es gab Kampfspuren in der Wohnung. Haben Sie dafür eine Erklärung?«

Mads schwieg.

»Zeugen haben zur Tatzeit einen Leichenwagen vor dem Haus von Herrn Horlacher gesehen. Offenbar einen der Firma Amelung. Sie sind mit Friedrich Amelung befreundet, richtig?«

»Er war *offenbar* von der Firma Amelung?«, fragte Robert neugierig. »Also haben Sie keinen Zeugen, der den Wagen zweifelsfrei zuordnen kann? Der Name steht nämlich gut sichtbar auf der Fahrerseite.«

»Wir haben Zeugen, die einen Leichenwagen gesehen haben«, antwortete Mills trotzig.

»Aha«, antwortete Robert mit triumphierendem Unterton. »Mit anderen Worten: Sie haben gar nichts!«

Mills lächelte kalt, nahm dann ein Blatt aus ihrer Akte, legte es vor Mads hin und sagte: »Das würde ich nicht sagen …«

Mads warf einen Blick auf das Blatt und fand dort Fotos von verschiedenen Einrichtungsgegenständen aus Timos Wohnung. Die Spurensicherung hatte dort nach Fingerabrücken gesucht.

Mads presste die Lippen aufeinander: Sie hatten keine Handschuhe benutzt! Wie doof konnte man eigentlich sein? Zwar war nicht geplant gewesen, dass Timo vorzeitig in seine Wohnung zurückkehrte, und ganz sicher nicht, dass er von jemandem umgebracht wurde, aber lernte man nicht schon als gelegentlicher *Tatort*-Gucker als Allererstes, dass man bei Einbrüchen Handschuhe trug?

»Da Sie eben erkennungsdienstlich behandelt worden sind, war es nicht besonders schwer, die in der Wohnung gefundenen Abdrücke mit den Ihren zu vergleichen. Und was soll ich sagen? Bingo!«

Mads seufzte. Dieses verdammte Spiel!

Robert sagte: »Ich möchte mit meinem Mandanten sprechen. Allein.«

Mills nickte und führte die beiden in den Besprechungsraum. Kaum war die Tür in Schloss gefallen, zischte Robert: »Was passiert hier gerade, Mads?«

Mads berichtete von dem Einbruch in Timos Wohnung, von der

kurzen Auseinandersetzung mit Timo und der Tür und davon, dass der stille Herr Barnardy sie auf Anweisung Alvas gerettet hatte.

»Timo Horlacher war nur bewusstlos, als wir abgehauen sind!«, schwor Mads. »Wir haben ihm absolut nichts getan!«

»Wieso zum Teufel brecht ihr irgendwo ein?«, fragte Robert sauer.

Mads erzählte von seinem Treffen mit Jessica und Stoikes Besuch. Er hielt seinen bandagierten Finger in die Höhe und sagte: »Das war er.«

Robert sah ihn fassungslos an: »Ich mache das jetzt schon seit fünfzehn Jahren. Und noch nie – nie! – hat sich einer meiner Mandanten derart in die Scheiße geritten wie du.«

»Tut mir leid«, sagte Mads kleinlaut.

»Wir müssen kooperieren«, sagte Robert. »Wir machen es sonst nur noch schlimmer.«

»Das geht nicht, Robert. Wenn ich Stoike an die Polizei verrate, dann nimmt er sich Papa vor – oder dich, Famke, Krischan, deine Kinder … Verstehst du?«

Robert presste die Lippen aufeinander. Zum ersten Mal wirkte er ratlos.

Mads' Stimme zitterte. »Ich habe direkt vor ihm gestanden und ihm in die Augen geschaut. Stoike ist ein Psychopath. Wenn wir Mills sagen, wer hinter der Sache mit Timo steckt, dann wird sie zu ihm gehen. Sie wird ihn verhören, und er wird sie auslachen. Und dann? Sie kann nicht Stoike, Bronski und die ganzen anderen Psychos aus der Truppe rund um die Uhr überwachen, oder? Niemand von uns wird mehr sicher sein, verstehst du? Er wird zuschlagen. Und die Polizei kann absolut nichts dagegen tun!«

Mads sah, wie es in Roberts Kopf arbeitete, wie er verzweifelt nach einer Lösung suchte und keine fand. Schließlich sagte er: »Aber ohne Polizei bist du … sind wir ihm völlig schutzlos ausgeliefert.«

»Wir müssen den Stick finden. Jessica hat gesagt, dass er einen in Ruhe lässt, wenn man ihm gibt, was er will.«

Was sie ihm wirklich gesagt hatte, verschwieg er lieber.

»Und wo ist dieser Stick?«, fragte Robert.

»Wir haben bei Timo einen gefunden. Ob das der besagte Stick ist, ist noch nicht klar.«

»Und wenn nicht?«

Mads schwieg vielsagend.

»Verdammt noch mal!«, fluchte Robert.

Eine Weile standen sie nur da und schwiegen.

Schließlich fragte Mads: »Kannst du Fiete eigentlich auch vertreten?«

Robert nickte. »Seine Mutter hat mich schon angerufen.«

»Okay, und was passiert jetzt?«

»Mills wird einen Haftprüfungstermin anordnen. Den werden wir zusammen wahrnehmen. Ich werde versuchen, die Untersuchungshaft abzuwenden. Wenn das nicht klappt, fährst du ein.«

»Scheiße.«

»Wir müssen Mills irgendwie entgegenkommen.«

»Ich kann doch nicht sagen, dass ich bei Timo eingebrochen bin«, sagte Mads. »Das macht mich nicht gerade unverdächtiger.«

Robert atmete tief ein und aus.

Schließlich sagte er mit ungewöhnlich ruhiger Stimme: »Kann dein Vater dir noch mal ein Alibi geben?«

Mads nickte. »Ich denke schon.«

»Okay, wir versuchen was. Du hältst ab jetzt wieder den Mund.«

Sie kehrten in den Verhörraum zurück.

Mills legte direkt los: »Also, was wollten Sie in Timo Horlachers Wohnung?«

Robert antwortete: »Mein Mandant bestreitet nicht, in Timo Horlachers Wohnung gewesen zu sein. Aber er war vor zwei Tagen dort. Er wollte ihn für seine Rede interviewen. Timo Horlacher war Patrick Schulzes bester Freund.«

»Bullshit!«, kommentierte Mills.

»So ist es aber«, gab Robert zurück. »Gestern Abend war mein Mandant zu Hause. Sein Vater kann das bestätigen.«

»Natürlich, sein Vater. Wie praktisch.«

Robert zuckte mit den Schultern. »Die beiden leben nun mal zusammen.«

Mills nickte. »Dann war wohl Friedrich Amelung auch beim Interview mit Timo Horlacher dabei.«

Robert entgegnete: »Ja. Timo Horlacher galt als aufbrausend. Mein Mandant bat daher Friedrich Amelung, ihn zu begleiten.«

Mads sagte: »Das stimmt. Sie können gerne in der Bärenhöhle nachfragen. Ich hatte dort schon einmal versucht, mit ihm zu reden. Die Wirtin kann das bezeugen.«

Mills sah Mads lange in die Augen, dann sagte sie: »Ich glaube Ihnen kein Wort!«

Robert warf ein: »Das macht nichts, Frau Hauptkommissarin. Geglaubt wird in der Kirche. Auf dem Präsidium und vor Gericht wird bewiesen.«

»Der Haftrichter wird sich der Sache annehmen«, entgegnete Mills.

»Ja, das wird er. Vorher wüsste ich gern noch eins. Sie haben in der Zwischenzeit die Kleidung meines Mandanten untersucht. Wenn man jemandem die Kehle aufschlitzt, spritzt das Blut bis an die Decke. Wäre mein Mandant an der Tat beteiligt gewesen, müssten Sie Blutspuren auf seiner Kleidung gefunden haben. Auch auf Friedrich Amelungs, versteht sich. Ist das der Fall?«

»Die Untersuchung läuft noch«, antwortete Mills ausweichend.

»Jetzt sag ich mal: Bullshit! Ein Luminoltest beweist in Sekunden, ob sich Blut auf Textilfasern befindet oder nicht. Also, ich wiederhole die Frage: Haben Sie Blut auf der Kleidung oder der Haut meines Mandanten gefunden?«

Mills schwieg.

Robert fuhr fort: »Die Spurensicherung stellt gerade das Haus meines Mandanten auf den Kopf. Und wahrscheinlich auch die

Wohnung von Friedrich Amelung. Sie werden auch dort nach Spuren des Verbrechens suchen, aber keine finden. Und Sie finden deswegen keine, weil mein Mandant nichts mit der Ermordung Timo Horlachers zu tun hat. Ich fasse zusammen: Mein Mandant hat sich noch nie etwas zuschulden kommen lassen, hat einen festen Wohnsitz, ein Alibi, es besteht weder Flucht- noch Verdunkelungsgefahr, und forensisch kann anhand der fehlenden Blutspuren bewiesen werden, dass er nichts mit dem Mord an Timo Horlacher zu tun haben kann. Sie werden keine Untersuchungshaft durchbekommen.«

Mills blieb stur. »Wir werden sehen, was die Spurensicherung findet. Vorerst bleibt ihr Mandant bis zur Haftprüfung in Gewahrsam.«

Robert beugte sich zu Mads hinüber. »Die Anhörung wird noch heute sein.« Und sagte, wieder an Mills gewandt: »War es das von Ihrer Seite?«

Mills blickte Mads an und sagte in einem viel sanfteren Ton: »Sie wissen mehr, als Sie zugeben, Herr Madsen. Ich wünschte, Sie wüssten, in welcher Gefahr Sie sich befinden.«

Mads hätte ihr gerne mitgeteilt, dass er das sehr viel besser wusste, als sie glaubte, spürte aber Roberts Hand auf seinem Arm, die ihn daran erinnerte zu schweigen.

»Was ist mit Ihrem Finger passiert?«, fragte sie unvermittelt.

Mads blickte auf die Schiene und den Verband, der nicht mehr ganz sauber aussah.

»Hingefallen«, antwortete er leichthin.

»Ich kann Ihnen helfen. Aber Sie müssen mir vertrauen.«

Sie schob ihm ihre Visitenkarte hin.

Einen Moment lang zögerte Mads, dann nahm er die Karte.

Ein Uniformierter trat ein und sperrte ihn in eine Arrestzelle.

58

Robert hatte vor dem Haftrichter seine Argumente vorgebracht und erreicht, dass Mads wieder entlassen wurde. Wenn auch unter der Auflage, dass er sich täglich in der Polizeiwache in Glücksburg melden musste.

Er bekam seine Kleidung zurück, ging zu Fuß zu seinem Auto in der Neustadt und rief Fiete an. Er war erleichtert zu hören, dass Fiete nichts ausgesagt hatte.

»Weiß deine Mutter Bescheid?«, fragte Mads.

»Nicht von mir«, antwortete Fiete. »Aber Herr Barnardy hat ihr sicher alles brühwarm erzählt.«

»Und?«

»Sie sorgt sich.«

»Zu Recht«, sagte Mads deprimiert. Dann fragte er: »Hat sich Laura eigentlich gemeldet?«

»Weder auf dem Stick noch auf dem Laptop ist irgendetwas Relevantes.«

»Scheiße!«

»Heißt nicht, dass Timo den richtigen Stick nicht doch irgendwo hatte«, versuchte Fiete ihn aufzumuntern.

»Wenn, dann hat er sein Geheimnis mit ins Grab genommen. Genau wie Patrick.«

»Ja, kann sein … Ah, Laura ruft an, ich muss auflegen!«

Und schon war die Leitung unterbrochen.

Nachdenklich schob Mads sein Handy in die Hosentasche und blickte auf seinen alten Benz. Er stand noch an derselben Stelle, an der er ihn abgestellt hatte, verstohlen sah er sich um: Was, wenn Mills ihn überwachte? Dass sein Wagen hier stand, könnte erhebliche Zweifel an seinem Alibi und seiner getätigten Aussage aufwerfen. Probleme, die er wirklich nicht gebrauchen konnte.

Mit Einbruch der Dämmerung war er wieder zu Hause und verspürte ein stilles Gefühl der Geborgenheit, als Bobby aufgeregt an ihm hochsprang. Jedenfalls so lange, bis Fridtjof auf ihn zukam und die jüngsten Ereignisse haarklein auseinandergelegt haben wollte. Mads blieb nichts anderes übrig, als ihm zu erklären, was passiert war, wenn auch nicht in allen Details.

»Herrgott, Junge!«, polterte er, als Mads geendet hatte. »Du solltest doch nur 'ne Rede schreiben! Und jetzt hast du die Mafia am Hals? Und 'ne Mordanklage?«

»Ist nicht gut gelaufen«, gab Mads zu.

»Nicht gut gelaufen? Von einer Möwe bekackt zu werden, ist nicht gut gelaufen.«

»Schon gut«, beschwichtigte Mads, der nach diesem Tag kein Bedürfnis nach noch mehr Vorwürfen hatte.

»Gar nichts ist gut, Junge! Die Polizei hat das ganze Haus auf links gedreht. Und wer musste das alles wieder aufräumen?«

»Dein Leben ist wirklich die Hölle!«

»Brauchst gar nicht frech werden! Wir werden alle sterben, bloß weil du nicht mehr alle Tassen im Schrank hast.«

»Niemand wird sterben«, sagte Mads halbherzig.

»Doch! Alle!«

»Ich bin müde«, antwortete Mads und wandte sich ab.

Oben legte er sich aufs Bett. Sein Finger schmerzte. Bobby kuschelte sich in seinen Arm, und endlich brach er in Tränen aus. Ergab sich seinem Selbstmitleid und ließ sich von Bobby trösten, die ihn immer wieder mit ihrer kalten, feuchten Schnauze anstupste und ihm übers Gesicht leckte.

Irgendwann schlief er erschöpft ein.

Er erwachte von seinem brummenden Handy. Es war dunkel. Mads machte Licht, sah auf die unbekannte Handynummer im Display und war bereits im Begriff, den Anruf wegzudrücken, als es ihn kalt durchschüttelte: Was, wenn es Stoike war? Oder Bronski? Zögernd kreiste sein Zeigefinger über dem Schieberegler. Dann nahm er an.

»Ja?«

»Herr Madsen?«, fragte eine Stimme, die ihm vage bekannt vorkam.

»Ja?«

»Horst Spengler. Sie hatten mir Ihre Nummer hinterlassen.«

Horsti! Mads hätte es vor lauter Erleichterung beinahe laut ausgerufen. Der Bingomann mit der Ernst-Huberty-Frisur.

»Ich habe mich gefreut, dass Sie nach mir gefragt haben!«, sagte Horsti munter. »Mir liegt das mit Friedel schon lange auf der Seele.«

Mads rieb sich den Schlaf aus den Augen und antwortete: »Vielleicht ist gerade nicht der richtige Moment …«

»Dafür ist wohl nie der richtige Moment. Aber es ist wichtig für mich, Herr Madsen.«

Mads seufzte lautlos. Ihm war wirklich nicht danach, dem Geständnis eines alten Mannes zu lauschen, der in seiner Jugend mal die Frau eines anderen begehrt hatte. Und so antwortete er: »Es war nur menschlich, wissen Sie? Und ich finde, mein Vater übertreibt maßlos. Wie immer.«

»Ich finde nicht, dass er übertreibt. Ich kann ihn gut verstehen.«

»Also, so schlimm war es nun auch nicht. Schließlich ist doch nichts passiert«, wandte Mads ein.

Ein paar Atemzüge lang war es so still im Hörer, dass Mads dachte, Horst Spengler hätte einfach aufgelegt. Dann aber hörte er ihn sagen: »Es ist der Grund für den Tod Ihrer Mutter, Herr Madsen. Wie können Sie da sagen, dass nichts passiert wäre?«

Augenblicklich saß Mads kerzengerade im Bett und fragte aufgescheucht: »Meine Mutter?«

»Ja, hat Ihnen Ihr Vater denn nichts erzählt?«

Mads schluckte. »Nein.«

Wieder herrschte Stille.
Dann sprach Horsti.
Und Mads hörte zu.

59

Es war nach zehn, als Mads auflegte. Noch minutenlang blieb er wie betäubt auf seinem Bett sitzen. Bilder aus der Vergangenheit liefen wie triefnasse Farben ineinander: Was wusste er eigentlich wirklich über seine Mutter? Über seine Eltern? Was war Folklore? Was war Legende? Welcher Erinnerung konnte er trauen? Eine Tür war wie von einem Sturm aufgerissen worden, der Wahrheit und Lüge durcheinanderwirbelte.

Schließlich stand er auf, stieg unsicheren Schrittes die Treppe hinab, trat ins Wohnzimmer und fand seinen Vater in seinem Fernsehsessel eine Sportsendung glotzend. Ohne weiteren Kommentar nahm er die Fernbedienung und schaltete den Fernseher ab.

»He!«, protestierte Fridtjof.

Mads setzt sich auf das Sofa und rieb sich vorsichtig den geschienten Finger.

»Was machen die Schmerzen?«, fragte Fridtjof.

»Es tut weh. Höllisch weh«, antwortete Mads. Wäre Fridtjof sensiblerer Natur gewesen, hätte er am Ton schon erkannt, dass Mads offensichtlich nicht seinen Finger gemeint hatte.

»Weißt du, an was mich das erinnert?«, fragte Fridtjof munter.

Mads sah ihn traurig an.

»An deine Mutter!«, fuhr Fridtjof fort. »Die hatte sich mal den Zeh gebrochen. Da hatten wir noch kein Auto. Weißt du, was ich da gemacht habe? Ich hab sie ins Krankenhaus getragen!«

Er lächelte ihn an.

»Ins Krankenhaus«, wiederholte Mads. »Von Glücksburg nach Flensburg.«

Fridtjof runzelte die Stirn. »Also nicht den ganzen Weg. Wir sind mit dem Bus gefahren. Aber von der Haltstelle bis in die Notaufnahme. Anstrengend war das. Aber auch lustig. Wir haben so gelacht, dass deine Mutter ihre Schmerzen ganz vergessen hat!« Er blickte versonnen vor sich hin und fügte an: »An was man sich plötzlich so erinnert.«

»Ja. An was man sich plötzlich so erinnert!«, wiederholte Mads mit gepresster Stimme.

Fridtjof sah ihn überrascht an. »Was ist denn los, mein Junge?«

»Ich glaube, ich brauche ein bisschen Hilfe beim Erinnern. Lass uns doch zusammen unseren Erinnerungen nachhängen, ja?«

Fridtjof runzelte die Stirn. »Ich weiß nicht, ob mir dein Ton gefällt.«

Mads verzog skeptisch den Mund. »Er gefällt dir nicht? Na, komm, wir erinnern uns ein bisschen, vielleicht finden wir ja noch ein paar Sachen, die dir nicht gefallen. Und mir auch nicht!«

Fridtjof richtete sich in seinem Sessel auf. »Was meinst du?«

»Beginnen wir mit der Nacht, in der Mama starb.«

Fridtjof wirkte alarmiert.

»Sie hat mich ins Bett gebracht. Daran erinnere ich mich noch. Sie hat mir eine Geschichte vorgelesen, auch daran erinnere ich mich. Sie hat mir einen Kuss gegeben und dann das Zimmerlicht ausgemacht. An all das erinnere ich mich ganz genau. Und weißt du auch, warum? Weil ich sie danach nie wieder gesehen habe!«

Mads funkelte Fridtjof wütend an.

»Ich hab dann noch eine Weile wach gelegen. Ich hatte so ein Nachtlicht mit Monden und Sternen, weißt du noch? Es hat sich gedreht und die Milchstraße an die Decke geworfen. Na, komm! Daran musst du dich erinnern! Ich erinnere mich doch auch!«

Fridtjof sah seinen Sohn schweigend an, während das Gespräch mit jedem Wort die Höhen verklärter Vergangenheit in die bodenlose Tiefe der felsenscharfen Realität stieß. »Ich war acht Jahre damals. Ich bin dann irgendwann eingeschlafen, und als ich am Morgen aufgewacht bin, hatte ich keine Mutter mehr. Du hast mich an diesem Morgen geweckt, weißt du noch? Du hast gesagt, dass etwas Schlimmes passiert ist. Und als ich in die Küche gekommen bin, waren da schon Famke und Krischan. Und alle haben geweint. Ich hatte eine solche Angst, dass ich auch direkt geweint habe, noch bevor ich wusste, was passiert ist. Erinnerst du dich?«

Fridtjof schluckte schwer.

»Ihr habt mir gesagt, dass Mama jetzt im Himmel ist. Und ich habe nichts verstanden. Ich habe nach ihr gerufen. So laut, dass Famke mich auf die Arme gehoben und getröstet hat.«

Fridtjof hatte den Blick gesenkt. Er nestelte mit seinen Händen an seiner Hose herum.

»Famke hat mir später dann erzählt, was passiert ist. Nämlich, dass Mama im Bad gestürzt ist. Dass sie sich den Kopf angeschlagen hat und daran gestorben ist. Das war deine Version der Wahrheit. Erinnerst du dich?«

Fridtjof schwieg.

»Erinnerst du dich?«, schrie Mads so laut, dass Bobby vor Schreck hinter dem Sessel Schutz suchte.

Fridtjof nickte unmerklich.

»Ich war acht Jahre alt. Ich habe nicht gefragt, warum ihr keiner geholfen hat.«

Fridtjof schloss die Augen – Tränen kullerten ihm über die Wangen.

»Aber ich hätte fragen sollen! Ich hätte fragen sollen, wo du warst in dieser Nacht. Ich hätte fragen sollen, ob sie gleich tot war oder noch gelebt hat. Aber ich habe nicht gefragt, weil ich dir vertraut habe!«

Fridtjof saß still da und wagte nicht, aufzusehen.

»Mama war nicht tot, als sie gefallen ist. Mama hat gelebt. Sie lag stundenlang da und hat noch gelebt.« Mads holte zitternd Luft. »Weil du auf Sauftour mit Horsti und den anderen warst. Weil du dauernd auf Sauftour warst. Und weißt du, was das Schlimmste ist? Es ist mir nie aufgefallen, dass du nicht da warst an diesem

Groß und hässlich, mit diesem verstörenden starren Blick auf einem Auge stand er mit verschränkten Armen vor der Brust da. Er hatte sich auf dem Bürgersteig so breitgemacht, dass Mads nicht durchkam, ohne mit ihm zusammenzustoßen.

Er versuchte, sich vorsichtig an Bronski vorbeizuschieben, doch der verstellte ihm den Weg, sodass Mads die andere Seite wählte – mit gleichem Ergebnis. Endlich erwachte so etwas wie Kampfgeist in ihm, denn nicht nur Bronskis hässliche Rübe nervte, sondern auch diese Dreistigkeit, Mads hier, ganz in der Nähe der Polizei, einzuschüchtern. Er hatte keine Lust mehr, sich von diesem Handlanger schikanieren zu lassen, und so kam er ihm ganz nahe, bis er ihn fast mit der Nasenspitze berührte, und zischte: »Lass! Mich! Durch!«

Sie konnten einander riechen, den Atem des jeweils anderen auf dem Gesicht fühlen. Bronski wich eine Winzigkeit zurück, was Mads zum Anlass nahm, ihn mit dem Arm zur Seite zu schieben. Bronski ließ es geschehen, Mads zwängte sich an ihm vorbei und ging ins Haus, ohne sich umzudrehen. Als die Tür ins Schloss fiel, atmete er tief durch.

Sein Handy klingelte: Famke. Er ging nicht dran. Sie hatte schon mehrfach angerufen, sogar Krischan hatte es zweimal versucht. Natürlich sorgten sie sich, natürlich war er ihnen eine Erklärung schuldig. Aber er war auf beide wütend. Denn auch sie hatten ihn in dem Glauben gelassen, dass niemand etwas für Mamas Tod konnte. Er verstand, dass sie ihn, den Achtjährigen, hatten schützen wollen. Aber er war jetzt achtundzwanzig, und bis zu diesem Tag hatten sie an dieser Legende festgehalten. Die Toten lagen in ihren Gräbern, aber die Wahrheit ließ sich nicht beerdigen.

Wieder ging sein Handy, diesmal erkannte er die Nummer der Flensburger Kriminalpolizei, Anschluss Mills. Er hob ab.

»Herr Madsen?«

Sie klang immer noch genervt. Oder schon wieder. Da er sie noch nie anders erlebt hatte, war das schwer zu sagen.

»Ja?«

»Kommen Sie vorbei! Ich habe Fragen.«

»Jetzt?«

»Nein, Weihnachten wäre schön. Bringen Sie Plätzchen mit? Ich liebe Plätzchen!«

Mads atmete tief durch. Es war nicht so, dass er ihre Laune nicht verstand. Aber es wäre schön, wenn ihm jemand mal etwas Nettes sagen würde.

»Ich mache mich auf den Weg«, antwortete er und legte auf.

Es wurde ein langer Tag.

Mills gab sich wenig Mühe, freundlich zu sein, sondern fragte immer wieder die gleichen Sachen, wohl in der Hoffnung, dass sich Mads aus Unachtsamkeit oder aus Müdigkeit in Widersprüche verwickeln würde. Aber Mads blieb konzentriert und teilte ihr mit, was er wusste, nämlich dass Stoike etwas suchte. Das war alles.

»Woher wissen Sie das?«, fragte Mills.

»Jessica Berghain hat es mir gesagt.«

»Wo ist sie jetzt?«

»Ich weiß es nicht«, antwortete Mads.

Mills sah in die Unterlagen, die vor ihr auf dem Tisch lagen. »Ihr Lebensgefährte Dejan Bronski hat ausgesagt, dass sie ihre Mutter besuchen wollte. Aber sie ist dort nie angekommen.«

Mads zuckte mit den Schultern.

»Haben Sie Kontakt zu ihr?«, fragte Mills.

»Nein.«

Sie wurde zunehmend gereizter, aber mittlerweile perlte es an ihm ab.

»Sie verhalten sich äußerst unkooperativ!«

»Wirklich?«, entgegnete Mads. »Ich sitze hier ohne Anwalt. Ich beantworte Ihre Fragen. Und ehrlich gesagt habe ich langsam die Nase voll davon, dass jeder meint, mich rumschubsen zu können!«

Für einen Moment sah es so aus, als wollte Mills zurückkeilen, dann aber besann sie sich und fragte: »Wer schubst Sie denn noch herum?«

Mads schwieg. Das war genau die Art Ausrutscher gewesen, auf die sie gehofft hatte. Sie sah ihn lange an. Dann blieb ihr Blick an seiner bandagierten Hand hängen.

»Ich kann Sie wirklich beschützen«, sagte sie überraschend sanft.

Auch darauf antwortete Mads nicht.

Sie versuchte es noch eine Weile im fürsorglichen Ton, bevor ihr Temperament erneut mit ihr durchging und sie ihren Ärger nicht mehr verbergen konnte.

Am Abend dann gab sie auf und entließ ihn.

»Wir sehen uns morgen wieder«, kündigte sie mürrisch an.

»Sie verschwenden Ihre Zeit«, gab Mads zurück.

Dann verließ er ihr Büro.

61

Am Abend drehte er mit Bobby eine Runde. Als er zurückkam, war es bereits dunkel. Fridtjof war im Wohnzimmer. Der Fernseher flimmerte, aber der Ton war abgeschaltet. Sein Vater saß im Dunkeln, ohne der Sportsendung zu folgen, und blickte gedankenverloren auf die Terrasse. Fridtjof war schon immer Gefangener seiner Erinnerungen gewesen. Diesmal jedoch kreisten wohl andere Bilder in seinem Kopf. Ungeschönt. Unbarmherzig. Unverzeihlich.

Schuld war oft die Brutzelle dessen, was das Leben scheitern ließ. Nichts konnte dieses Gefühl aufhalten, kein Element war ihr gewachsen. Sie lauerte unter der Oberfläche, wartete geduldig auf einen Moment der Schwäche, bevor sie hervorbrach und Anklage erhob. Und ganz gleich, wie sehr man die Vorwürfe zu ignorieren versuchte, waren sie erst einmal da, stürzte auch der schillerndste Geist in seine eigene Nacht. Wie nur erlangte man Vergebung, wenn man sich selbst nicht vergeben konnte?

Mads wandte sich von seinem Vater ab. Diesen Kampf musste Fridtjof alleine kämpfen. Ihn selbst zog es nach draußen: Er rief Fiete an und traf sich mit ihm in der Marktwirtschaft. Er brauchte Gesellschaft. Leben. Auch ein wenig Zuspruch. Sie tranken Lykke, während Mads ihn auf den neuesten Stand brachte.

»Ich bin sicher, dass er glaubt, dass Jessica mir etwas verraten hat. Vielleicht auch Erik.«

Fiete antwortete empört. »Soll er sich selbst darum kümmern! Sein Stick, sein Problem.«

»Jetzt ist es meins. Und selbst wenn ich den Stick finde, bin ich Stoike nicht los.«

»Wie meinst du das?«

»Wer sagt ihm denn, dass ich nicht zu den Bullen gehe? Zusammen mit Jessica gäbe ich einen prima Zeugen ab.«

»Aber das hast du doch nicht vor, oder?«

»Nein, aber er ist ein Gangster. Für ihn ist nur ein toter Zeuge ein guter Zeuge.«

Fiete schüttelte den Kopf. »Das würde zu viel Staub aufwirbeln!«

Mads schnaubte. »Und du denkst, das hindert ihn? So einer wie der hat Mittel und Wege, es wie einen Unfall aussehen zu lassen. Wie bei Patrick. Bei mir wäre es vielleicht ein kleiner Segelunfall auf der Ostsee. Ich würde einfach verschwinden. So wie Erik. Keine Leiche, kein Mordfall.«

Fiete schluckte, dann schüttelte er den Kopf. »Das wagt er nicht.«

Mads sah versonnen in sein Bierglas. »Jessica hat gesagt, dass er einen nur in Ruhe lässt, wenn man ihm mehr gibt als das, was man ihm schuldet. Selbst wenn ich den Stick finde, was mache ich, wenn das nicht reicht?«

Eine Weile schwiegen sie.

Das Brauhaus war gut gefüllt. Adrett gekleidete Menschen. Lachen. Muntere Gespräche. Keiner von ihnen hatte einen Psychopathen am Hals.

Fiete blickte ihn fragend an. »Hast du eine Ahnung, wo der Stick sein könnte?«

Mads schüttelte den Kopf.

»Vielleicht bei Patricks Mutter?«, fragte Fiete.

»Habe ich auch schon dran gedacht.«

»Hast du sie schon gefragt?«

Mads schüttelte wieder den Kopf. »Nein, mach ich, wenn Mills mir mal 'ne Pause gönnt.«

Fiete hatte bereits eine neue Idee: »Oder Jessica hat ihn doch. Und nur behauptet, Patrick hätte ihn Timo gegeben.«

Mads schwieg. Auch das war möglich. Er hatte Jessica geglaubt. Er hatte sie für aufrichtig gehalten. Doch vielleicht war das naiv gewesen. Jessica kannte die Straße. Er nicht.

Wieder schwiegen sie eine Weile.

Schließlich sagte Fiete unvermittelt: »Soll ich vielleicht mal mit Herrn Barnardy sprechen?«

»Mit Herrn Barnardy?«, fragte Mads verwundert.

Fiete zuckte mit den Schultern. »Offensichtlich steckt er voller Geheimnisse. Vielleicht weiß er, wie man untertauchen kann, ohne gefunden zu werden. Immerhin knackt er Türschlösser, beschattet wie ein Geheimagent und weiß, wie man jemanden k. o. gehen lässt, ohne einen Mucks zu machen.«

Mads schüttelte energisch den Kopf. »Und was ist mit meiner Familie? Oder dir? Glaubst du, Stoike hat dich nicht genauso auf dem Schirm?«

»Ich dachte bloß …«

»Ich glaube, ich suche lieber den Stick«, sagte Mads und winkte die Bedienung heran. »Geht auf mich.«

Er zahlte.

Fiete sagte: »Du kannst immer auf mich zählen. Das weißt du, oder?«

Mads lächelte. »Ja, das weiß ich. Danke.«

Sie umarmten einander.

62

Mills hielt ihr Versprechen und bestellte Mads am nächsten Morgen erneut ein. Ihre Gespräche fanden mittlerweile nicht mehr im Verhörraum statt. Die Fragen aber blieben dieselben, genau wie das Lauern auf einen Ausrutscher, den sie nutzen könnte, um noch mehr Druck zu erzeugen. Zwei Stunden spielte Mads mit, dann stand er auf und sagte: »Ich gehe jetzt!«

Das überraschte Mills, die geglaubt hatte, sie könnte Mads nach Belieben weichklopfen.

»Sie bleiben!«, bestimmte sie.

»Bin ich verhaftet?«, fragte Mads zurück.

Sie schwieg.

Mads nutzte den Moment. »Es reicht! Ab jetzt nur noch mit Anwalt. Ab jetzt, Frau Mills, erleben Sie mich genauso kooperativ, wie Sie das verdient haben!«

Er wandte sich zur Bürotür.

»Warten Sie!«, bat sie ruhig.

Mads drehte sich um.

»Lassen Sie uns doch in Ruhe reden. Ohne Vorwürfe, ohne Anfeindungen.«

Mads schüttelte den Kopf. »Wir sind hier fertig.«

»Ich glaube, dass Stoike Sie bedroht!«

Das verfehlte nicht seine Wirkung. Sie ahnte etwas. Wohl die ganze Zeit schon. Dennoch antwortete er nicht, zeigte keine Regung.

»Ich würde Ihnen gerne sagen, dass Sie sich keine Sorgen machen müssen, aber so ist es nicht. Eines kann ich Ihnen versichern: dass Sie das nicht alleine schaffen. Sie brauchen meine Hilfe und ich Ihre. Das ist die Situation.«

»Sie wollen nur diesen Fall lösen, Frau Mills. Was aus mir wird, ist Ihnen vollkommen egal.«

»Ist es nicht!«, rief sie verärgert. »Ist es ganz und gar nicht! Ich würde alles tun, damit Ihnen nichts passiert!«

Mads runzelte die Stirn. »Machen Sie es gut!«

»Herr Madsen!«, rief sie ihm nach, aber da hatte er die Tür schon geöffnet und wieder hinter sich geschlossen. Er hatte keine Lust mehr, herumgeschubst zu werden, und als er auf den Flur trat, fühlte er sich das erste Mal seit Tagen besser.

Es war noch früh am Vormittag, als Mads wieder in seinem Auto saß. Er fuhr zur Seniorenresidenz Rosenpark und machte sich auf zu Frau Schulzes Zimmer. Die saß in ihrem Fernsehsessel und mühte sich heraus, um Mads zu begrüßen.

»Mads, wie schön, dass du mich besuchst!«

Sie lächelte, aber in ihren Augen erlosch das Leben jeden Tag ein bisschen mehr. Den Körper hatten Arbeit, Not und Sorge ohnehin schon verdorren lassen.

Sie sah ihn erwartungsvoll an. »Hast du deine Rede schon fertig?«

Sie setzten sich.

»Noch nicht. Mir fehlen ein paar Informationen.«

»Oh, vielleicht kann ich helfen.«

Mads nickte. »Ja, vielleicht.«

Da klatschte sie in die Hände und rief: »Wie unhöflich ich doch bin! Wie wäre es mit einer Tasse Tee?«

Bevor Mads ablehnen konnte, war sie schon aufgestanden und trat an die Vitrine, in der das Geschirr stand.

»Das ist mein schönstes Geschirr. Noch von meiner Mutter. Benutze ich nur zu ganz besonderen Gelegenheiten.«

Sie hatten dieses Gespräch so ähnlich schon einmal geführt. Mads fragte sich, ob sie sich dessen bewusst war. Oder hatte sie das vergessen?

Sie setzte sich wieder zu ihm. »Was möchtest du wissen?«

»Haben Sie in letzter Zeit einen Brief bekommen, der Ihnen seltsam vorkam?«

»Einen Brief?« Sie runzelte die Stirn. »Wie meinst du das?«

»Vielleicht einen, der nur leere Blätter enthielt?«

Jetzt sah sie vollkommen verwirrt aus. »Nein. Nur einen von der Krankenkasse. Aber das meinst du nicht, oder?«

Mads schüttelte den Kopf.

»Kurz vor seinem Tod war Patrick noch einmal hier. Da hat er Ihnen doch dieses Foto von sich geschenkt, richtig?«

»Ja.«

»Darf ich das Bild noch einmal sehen?«

Frau Schulze nickte. »Natürlich.«

Mads stand auf und ging zu der kleinen Kommode, auf der das gerahmte Foto stand. Er nahm es in die Hand, drehte es um. Doch zu seiner großen Enttäuschung befand sich auf der Rückseite des Bilderrahmens kein Stick. Mads betrachtete die feste Presspappe genauer, hielt sie gegen das Licht und erkannte Reste von Tesafilm. War dort ein Stick entfernt worden?

Frustriert stellte er den Rahmen zurück. »Als er Sie an dem Tag besucht hat, wie lange war er da bei Ihnen, Frau Schulze?«

Sie zuckte mit den Schultern. »Nicht lange, eine Viertelstunde vielleicht.«

»Über was haben Sie gesprochen?«

Frau Schulze überlegte. »Über nichts Besonderes. Wie es mir geht. Wie das Essen ist … Solche Dinge. Er hat sich sehr um mich gesorgt.« Tränen liefen ihr über die Wangen. »Er hat gesagt, dass alles gut werden würde. Dass die Pechsträhne bald vorbei wäre.«

Frau Schulze weinte, und Mads strich ihr etwas unbeholfen über den Arm, ließ ihr die Zeit, sich zu sammeln. Langsam fasste sie sich wieder. Sein Blick wanderte durch den kleinen Raum und blieb an einer Tür hängen: vermutlich das Bad. Ihm kam ein Gedanke.

»Die Frage wird Ihnen vielleicht ein wenig seltsam vorkommen,

Frau Schulze, aber hat Patrick das Bad benutzt, bevor er gegangen ist?«

Frau Schulze sah ihn ein wenig überrascht an.

»Ja, er ist noch mal aufs Klo«, antwortete sie.

»Darf ich?«, fragte Mads und wies auf die Badezimmertür.

Frau Schulze nickte.

Mads trat in ein winziges Bad mit Dusche, schloss die Tür hinter sich, zog die Schubladen auf und langte mit schnellen Handgriffen unter Spüle, Schrank und Regal. Denkbar, dass Patrick es sich anders überlegt, den Stick vom Bilderrahmen abgeknibbelt und hier versteckt hatte. Nichts. Es hatte keinen Zweck. Der Stick war verschwunden.

Er kehrte zu ihr zurück und gab ihr die Hand. »Vielen Dank, Frau Schulze. Ich werde jetzt die Rede zu Ende schreiben.«

Frau Schulze lächelte ihn dankbar an. »Ich freu mich schon so darauf.«

Mads war schon bei der Tür, als er sich noch einmal umwandte. »Eine Frage habe ich noch.«

»Ja?«

»Hatten Sie in letzter Zeit Besuch?«

Sie sah ihn aufmerksam an und nickte dann. »Ja.«

»Von wem, wenn ich fragen darf?«

»Von Jessica«, antwortete Frau Schulze. »Sie war eine Freundin von Patrick. Noch aus der Zeit in Bremerhaven. Ein sehr nettes Mädchen.«

Mads schluckte und wandte sich ab.

Jessica.

63

Wie hatte sie ihn nur so kalt hintergehen können!

Ein unvorsichtiger Satz am Hafen, und sie hatte geahnt, wo der Stick versteckt sein könnte. Hatte nur auf eine Gelegenheit gelauert, sich ihn unbemerkt zu holen, um dann für immer zu verschwinden. Hatte den Verdacht auf Timo gelenkt und ihn sprichwörtlich ans Messer geliefert.

Jessica.

Mads war gleichermaßen wütend und verzweifelt. Natürlich konnte er sie an Stoike verraten. Der würde ihm vielleicht sogar glauben, aber dass er Jessica zur Flucht verholfen hatte, das würde er ihm ganz sicher nicht verzeihen. Sie hatte ihn eiskalt ausgeliefert – das war die bittere Wahrheit.

Als er wenig später in die Collenburger Straße einbog, hielt er Ausschau nach protzigen Wagen mit Schlägertypen im Innern. Er konnte aber nichts Verdächtiges entdecken. So parkte er vor seinem Zuhause, schloss den Benz ab und kontrollierte noch einmal die Straße, soweit er sie einsehen konnte. Alles war ruhig.

Dann eilte er zur Haustür. Er musste Fridtjof sagen, dass es für ihn an der Zeit war, einen langen Urlaub anzutreten. Am besten zusammen mit Bobby. So waren die beiden schon mal aus der Schusslinie. Er nestelte gerade am Schloss, als die Haustür aufsprang: Sie war nur angelehnt gewesen. Augenblicklich begann sein Herz, wild zu pochen. Vorsichtig schob er die Tür auf, lugte in den Flur.

»Papa?«

Keine Antwort.

Er öffnete die Tür ganz. Ging hinein. »Papa?«

Nichts.

»Bobby?«

Mit zitternden Knien warf Mads einen Blick in die Küche: leer. Dann ins Wohnzimmer. Auch hier war niemand. Aber der Fernsehsessel war umgestürzt.

Bitte nicht, flehte er in Gedanken, *bitte nicht!*

Plötzlich hörte er ein leichtes Scharren hinter der Couch: Bobby kroch mit Mühe unter den Polstern hervor und sprang ihm zitternd in die Arme. Er drückte sie gegen die Brust und streichelte ihren Kopf. Normalerweise war sie keck, geradezu furchtlos, jetzt aber vergrub sie sich förmlich in seinen Armen.

»Papa?«

Er ging durch das ganze Haus, aber sein Vater blieb verschwunden. In seinem Kopf dröhnten dunkle Vorahnungen. Was war jetzt zu tun? Was konnte er noch tun?

Sein Handy klingelte.

Hektisch griff er in sein Sakko, holte es hervor und nahm ein Gespräch an, das ihm auf dem Display als anonym angekündigt wurde.

»Ja?«, rief er panisch.

Einen Moment waren nur raschelnde Geräusche zu hören. Dann meldete sich Fridtjofs Stimme.

»Mads?«

»Papa! Wo bist du?«

»Mads, mein Junge, bitte hör jetzt genau zu, ja?«

»Wo bist du?«

»Du hast vierundzwanzig Stunden Zeit, den Stick zu finden, hörst du?«

Mads schluckte. »Lass mich mit Stoike sprechen.«

Fridtjof ging nicht darauf ein. »Hast du verstanden, mein Junge?«

»Ja.«

»Wenn du die Polizei einschaltest, werden wir uns nicht wiedersehen, Mads. Das soll ich dir ausrichten.«

Mads nickte unwillkürlich. »Keine Polizei. Hab verstanden.«

»Ach, und ich soll dir noch etwas ausrichten …«

»Was?«

»Jessica ist tot.«

»Was?«, stieß er hervor.

»Sie ist tot, mein Junge. Das soll ich dir sagen.«

Die Leitung wurde unterbrochen – das Gespräch war beendet.

Mads stand da, das Handy am Ohr, und blickte hinaus in den kleinen Garten ihres Hauses, in dem erste Blüten sprossen. Sie hatten Jessica umgebracht. Und sie hatten nicht gefunden, was sie suchten.

Es gab keine Hoffnung mehr.

64

Mads hatte als Erstes Famke angerufen, und die hatte Robert und Krischan informiert. Jetzt saßen sie – zusammen mit Fiete, der schließlich auch betroffen war – am Wohnzimmertisch in der Collenburger Straße, um zu überlegen, wie sie vorgehen sollten. Er blickte in blasse, betretene Gesichter.

»Wir müssen zur Polizei«, sagte Robert bestimmt. »Was gibt es da noch zu diskutieren?«

Mads schüttelte verzweifelt den Kopf. »Dann sehen wir Papa nie wieder …«

»Wer sagt uns denn, dass wir ihn überhaupt wiedersehen?«, entgegnete Robert. »Wer sagt, dass Stoike sich an sein Wort hält?«

»Niemand«, gab Mads zu.

»Wir können das nicht allein durchziehen, Mads«, beharrte Robert.

Mads schüttelte den Kopf. »Glaub mir, die Polizei kann uns nicht helfen. Im Gegenteil.«

Famke sagte: »Aber wir können hier nicht rumsitzen und nichts tun!«

»Ich weiß«, antwortete Mads frustriert.

»Und wenn du den Stick nicht findest: Bringt er den Alten dann um?«, fragte Krischan.

»Ja. Und nicht nur ihn.«

Der Schock stand allen ins Gesicht geschrieben.

Krischan fluchte laut: »Was für eine Scheiße hast du denn da nur angerichtet?!«

»*Ich* habe Stoike nicht bestohlen! Ich wollte nie etwas mit dem zu tun haben!«, verteidigte sich Mads.

»Du hast ihn herausgefordert!«, rief Krischan wütend. »*Ich* habe ihm jedenfalls nichts getan!«

Mads hatte genug. »Nein, du nicht, Krischan. Du hast nie irgendwas getan. Du hast dich ausschließlich um dich selbst gekümmert. Bist mit achtzehn abgehauen und hast Karriere gemacht!« Er wandte sich wutentbrannt seiner Schwester zu: »Genau wie du, Famke! Ihr konntet das Haus alle nicht schnell genug verlassen. Habt euch euer Leben aufgebaut und mich hier zurückgelassen. Habt immer gemacht, was gut für *euch* war. Nicht für mich oder Papa. Nur für euch. Ist es nicht so?«

Famke schluckte und antwortete: »Nein, das siehst du …«

»… ganz richtig!«, unterbrach Mads sie. »Ihr habt es nicht einmal für nötig gehalten, mich über Mamas Tod aufzuklären. Habt gedacht: Wenn wir es ihm sagen, dann zieht er vielleicht zu Hause aus! Dann kümmert er sich vielleicht nicht mehr um den Alten! Und dann haben wir den am Hals! Nein, nein, wir lassen alles, wie es ist, und kümmern uns ausschließlich um uns. Um unser Leben! Und jetzt sitzt ihr beide da und zeigt mit dem Finger auf mich!« Seine Stimme brach. »Pfui, Mads, wie konntest du so etwas tun! Wie konntest du uns so in Gefahr bringen! Glaubt ihr, ich weiß das nicht?« Er sah sie so verzweifelt an, dass sie alle beschämt den Blick senkten. »Glaubt ihr, ich weiß nicht, was ich euch angetan habe?«

Verzweifelt verbarg er sein Gesicht in seinen Händen.

Fiete zischte: »Lasst ihn in Ruhe! Ihr solltet euch was schämen!«

Stille fiel wie ein großes, weißes Tuch über sie, unter dem sie wie Geister verharrten. Dann aber machte Robert sich frei und stand auf: »Fiete hat recht. Wir sollten nicht vergessen, wer hier Täter und wer Opfer ist.«

Fiete fragte Mads: »Hast du mit der alten Schulze gesprochen?«

Mads wischte sich eine Träne aus dem Gesicht und antwortete: »Ja. Ich bin sicher, dass der Stick bei ihr war. Ich dachte, Jessica hätte ihn an sich genommen.«

»Dann müssen wir sie finden!«, rief Fiete.

Mads schüttelte den Kopf. »Sie ist tot. Stoike hat sie umgebracht.«

Betretene Blicke wanderten von einem zum anderen.

»Ich glaube, ich brauche einen Drink«, sagte Robert frustriert.

Einhelliges Nicken. Mads ging zu Fridtjofs Schrank, ein altmodisches Trumm, in das mittig eine Bar eingelassen war. So was hatte man in den Siebzigern besonders schick gefunden. Er hielt einen Aquavit in die Höhe und erntete Zustimmung. Wo waren noch mal die Gläser? Er öffnete eine Tür, doch dahinter standen Teller, Tassen, Untertassen, ein Tee- beziehungsweise Kaffeeservice. Schon wollte er die Tür wieder schließen, als er innehielt und erneut in den Schrank starrte. Auf die bauchige Teekanne, die dort stand und seit Ewigkeiten nicht mehr benutzt worden war. Das gute Geschirr wurde schließlich nur zu besonderen Gelegenheiten herausgeholt.

Er wirbelte herum und rief erschrocken: »Die Kanne!«

Die anderen sahen ihn an, als hätte er den Verstand verloren.

»Die Kanne!«, sagte er aufgeregt. »Versteht ihr? Patrick wollte keinen Tee!«

Niemand verstand, was ihn aus dem Wohnzimmer stürmen und in seinen alten Benz springen ließ. Er raste zur Seniorenresidenz Rosenpark, wo er sich hektisch anmeldete, die Treppe hinaufrannte, den Flur hinuntereilte und, ohne anzuklopfen, in Frau Schulzes Zimmer trat. Sie sah ihn überrascht an und wollte ihn gerade begrüßen, als er an ihr vorbeidrängte, die Vitrine mit dem Geschirr öffnete und die Kanne herausnahm. Mit bangen Fingern hob er den Deckel und schaute ins Innere: nichts. Dann drehte er den Deckel herum und entdeckte einen Speicherstick, der dort mit Tesafilm festgeklebt worden war.

Bingo.

65

Einmal mehr verwirrte Mads Lauras feenhafte Gestalt, ihre zierliche Erscheinung samt Zopf und Pony. Wie war es möglich, dass eine erwachsene Frau wie ein Teenager aussehen konnte und gleichzeitig derart abgebrüht war?

Im Wohnzimmer in der Collenburger Straße war man sich schnell einig geworden, dass man Stoike den Stick übergeben würde, in der Hoffnung, dass dieser sie danach in Ruhe lassen würde. Selbst Robert war jetzt bereit, die Polizei aus dem Spiel zu lassen, mahnte aber erneut an, dass sie sich nicht auf das Wort eines skrupellosen Verbrechers verlassen durften: Sie mussten irgendeine Sicherheit in Händen haben. Eine Weile hatten sie hin und her überlegt, bis Fiete schließlich versonnen sagte: »Ich glaube, ich habe die Lösung.«

So waren sie in Lauras Wohnung gelandet, ein duftig frisches, cremefarbenes, teppichgedämpftes Refugium. Mads zeigte ihr den Stick und fragte: »Kannst du ihn knacken?«

Sie lächelte und fragte zurück: »Wie illegal ist es?«

Mads sah zu Fiete, der ihm mit einem Nicken signalisierte, dass man ihr vertrauen konnte.

»Ziemlich«, antwortete er schließlich.

Mads hätte schwören können, dass ihre Augen freudig aufblitzten. Sie betrachtete den Stick nun mit einer gewissen Zärtlichkeit.

»Und wem gehört der Stick?«

Mads zögerte mit der Antwort, dann sagte er: »Jemandem, der uns alle, ohne mit der Wimper zu zucken, umbringen würde.«

Sie lächelte.

Ja, tatsächlich, sie lächelte.

Sie nahm den Stick und sagte: »Dann schauen wir mal.«

Sie setzten sich auf das Sofa, während Mads die ganze Geschichte erzählte und nichts ausließ. Weder Tod noch Entführung lösten bei Laura Entsetzen aus, zumindest kein sichtbares, wenn ihr Lächeln auch verschwand.

Schließlich saß sie eine Weile still da, dann nickte sie. »Du kannst da nicht einfach hingehen. Wir müssen dich so absichern, dass dir nichts passiert.«

»Das wäre schön, ja.«

»Ich brauche einen Zugang«, sagte sie.

»Was für einen Zugang?«, fragte Mads.

»Eine Handynummer zum Beispiel.«

Mads kramte in seiner Hosentasche, zückte den Zettel, den Stoike ihm gegeben hatte, und reichte ihn Laura. »Die Nummer soll ich anrufen, wenn ich den Stick habe.«

Laura besah sich den Zettel. »Okay, ich brauche etwas Zeit.«

Sie stand auf und verließ den Raum. Fiete und Mads folgten ihr in ein Arbeitszimmer, das nichts Mädchenhaftes mehr an sich hatte, sondern wie die Kommandozentrale eines Raumschiffs aussah. Große Computerbildschirme standen hier, Schreibtische, zig elektronische Gerätschaften, verbunden durch unzählige Kabel. Überall blitzte und blinkte es, während eine Klimaanlage die Temperatur stark herabkühlte.

»Seht euch doch was auf Netflix an«, sagte sie, ohne sich ihnen zuzuwenden. »Das wird ein bisschen dauern.«

In Lauras Techniversum fühlten sich Fiete und Mads so verloren wie Amische beim Varieté. Also kehrten sie ins Wohnzimmer zurück, wählten eine Serie und waren nach fünf Folgen so vertieft darin, dass sie geradezu aufschreckten, als Laura zu ihnen zurückkehrte.

Es war mitten in der Nacht.

»Okay, Jungs, herkommen und aufpassen!«

Sie setzten sich an den Wohnzimmertisch, auf den sie zwei identisch aussehende Sticks legte.

»Also Mads, hier kommt, was du tun musst: Du wirst ein Foto von dem Stick machen und es an die Nummer schicken, die Stoike dir gegeben hat. Ich bin mir ziemlich sicher, dass das nicht seine eigene ist.«

»Denke ich auch«, sagte Mads.

»Aber das macht nichts. Du schickst das Foto und schreibst dazu: Ist das der Stick?«

»Und dann?«, fragte Mads.

»Wer auch immer die Nachricht erhält, wird sie inklusive Anhang öffnen und dann an Stoike weiterleiten, der dasselbe tun wird. Klar so weit?«

Mads nickte.

»Sobald der Anhang geöffnet wird, wird automatisch ein Trojaner auf das Handy gespielt. Das dauert nur Sekunden und geschieht völlig unbemerkt. Aber ich habe dann die volle Kontrolle über das Telefon.«

»Aha!«, sagte Mads überfordert.

Sie überreichte ihm einen der beiden Sticks.

»Zur Übergabe: Wenn Stoike alles zurückhat, gibt es keinen Grund mehr für ihn, dich und deinen Vater am Leben zu lassen. Und da wir bereits drei Tote und einen Verschwundenen haben, können wir getrost davon ausgehen, dass er nicht von der integren Sorte ist. Also müssen wir dafür sorgen, dass er tut, was *wir* wollen. Nicht, was *er* will.«

Mads hob den Stick in die Höhe. »Hier ist nichts drauf, richtig?«

Laura grinste. »Du hast mir gesagt, dass Stoike euch erst in Ruhe lässt, wenn er mehr bekommt als das, was du ihm schuldest.«

»Ja.«

»Dann werden wir ihm mehr geben! Du musst nur zwei Dinge beachten, wenn du dich mit Stoike triffst: Du musst dein Handy immer bei dir haben, damit ich im Zweifelsfall über einen Hotspot eine Leitung herstellen kann …«

»Okay, und die zweite Sache?«

»Lange genug am Leben bleiben. Denn er wird vermutlich sehr wütend werden.«

Mads starrte sie entsetzt an. »*Das* ist der Plan?«

Laura zuckte mit den Schultern. »Ich kann nichts dafür, Mads. Du hast dich mit diesen Gangstern angelegt. Ich weiß nicht, was die vorhaben, aber ich bin sicher, solange sie nicht haben, was sie wollen, werden sie dich nicht umbringen. Das wäre unlogisch.«

»Stoike ist ein Psychopath!«, wandte Mads verdrossen ein.

»Mag sein, aber für ihn ist der Stick wichtiger als du. Psychopathen sind keine Idioten. Nur gefühlskalt.«

»Wie beruhigend«, seufzte Mads.

Laura legte eine Hand auf seinen Arm. »Ich werde bei dir sein, Mads.«

»Wirklich?«, fragte er hoffnungsvoll.

»Virtuell«, antwortete Laura.

Fiete versuchte, Mads zu beruhigen: »Das wird schon klappen. Du gehst da rein, und du kommst da auch wieder raus!«

Mads sank der Mut, aber er sah keinen anderen Weg, als Lauras Plan zu folgen. Und sich auf seinen Optimismus zu besinnen, den andere für Naivität hielten. Auf böse Omen oder schlechte Zeichen, die ihm Warnung sein könnten, hatte er nie viel gegeben. Er folgte einfach der Brotkrumenspur in den dunklen Wald.

Am nächsten Morgen um acht Uhr verschickte er die SMS und wartete auf Antwort.

Sie kam postwendend.

Mads setzte sich in den Benz, fuhr los und erreichte bald das Ortsschild, dessen stumme Warnung ihm nicht einmal auffiel: Schausende.

66

Der Tag hätte kaum schöner sein können.

Ein strahlend blauer Himmel spannte sich über die Förde, und Möwen kreisten über einer ruhigen See, als Mads den Sportboothafen von Schausende passierte. Er stellte den Benz auf einem großen Parkplatz vor einem erstaunlich hässlichen Apartmentkomplex ab. Weiter nördlich lagen wunderschöne Anwesen mit großzügigen Gärten und sagenhaftem Blick aufs Wasser. Hier aber war ohne jede Liebe gebaut worden.

Mads' Magen fühlte sich flau an, seine Hände eiskalt. Hätte Mills ihm vielleicht doch helfen können? Hätte er sie vielleicht doch benachrichtigen sollen? Er wäre liebend gern von bewaffneten Sturmtrupps begleitet worden, aber wie hätte er sie vor den Augen von Stoikes Männern verbergen sollen? Schon am Ortseingang hatte er zwei Autos entdeckt, in denen grobschlächtige Typen saßen, die offensichtlich alles meldeten, was sie sahen. Und auch hier auf dem großen Parkplatz saßen überall die Späher in ihren Autos. Er war allein und unbewaffnet, sie waren viele und skrupellos, und das machte ihm eine Heidenangst.

Er ließ den Parkplatz hinter sich, folgte der Straße zum Leuchtturm und erreichte bald das Ziel seiner Reise: ein riesiges Grundstück oberhalb der Wasserlinie, auf dem ein ebenso ausladender wie moderner Bungalow stand. Abweisend wie ein Bunker wies er zur Straße hin fast nur geschlossene Fronten mit einigen wenigen schmalen Fenstern auf.

Ein vergittertes Tor öffnete sich wie von Zauberhand und lud ihn ein, auf den Haupteingang zuzugehen. Im Augenwinkel sah er Überwachungskameras, die jeder seiner Bewegungen folgten. Unschlüssig blieb er stehen, als er den Eingang fast erreicht hatte. Sein Herz klopfte laut, sein Mund war staubtrocken. Es war niemand zu sehen, aber das beruhigte ihn keinesfalls. Im Gegenteil.

Dann öffnete sich die gewaltige Haustür: Bronski kam heraus und starrte ihn feindselig an. Er ging auf ihn zu, doch bevor er sich vorbeischieben konnte, stieß ihm Bronski die flache Hand vor die Brust und machte ihm mit einer Geste klar, dass er ihn durchsuchen würde. Mit schnellen, sicheren Händen tastete er ihn ab. Er fand Mads' Handy und den Stick.

»Schuhe aus!«, befahl er.

Mads gehorchte, hielt Bronski dann aber die offene Hand hin. »Mein Telefon!«

Bronski schüttelte den Kopf.

Mads ließ sich seine Beunruhigung nicht anmerken und insistierte: »Ich will mein Handy!«

»Niemand darf da drinnen ein Handy haben. Auch ich nicht.«

Hilflos musste Mads mit ansehen, wie Bronski das Handy in eine massive Metalltruhe legte. Ab jetzt war er komplett allein, es gab jetzt kein Signal mehr, das Laura hätte auffangen können.

Mads trat in ein weitläufiges Wohnzimmer, das zur Frontseite fast vollständig verglast war und einen spektakulären Blick auf die Förde erlaubte. Es gab einen Kamin, eine Polsterlounge, in der zwei muskelbepackte Männer mittleren Alters saßen, und einen langen Tisch, sicher teurer als ein Mittelklasseauto. Am Ende der Fensterfront stand Stoike und schaute hinaus, scheinbar den wundervollen Tag genießend und das große Glück, ein Anwesen wie dieses besitzen zu dürfen. Als er sich umdrehte, zeigte ihm Bronski den Stick, was Stoike mit einem wohlwollenden Nicken quittierte.

»Guten Tag, Herr Madsen. Wie ich sehe, waren Sie erfolgreich.« Er kam ihm entgegen und blieb etwa zwei Meter vor ihm stehen. »Wo haben Sie ihn gefunden?«

Mads nahm all seinen Mut zusammen und fragte: »Wo ist mein Vater?«

Stoike wechselte einen belustigten Blick mit Bronski, als wäre Mads für sie eine Maus, die unter der Tatze einer Katze quiekte.

»Erst mal sehen wir uns an, was Sie uns da mitgebracht haben. Kommen Sie mit?«

Er folgte Stoike aus dem Wohnbereich hinaus, hinter ihm Bronski und die beiden anderen Männer. Sie traten in einen Flur, von dem drei Türen zur Seeseite abgingen. Stoike blieb vor der mittleren stehen, blickte in eine Face-ID-Kamera, die neben dem Türrahmen angebracht war, und trat ein, als die Tür summend aufsprang. Das Zimmer maß vielleicht fünfzehn Quadratmeter und hatte nur ein schmales vertikales Fenster aus Panzerglas, durch das ein einzelner Lichtfinger hereinstach. Viel zu sehen gab es nicht: weiße Wände, ein runder Teppich, auf dem ein antiker Schreibtisch stand. Darauf ein Laptop.

Den klappte Stoike auf. Mit einem Gong fuhr der Rechner hoch.

»Eine unschöne Sache, das alles«, sagte Stoike mit ruhiger Stimme. »Vor allem seit Sie sich eingemischt haben.«

Mads räusperte sich und sagte: »Immerhin habe ich Ihnen den Stick wiederbeschafft.«

Stoike verzog anerkennend den Mund. »Sie haben mehr erreicht als meine Leute.«

Mads konnte spüren, wie die Blicke der drei Männer hinter ihm im Rücken brannten.

»Wo ist mein Vater?«, fragte Mads.

Stoike steckte den Stick in den Rechner, gab das Passwort ein und drückte schwungvoll auf die Eingabetaste. Seine Miene verfinsterte sich. Er gab das Passwort erneut ein. Langsamer. Zeichen für Zeichen. Doch wieder erhielt er keinen Zugriff.

Wutentbrannt funkelte er Mads an. »Was soll das?«

Mads unterdrückte seine aufzischende Angst und sagte fest: »Wenn ich meinen Vater habe, dann bekommen Sie Ihren Stick!«

Stoike nickte seinen Handlangern zu. Im nächsten Moment wurden Mads die Arme auf den Rücken gedreht, er hörte das metallische Klicken von Handschellen. Stoike war währenddessen um den Schreibtisch herumgekommen und stand jetzt direkt vor ihm. »Wo ist mein Stick?«

»Wo ist mein Vater?«

Stoikes Augen glühten. »Herr Madsen, wenn Sie klug sind, und ich weiß, dass Sie das sind, dann sagen Sie mir einfach, wo mein Stick ist. Glauben Sie wirklich, Sie können sich mir widersetzen?«

Mads zwang sich, seinem Blick standzuhalten. »Ich will, dass Sie sich an Ihren Teil der Abmachung halten, Herr Stoike. Wenn mein Vater frei und in Sicherheit ist, dann bekommen Sie Ihren Stick. Vorher nicht.«

Stoikes Blick kroch förmlich in seinen Kopf und öffnete darin all die Türen, hinter denen sich Mads' Ängste versteckten. Dann ließ er plötzlich von ihm ab, lächelte, als hätte Mads eine originelle Bemerkung gemacht, und kehrte zurück zu seinem Schreibtisch.

»Sie werden mir den Stick geben«, sagte er gelassen. »Wir wissen beide, dass Sie ihn mir geben werden.«

»Weil Sie mich sonst umbringen?«, fragte Mads. »So wie Sie Timo, Erik und Jessica umgebracht haben?«

Stoike lächelte erneut. »Wissen Sie, wo wir Jessica erwischt haben? Noch in Hamburg.« Er hob seine großen Hände, betrachtete sie. »Sie hatte so einen schönen, schlanken Hals …«

»Dreckskerl!« Mads spie das Wort förmlich aus.

»Aber, Herr Madsen, Sie müssen nicht unhöflich werden. Sie haben Ihre Sache wirklich gut gemacht, daher will ich fair sein: Sie sagen mir, wo der richtige Stick ist, und ich werde Ihren Vater freilassen. Ich gebe Ihnen mein Ehrenwort.«

»Nein.«

Stoike öffnete eine Schublade in seinem Schreibtisch und holte eine längliche Dose hervor.

»Wissen Sie, was mich an Jessicas Tod gestört hat? Ich konnte ihn nicht wirklich genießen! Wenn jemand nicht sterben will, wenn er mit allem, was er hat, kämpft, dann ist es wirklich Arbeit, ihn umzubringen. Ich meine, man sieht, wie das Leben aus den Augen schwindet, aber man sieht nicht die Details. Verstehen Sie? Darum habe ich mir für Sie etwas Besonderes ausgedacht.«

Mads schluckte. Er spürte, wie die Männer in seinem Rücken an ihn herantraten.

Stoike hielt die längliche Dose in die Höhe.

»Das hier ist Bauschaum. Benutzt man zum Abdichten von Fenstern oder Mauerwerk. Sprüht man einfach in eine Lücke, quillt in Sekundenbruchteilen auf, wird sofort hart wie Stein.« Er lächelte Mads böse an. »Ein kurzer Sprühstoß in Mund und Nase, und ich kann mich zurücklehnen, während Sie unweigerlich sterben.«

Stoike kam näher, Mads wich zurück, wurde aber sofort von kräftigen Händen aufgehalten.

»Wo ist mein Stick?«, fragte Stoike und hielt ihm die Düse vor die Augen.

»Den habe ich!«, ertönte plötzlich eine Stimme aus den Laptop-Lautsprechern.

Stoike wirbelte herum und starrte auf den Rechner. Er sah dort nichts außer dem Sperrbildschirm. Dann aber entdeckte er ganz oben ein glühendes grünes Lämpchen. Die Kamera war eingeschaltet worden.

Stoike war außer sich. »WER IST DA?«

»Ist nicht so wichtig«, sagte die Stimme, die elektronisch verzerrt war. Mads wusste, wer da sprach: Laura. Nur: Wie hatte sie das geschafft?

»Das ist unmöglich!«, schrie Stoike.

»Na, kommen Sie, denken Sie nach!«, sagte Laura. »So schwer ist es nicht.«

Stoike wandte sich an Mads und die Männer. »Habt ihr ihn durchsucht?«

Bronski antwortete: »Er ist sauber! Hundertprozentig!«

Laura sagte: »Niemand darf in Ihrem Haus ein Handy haben. Wirklich niemand?«

Stoike starrte auf das grüne Licht des Bildschirms. Dann weiteten sich seine Augen.

»Ah! Jetzt haben Sie es«, sagte Laura anerkennend.

Stoike zog sein Handy aus seinem Sakko und schluckte.

»Genau, ich habe Ihr Telefon benutzt, um einen Hotspot einzurichten. Und ich sage Ihnen jetzt, wie es weitergeht. Die Polizei ist bereits auf dem Weg zu Ihnen. Da Sie eben freundlicherweise Ihr Passwort für den Stick eingegeben haben, habe ich jetzt Zugriff auf den richtigen Stick. Und was Ihren Laptop betrifft, den Sie vernünftigerweise nicht ans Netz angeschlossen haben – ich habe sicherheitshalber eine Kopie aller darauf befindlichen Dokumente gemacht und sie in eine Cloud geladen. Nur für den Fall, dass auf dem Stick die neuesten Einträge fehlen. Das wäre ja nicht so gut.«

»BASTARD!«

»Ja, meinetwegen, wenn Sie sich damit besser fühlen. Aber ich sage Ihnen jetzt, was Sie machen: Sie lassen unverzüglich Mads und seinen Vater frei. Und vielleicht – aber auch nur vielleicht – bekommen Sie dann Ihre Daten zurück. Wobei, eine Kopie werde ich behalten. Bei Leuten wie Ihnen weiß man nie … Nun. Was denken Sie? Sind wir im Geschäft?«

Stoike ballte seine Fäuste, presste die Lippen aufeinander, drehte den Laptop zu Mads und den anderen und sagte: »Ich zeige Ihnen, was ich von Ihrem Geschäft halte!«

Er sprang vor, nahm die Flasche und sprühte den Schaum in Mads' Mund und Nasenlöcher. Blitzartig quoll der Schaum auf und war sofort steinhart. Mads Brust begann, sich konvulsivisch zu heben und senken, sein Kopf wurde rot, Schweiß trat aus den Poren.

Stoike wandte sich ganz nah an die Kamera und zischte: »Sieh genau hin! Das ist, was mit Klugscheißern passiert. Und du bist der Nächste. Ich finde dich.«

Mads fiel zu Boden.

67

Das Ende hatte er sich dann doch anders vorgestellt. Eher in einem frisch bezogenen Bett. Als alter, zufriedener Mann im Zieleinlauf eines erfüllten Lebens voller Glück und Abenteuer. Um ihn versammelt seine Lieben, die sich ein paar Tränen wegtupfen, ihm aber auch Mut machend zulächeln.

Draußen scheint die Sonne. Nein, lieber Schnee.

Das passt besser zur Stimmung und wäre eine schöne Allegorie. Der Winter des Lebens. Wobei es in fünfzig oder sechzig Jahren, wenn er eventuell langsam bereit wäre zu sterben, sicher keine Winter mehr geben würde. Aber er könnte ja in den Alpen sterben. Oder in den Anden. Wer wusste schon, wohin einen ein langes, erfülltes Leben wehen würde?

Draußen rieselt also der Schnee.

Ein Winterwunderland der Harmonie, im Zimmer ein knisterndes Kaminfeuer. Seine Enkelin kommt zu ihm ans Bett und überreicht ihm ein selbst gemaltes Bild, darauf er und sie, Hand in Hand unter einem Regenbogen. Sie haucht ihm ein Küsschen auf die Wange, und er denkt, dass es keinen schöneren Abschied geben kann.

Schließlich wäre es dann so weit: ein letzter Blick, ein letzter Atemzug, ein letzter Herzschlag. Dann ginge er – ohne Angst oder Bedauern.

So wäre er gern gestorben.

Das Ende hatte auch sie sich anders vorgestellt.

Als triumphierende Ermittlerin, die über das wahre Böse siegt. Die ihre Knie mit unverhältnismäßiger Gewalt in die muskulösen

Schultern eines abscheulichen Sadisten drückt, ihm die Arme auf den Rücken dreht und die Handschellen klicken lässt. Die ihn hochzerrt und anlächelt, dabei den Hass genießt, den sein Blick erfüllt. Die Verbitterung darüber, von einer Frau besiegt worden zu sein, zudem von einer, die sich zeigt, während die Muskelmänner des SEK vermummt dastehen, froh über die Tatsache, dass dieser Zugriff ohne Opfer ausgegangen ist.

Draußen scheint die Sonne. Nein, draußen regnet es.

Wir sind schließlich im hohen Norden, und schlechtes Wetter ist nicht nur eine Allegorie des Scheiterns, sondern vor allem auch Realität vom Herbst bis in den folgenden Frühsommer.

Draußen regnet es also.

Sie schubst ihn vorwärts, tritt mit ihm vor die Tür seines protzigen Anwesens, wo ein Unwetter tobt, sich grauschwarze Wolken über die aufgewühlte Förde wälzen und die Blaulichter der Polizeiwagen blitzen. Ihr Haar klebt in ihrem Gesicht, trotz des Wetters trägt sie nur ein T-Shirt unter der schusssicheren Weste, auf der in Weiß und Großbuchstaben POLIZEI steht. Die Kollegen stecken ihre Dienstwaffen ein und nicken ihr anerkennend zu.

Schließlich erreichen sie ihren Dienstwagen. Ein Uniformierter öffnet die hintere Tür. Sie packt das Schwein im Nacken und zwingt ihn, den Kopf einzuziehen, damit er einsteigen kann. Dann fährt der Wagen davon – sie sieht ihm stolz und erleichtert nach.

So hätte sie das Ende gerne gehabt.

So aber stirbt er wirklich: in Todesangst und nackter Panik. An den Händen gefesselt biegt und windet er sich wie eine glitschige kleine Forelle auf einem dreckigen runden Teppichboden. Die Luftröhre ist blockiert, die Augäpfel sind herausgetreten, das Gesicht heiß und rot, das Herz rasend vor Anstrengung.

Ersticken ist ein grausamer Tod – solange man noch bei Bewusstsein ist. Es bleiben vielleicht dreißig, vielleicht sechzig Sekunden, in denen man genügend Zeit hat zu begreifen, dass es keine Rettung mehr gibt. Kein Winterwunderland, kein Kaminfeuer, keinen Kuss. Nur ein elendes Krepieren im Säurebad der Reue, während kalte, mitleidlose Blicke verfolgen, wie man stirbt.

Schon schwindet die Kraft.

Und mit ihr die Sinne. Er schmeckt nichts mehr, riecht nichts mehr, und im nächsten Moment ist er wie taub. Sein Herz trommelt wie wahnsinnig in seiner Brust, aber er hört es nicht mehr klopfen.

Die Männer, die eben noch neugierig seinen Tod betrachtet haben, verlassen jetzt den Raum. Was in seiner Angst nur weitere Glut entfacht, denn mit diesen Mördern verabschiedet sich auch die absurde Hoffnung, dass sie ihm vielleicht doch noch helfen könnten. Dass sie es sich in letzter Sekunde anders überlegen und ihm mit pädagogischer Strenge mitteilen werden, dass sie davon ausgehen, er habe seine Lektion gelernt. Er würde ihnen kleinlaut versichern, sich nie wieder in Dinge einzumischen, die ihn nichts angingen.

Aber er ist allein.

Sein Herz rast, die Lungen schmerzen, die Kehle ist zugeschwollen. Und der einzige Regenbogen, den er sieht, ist der, den er in seinem Schädel zu einem alles beherrschenden Wunsch biegt: nicht so allein zu sein.

Sein Widerstand erlahmt.

Der Kopf fällt kraftlos zur Seite, sein Blick trudelt zum Fenster: Draußen scheint die Sonne. Ein strahlend schöner Tag.

Also doch kein Schnee.

Dann aber, mit einem Mal, wie in einem letzten Akt der Gnade, fühlt er, wie ihn die eigene Angst im quellenden Rauch seines verbrennenden Lebens verlässt. Nur noch Sekunden bleiben, bevor sein hämmerndes Herz stillsteht und gekalktes Schweigen über ihn herabsinkt.

Frieden kommt.

Süße Stille.

Dann, wie durch weichen Nebel, fühlt er, wie schwere Schritte den Boden plötzlich erzittern lassen. Schatten stürmen in das Zimmer. Im nächsten Moment beugt sich eine Frau über ihn: Sie schreit etwas. Was schreit sie? Er sieht, dass sie den Mund bewegt, dass sie seinen Namen ruft, hören kann er sie nicht. Nichts kann er noch hören. Sie ist hübsch, aber die Anspannung verzerrt ihre Züge. Sie wendet sich ab, winkt die Schatten zu sich.

Seine Augen fühlloses Glas.

Dunkelheit zieht auf.

Er stirbt.

So aber läuft es wirklich: Der Alarm kommt spät, Chaos bricht aus. Sie weiß, dass sich das Fenster für die Festnahme so schnell schließt, wie es sich für den Tod des Trauerredners öffnet. Aber sie weiß nicht, was sie mehr ärgert: der Wahnsinn, den dieser Knilch mit der schönen Stimme heraufbeschworen hat, oder die Tatsache, dass sie ohne ihn diesem Verbrecher niemals so nahegekommen wäre. Sie steht in seiner Schuld, sie muss ihn retten, weil er es mehr als jeder andere verdient hat, gerettet zu werden.

Sie fordert das SEK an, schreit den protestierenden Kommandanten an, dass sie keine Zeit für eine Diskussion über korrekte Abläufe hätte. Das verhagelt die Stimmung, verfehlt aber nicht die Wirkung.

Dann jagen sie los.

Alle Beamten, die abkömmlich sind, jagen hinter ihr her, sodass sich eine rasende Blaulichtschlange aus Flensburg hinauswindet. Sie haben ihr Ziel fast erreicht, als ein weiterer anonymer Anruf die Situation eskalieren lässt: Es gab einen Übergriff, der Trauerredner schwebt in Lebensgefahr.

Über Funk ruft sie einen Notarzt, sie hasten die Auffahrt hoch, wo die Muskelmänner vom SEK bereits mit einer Ramme an der Haustür stehen. Die Tür fällt aus dem Rahmen. In Sprint geht es durch das weitläufige Haus. Sie ruft Mads' Namen, bis sie ihn endlich findet. In einem Büro, auf dem Boden liegend, mit blau angelaufenem Gesicht und einem Blick, der nicht mehr versteht und nicht mehr erkennt. Sie schreit ihn an, dass er sich unterstehen solle, zu sterben. Dann schreit sie, wo denn der Scheißnotarzt bleibt, und legt ihre Finger auf seine Halsschlagader: Herzstillstand. Wie zum Hohn tastet ein Sonnenstrahl durch den Raum und lässt seine toten Augen leuchten.

Kein Regen.

Mund und Hals sind verstopft, eine Herzmassage und eine Beatmung machen keinen Sinn. In ihr flammt Wut zu einer allesverbrennenden Hitze auf, bis sie plötzlich im grellen Licht des Feuers eine letzte Möglichkeit entdeckt: Sie schreit nach einem Kugelschreiber. Als die vermummten Männer sie überrascht anstarren, schreit sie: »JETZT!« Jemand reicht ihr einen Kugelschreiber.

Rasch schraubt sie ihn auseinander. Dann nimmt sie ein Taschenmesser aus der Hosentasche und setzt einen entschlossenen Schnitt in seine Haut: genau über die kleine Kuhle zwischen Brustkorb und Hals. Es blutet kaum, kein Wunder, wenn jemand bereits tot ist. Sie findet die Luftröhre, ritzt sie an, steckt den leeren Kugelschreiber hinein und beginnt eine Herzdruckmassage, während ein SEK-Mann in das Röhrchen hineinpustet.

Puls!

Sie hört ein leises Zischen aus dem Röhrchen.

Mads erwacht aus ewiger Nacht.

Über ihm ein Arzt, dahinter eine Frau.

Hauptkommissarin Mills.

Was will die denn schon wieder?

68

Man hatte ihn ins Krankenhaus gefahren, wo man seinen Schnitt versorgte und die Schaumteile aus Mund und Nase entfernte. Dank der starken Schmerz- und Beruhigungsmittel erwachte er am nächsten Morgen erfrischt, mit leichten Wundschmerzen, aber guter Dinge. Auch wenn man ihm ein mehrtägiges Redeverbot auferlegt hatte, um den Heilungsprozess zu beschleunigen. Das Frühstück war püriert, was Mads hart an der Ekelgrenze fand, aber er hatte einen solchen Hunger, dass er sich überwand.

Kurz vor neun Uhr ging die Tür seines Zimmers auf, seine Familie trat ein: Famke und Krischan, in ihrer Mitte – Fridtjof.

»Wir haben dir jemanden mitgebracht«, sagte Famke und lächelte Fridtjof an.

Krischan klopfte seinem Vater auf die Schulter. »Ein SEK-Mann hat ihn in einer verlassenen Bauernkate gefunden«, ergänzte Krischan.

»Laura hat ihnen die Koordinaten gegeben, das Handy des Handlangers hat sie direkt zu Papa geführt«, fügte Famke an. »Er ist seit gestern Abend frei.«

Fridtjof setzte sich zu Mads ans Bett und fragte: »Wie geht es dir, mein Junge?«

Krischan mahnte: »Keine offenen Fragen. Mads hat Sprechverbot.«

Fridtjof sah ärgerlich zu ihm rüber: »Weiß ich doch.«

Krischan runzelte die Stirn. »Dann formulier die Fragen so, dass er sie mit Nicken oder Kopfschütteln beantworten kann!«

Fridtjof winkte ungeduldig ab und sagte sehr laut: »War ganz schön aufregend, weißt du?«

»Taub ist er nicht«, warf Krischan ein. »Nur stumm.«

Fridtjof wandte sich ihm erneut zu und fauchte: »Hast du keine Leben zu retten?«

»Heute nicht«, antwortete Krischan ungerührt.

Fridtjof drehte sich wieder zu Mads und sagte immer noch sehr laut: »Was waren denn das für Typen, die mich entführt haben?«

»Keine offenen Fragen!«, mahnte Famke.

»Fängst du jetzt auch an?«, moserte Fridtjof.

»Er kann darauf nicht antworten!«, erklärte Famke geduldig.

»Keiner redet mit mir! Die Polizei nicht! Ihr nicht! Keiner! Dabei bin ich doch hier das Opfer!«

»Es ist doch nichts passiert!«, antwortete Krischan.

»Nichts passiert? Wer ist denn hier entführt worden? Du oder ich?«

Krischan atmete tief durch. »Du.«

»Schön! Dann wäre das ja geklärt. Als Arzt müsstest du eigentlich wissen, wie traumatisch so eine Entführung ist!«

»Für dich oder für die Entführer?«, fragte Krischan trocken.

Famke verkniff sich ein Lachen, was Fridtjof gar nicht passte. »Das findest du auch noch witzig, was?«

Famke mühte sich um einen ernsten Gesichtsausdruck und sagte: »Wir sind alle sehr froh, dass dir nichts passiert ist. Aber vielleicht kümmern wir uns jetzt ein bisschen um Mads?«

Fridtjof, sichtlich unzufrieden mit der Antwort, wandte sich Mads wieder zu und fragte sehr laut: »Wie geht es dir, mein Junge?«

Mads konnte sehen, wie seine Geschwister die Augen verdrehten, und machte eine wägende Geste mit der Hand.

»Warst du schon auf dem Klo?«, rief Fridtjof.

Mads runzelte die Stirn.

»Na ja, vielleicht ein andermal.« Um dann laut anzufügen: »Bobby geht es übrigens gut!«

Mads nickte.

»Sie vermisst dich!«

Mads nickte.

Fridtjof schwieg.

Und sah mit einem Mal traurig aus. Es war, als suchte er nach unverfänglichen Themen, obwohl ihn die verfänglichen längst übermannt hatten. Mads und er waren sich nach der Enthüllung der Wahrheit nur sprachlos begegnet, sie hatten geschwiegen. Fridtjof hatte gedacht, dass es nur Zeit bräuchte, bis alles verarbeitet wäre, nur um festzustellen, dass er um ein Haar nie wieder mit seinem Sohn hätte sprechen können.

Auch bei seiner Frau Stine hatte er immer das Gefühl gehabt, es bliebe noch genügend Zeit, sich all das zu sagen, was so wichtig gewesen wäre. Sie aber war gestorben, und es hatte ihn in ein Land der Fantasie und des Selbstbetrugs getrieben.

So saß er verlegen und unbeholfen da, nestelte an der Bettdecke herum und wusste nicht, wie er ein Gespräch anfangen sollte, das sie längst hätten führen sollen.

Mads bedeutete Famke und Krischan mit einem Kopfnicken, sie beide alleine zu lassen. Was sie auch taten. Die Tür fiel ins Schloss, es wurde still im Zimmer.

»Ich bin so froh, dass dir nichts passiert ist!«, sagte Fridtjof schließlich leise. »Nicht auszudenken, wenn du …«

Er würgte an der Vorstellung. Mads tätschelte seine Hand.

»Weißt du, was ich denen gesagt habe?«

Er meinte offensichtlich seine Entführer.

Mads schüttelte den Kopf.

»Ich habe denen gesagt, dass sie mich nehmen sollen. Nicht dich!«

In seinen Augen schimmerten Tränen.

»Ich habe ihnen gesagt, wenn sie das machen, dann kommt alles in Ordnung. Du hast doch noch so viel vor dir.«

Mads schluckte schwer – nicht nur die Wunde schmerzte. Seinen Vater hatte er noch nie mit einem solchen Ausdruck des aufrichtigen Bedauerns gesehen. Auf seine Art bat er um Vergebung.

Mads drückte Fridtjofs Hand und lächelte.
Fridtjof kullerten erleichtert die Tränen über die Wangen.
Niemand sagte noch etwas.
Aber das war auch gar nicht mehr nötig.

69

Kurz vor seiner Entlassung besuchte ihn Mills, um seine Aussage aufzunehmen.

Sie nahm sich einen Stuhl, setzte sich an sein Bett, schaltete ein digitales Aufnahmegerät ein und sprach ihren Namen, Datum und Uhrzeit auf. Dann stellte sie ihre erste Frage und sah Mads erwartungsvoll an. Der aber saß mit verschränkten Armen im Bett und erwiderte den Blick mit furchtlosem Schweigen. Irritiert stellte sie eine zweite Frage und erntete dasselbe Ergebnis.

Sie sagte warnend: »Sie haben kein Redeverbot mehr!«

»Doch!«, behauptete Mads.

»Ich habe Ihren Arzt gefragt.«

»Der hat keine Ahnung«, antwortete Mads.

Mills unterbrach die Aufnahme und sah Mads lange an.

Dann fragte sie: »Was ist los?«

Mads verzog den Mund und blickte an die Decke. »Hm, lassen Sie mich mal überlegen … Ah ja, … jetzt weiß ich. Ein bisschen mehr Freundlichkeit hätte ich mir gewünscht, vielleicht eine Begrüßung. Guten Morgen, Herr Madsen! Wie geht es Ihnen heute? Ich bin ja so froh, dass Ihnen nichts passiert ist!«

»Ihnen ist schon klar, dass *ich* Ihnen das Leben gerettet habe?«

Mads erwiderte: »Ihnen ist schon klar, dass *ich* Ihnen einen psychopathischen Mörder samt Verbrecherorganisation auf dem Silbertablett geliefert habe?«

»*Sie* haben die Ermittlungen behindert!«, rief Mills empört.

»Immerhin *habe* ich ermittelt!«, rief Mads wütend zurück.

»Nein, *Sie* haben nur rumgestochert und sich und andere in Gefahr gebracht!«

»Oh, nur kein Neid, wenn Sie sich eines Tages dazu überwinden, mal ein bisschen rumzustochern, dann bringen Sie sich bestimmt auch mal in Gefahr!«

Sie funkelte ihn zornig an, doch diesmal hielt Mads ihrem Blick mühelos stand. So entschlossen, dass es sie augenscheinlich irritierte.

»Sie wirken verändert«, stellte sie schließlich fest.

Mads zuckte mit den Schultern.

»Wollen wir noch mal von vorne anfangen?«, fragte sie freundlicher.

Mads zögerte, dann sagte er: »Guten Morgen, Frau Mills.«

»Guten Morgen, Herr Madsen. Wie geht es Ihnen?«

»Ganz okay, danke der Nachfrage. Die Wunde tut noch ein bisschen weh.«

»Tut mir leid zu hören.«

»Das lag wohl am Schnitt. Wurde nicht gerade fachmännisch ausgeführt …«

Mills presste die Lippen aufeinander, entspannte sich aber, als sie sah, dass Mads grinste.

»Das nächste Mal bin ich besser in Übung«, antwortete sie.

»Woher können Sie so was?«, fragte Mads.

Diesmal zögerte Mills, dann sagte sie: »Mein Vater hat es mir mal gezeigt. Er hat in der Sicherheitsbranche gearbeitet und musste immer auf Notfälle vorbereitet sein.«

Mads war die Vergangenheitsform nicht entgangen. Bei dem Beruf schien es ihm unwahrscheinlich, dass Mills' Vater friedlich in seinem Bett gestorben war.

»Ist schon okay. Ich verklage Sie nicht.«

»Zu freundlich von Ihnen!«

Sie schwiegen.

Dann fragte sie zögernd: »Können Sie sich noch erinnern? Ich meine, an den Moment, als Sie …«

»Gestorben sind?«

»Ja.«

Mads dachte nach und fragte: »Sie wollen wissen, ob ich etwas gesehen oder gefühlt habe?«

Sie nickte.

Mads war erstaunt, dass sie so etwas interessierte, und fragte sich, ob das vielleicht auch etwas mit ihrem Vater zu tun haben könnte.

Schließlich antwortete er: »Ich glaube, ich habe die Hölle gesehen.«

Sie sah ihn erstaunt an, dann fragte sie neugierig: »Wie hat sie ausgesehen? So mit ewigem Feuer und Teufel und so?«

»Nein.«

»Wie dann?«

»Wie Ihr Büro.«

Sie ballte die Hände zu Fäusten.

Er grinste frech.

Dann jedoch, zu seiner großen Überraschung, vielleicht auch zu ihrer eigenen, brach sie plötzlich in ein Kichern, dann in ein herzhaftes Lachen aus. Es war so ansteckend, dass auch Mads einstimmte, und es dauerte eine ganze Weile, bis sie sich beruhigt hatte.

Mads sagte: »Der Computer war kaputt!«

Es verursachte einen weiteren Lachanfall.

»Das war klar«, antwortete sie kichernd.

Schließlich gab sie ihm die Hand und sagte: »Luisa. Aber alle nennen mich nur Mills.«

»Mads. Aber alle nennen mich nur Mads.«

Sie schüttelten sich amüsiert die Hände.

Dann nahm sie das Aufnahmegerät, startete es erneut und fragte: »Können wir?«

Er stimmte zu und erzählte alles, was er wusste und was passiert war. Am Ende stellte Mills das Gerät ab und sagte: »Wir haben Dejan Bronski. Dank deiner Freundin mussten wir ihn nur einsammeln.«

Mads nickte. »Ja, Laura ist erstaunlich. Und Stoike?«

Sie schüttelte den Kopf. »Nein, die beiden anderen auch nicht. Aber wenn sie nicht nach Weißrussland oder Nordkorea geflohen sind, dann kriegen wir sie.«

»Habt ihr sein Geld?«

»Beschlagnahmt. Und auch die Daten sehen sehr vielversprechend aus.«

»Stoike ist also erledigt«, stellte Mads zufrieden fest.

»Unabhängig von seinen Vergehen rund ums organisierte Verbrechen, die wir noch zu untersuchen haben, hat er einen Mord gestanden und einen Mordversuch vor laufender Kamera unternommen. Er kommt nie wieder raus.« Sie stockte, dann fügte sie hinzu: »Dank dir!«

Mads lächelte versonnen. Stoike war erledigt, ein gutes Gefühl. Es hätte durchaus weniger dramatisch ablaufen dürfen, aber es blieb eine tiefe Zufriedenheit. Die Welt war ein bisschen besser geworden, zumindest vorübergehend.

Sie stand auf, nickte ihm zum Abschied zu und machte sich auf den Weg nach draußen.

»Hey, Mills!«, rief Mads ihr nach.

Sie wandte sich ihm zu.

»Das Lächeln steht dir. Schau's dir ruhig mal im Spiegel an!«

Sie blickte ihn an, und es war, als würde sie ihn das erste Mal wirklich sehen.

»Du hast wirklich eine schöne Stimme«, sagte sie beinahe überrascht.

Dann verließ sie das Krankenzimmer.

70

Bobby drehte fast durch, als Mads nach einer Woche wieder nach Hause kam, und zur Belohnung lief er eine große Runde mit ihr. Sie wich ihm nicht von der Seite, möglicherweise aus Furcht, er könnte sie wieder alleine lassen.

Danach setzte er sich an seine Rede. Die Zeit war gekommen, sich nach allem, was war, endlich an Patrick zu erinnern. Aber wie fasste man dieses Leben zusammen? Immer wieder suchte er nach dem richtigen Einstieg, immer wieder löschte er mit dem Cursor das, was er getippt hatte. Bis er am Abend wusste, dass der Teufel weiße, rechteckige Augen hatte: ein leeres Dokument, das ihn fortwährend verhöhnte.

Er rief Fiete an und fragte, ob er Lust auf ein paar Bierchen hatte.

»Ich habe Laura meiner Mutter vorgestellt«, sagte Fiete, ohne auf Mads' Frage einzugehen.

»Und wie ist es gelaufen?«

»Ganz gut, denke ich.«

»Denkst du?«, fragte Mads.

»Weiß man bei meiner Mum nie. Laura findet sie jedenfalls beeindruckend.«

»Vor deiner Mutter stehen alle stramm.«

»Laura will sich noch das Institut ansehen. Sie ist total neugierig«, fuhr Fiete fort. »Komm doch vorbei! Wir können danach zusammen ausgehen.«

»Okay«, nickte Mads. »Bis gleich.«

Er legte auf und machte sich auf den Weg zum Beerdigungsinstitut, wo er seinen alten Benz vor dem schönen Altbau parkte und die Büroklingel drückte.

Fiete öffnete ihm freudestrahlend und führte ihn in das Großraumbüro, wo Laura an einem der Schreibtische saß und in einer Broschüre las. Fiete ging zu einem Schrank, in dem Flaschen mit Cognac und Brandy standen für diejenigen, die ihren Schmerz mit einem Schluck Hochprozentigem betäuben mussten. Fiete goss allen einen großzügig bemessenen Drink ein.

»Auf deine Rede!«, sagte Fiete und hob das Glas.

Sie stießen miteinander an und tranken.

»Und jetzt die große Führung!«, verlangte Laura. »Wir haben extra auf dich gewartet«, sagte sie an Mads gewandt.

Sie verließen den Wohn- und Bürotrakt und liefen über den Innenhof zu dem großen Neubau.

Fiete schloss auf. Sie traten in den Ausstellungsraum. Hier präsentierten sich Särge aller Art, mal auf Katafalken, mal auf Schrägen, mal auf dem Boden aufgeklappt, mal geschlossen an Wänden befestigt.

»Wow!«, rief Laura. »Das ist ja wie bei IKEA! Welcher ist der teuerste?«, fragte sie.

Fiete führte sie zu einem schwarz glänzenden Prachtexemplar mit gemütlich aussehender Polsterung im Innern und erklärte: »Der Preis ist immer auch eine Frage des verwendeten Holzes. Und ob es eine Sonderanfertigung ist.«

Laura prüfte mit verzückter Miene die großzügige Polsterung. »Der ist wirklich super!« Dann blickte sie auf und entdeckte in einer der hinteren beiden Ecken die Urnenabteilung: Dutzende von ihnen standen dort geschmackvoll beleuchtet auf geschwungenen Sideboards.

»Die sind aber schön!«, rief sie und war schon auf dem Weg, als die Tür hinter ihnen laut ins Schloss fiel.

Sie drehten sich alle erschrocken um, in Erwartung, dass Alva diesen abendlichen Besuch mit gewohnter Strenge beenden würde. Doch im Türeingang stand nicht Alva.

Im Türeingang stand Ralf Stoike.

»Guten Abend«, grüßte er boshaft. »Welch nette Versammlung.« Er musterte Mads. »Sie haben es also tatsächlich überlebt.«

Mads war alle Farbe aus dem Gesicht gewischt worden. Sein Herz raste plötzlich, Panik blockierte ihm den Atem, bis er nach mehreren vergeblichen Versuchen, Luft zu holen, endlich einatmete.

»Frau Peterleit, wie schön, dass wir uns mal persönlich treffen. Wir kannten uns bisher ja nur digital.«

Er hatte die Zeit offenbar genutzt, um aufzudecken, wer ihn reingelegt haben könnte, und war leider auch fündig geworden. Laura war das nicht entgangen: Sie wirkte schockiert. Genau wie Fiete.

»Sie alle haben mich bestohlen. Und heute ist der Tag, an dem Sie diese Schuld begleichen werden.« Er grinste und deutete in den Ausstellungsraum. »Und sieh sich einer an, wo wir sind! Ich hoffe, Sie wissen die Ironie zu schätzen!«

Fiete reagierte zuerst, packte Lauras Hand und riss sie mit sich zu der Tür auf der anderen Seite des Raums. Mads folgte den beiden und rannte mit ihnen hinaus, bemerkte aber, dass Stoike offensichtlich wenig Eile hatte, ihnen zu folgen. Zusammen durchquerten sie die Werkstatt bis zu der Tür, die nach draußen führte, doch die war abgeschlossen. Fiete nestelte am Schloss und brach in seiner Hektik den Schlüssel ab.

Laura, die sich hektisch umsah, entdeckte den Sicherungskasten. Auf der anderen Seite des Raums trat Stoike ein und kam ohne jede Hast auf sie zu. Laura sprang zum Sicherungskasten und warf den Hauptschalter um. Augenblicklich war es stockfinster. Als hätten sich Raum und Zeit aufgelöst, als schwebten sie plötzlich durch das Nichts.

»Aha!«, sagte Stoike. »Wir spielen Verstecken. Gefällt mir! Das erhöht den Reiz. Ich bin gespannt, wen ich als Erstes erwische.«

Mads fuchtelte mit den Armen vor sich herum, versuchte, etwas zu ertasten, sich gleichzeitig daran zu erinnern, wo genau er sich befand und was er zuletzt gesehen hatte. Er machte einen vorsichtigen Schritt in die Richtung, wo er Fiete zuletzt gesehen hatte, und berührte ihn tatsächlich am Arm.

Fiete flüsterte: »Wir müssen uns aufteilen.«

»Ja«, flüsterte Mads zurück.

»Hinten ist das Werkzeug. Ich suche was, womit wir uns wehren können!«

Mads trennte sich von Fiete, fuhrwerkte mit seinen Händen in der Finsternis herum und stieß heftig gegen einen halb fertigen Sarg, der polternd zu Boden ging. Fluchend rieb er sich das Schienbein. So war er leichte Beute für Stoike. Hektisch tastete er sich vor und erfühlte plötzlich den metallischen Griff einer Tür … Eine Tür!

Er riss den Hebel zurück und tatsächlich öffnete sie sich. Schnell sprang er hinein, bevor ihm klar wurde, dass das die falsche Entscheidung gewesen war: Er stand im Kühlraum. Draußen hörte er ein Geräusch. Wenn er jetzt umkehren würde, würde er in Stoikes Arme laufen. Er wich zurück, stieß an einen Wagen und berührte mit der Hand einen eiskalten Fuß. Unterdrückte einen Schrei. Ertastete einen weiteren Wagen, fühlte darauf eine Leiche in einem Sack.

Die Tür öffnete sich.

»Ich weiß, dass du hier bist«, rief Stoike amüsiert.

Seine Stimme füllte den ganzen Raum. Mads konnte nicht weiter als einen Meter entfernt von ihm stehen. Wie lange würde es dauern, bis er ihn hier zu fassen bekam?

Lautlos tat er einen Schritt zurück.

Hörte, wie sich Stoike bewegte, wie er gegen einen Wagen stieß und ahnte, dass seine muskulösen Arme in die Finsternis hineingriffen. Er fühlte über den Tisch, an dem er stand, ertastete ein eiskaltes Gesicht, fuhr angeekelt mit der Hand den Hals hinunter zu den Schultern. Dann packte er den toten Körper, räusperte sich laut, riss gleichzeitig die Leiche hoch und schubste sie in die Richtung des heranspringenden Stoike.

Der griff zu.

Brüllte auf, als ihm bewusst wurde, dass er einen Toten umarmte.

Mads rannte aus der Kammer, stieß mit der Schulter gegen den Türrahmen und stürzte zu Boden. Panisch rappelte er sich hoch, doch es war zu spät: Stoike war bereits über ihm. Mit seinem ganzen Gewicht drückte er Mads zu Boden.

»Fiete!«, schrie Mads.

Stoikes Pranken umschlangen seinen Hals und drückten zu. Verzweifelt versuchte Mads, Stoikes Finger auseinanderzubiegen, aber genauso gut hätte er versuchen können, die Greifer eines Baggers mit bloßen Händen abzubrechen.

»Fiete …« Er brachte nur noch ein Krächzen zustande.

Dann ging auch das nicht mehr.

Er zerrte an Stoikes Fingern, konnte sie aber nicht lösen. Die Kraft dieses Mannes war unbeschreiblich. Ein paar Sekunden noch, dann würde er das Bewusstsein verlieren. Ein paar Sekunden noch, dann wäre alles vorbei.

Da ging plötzlich das Licht an.

Mads sah über sich Stoikes hassverzerrtes Gesicht.

Dann, wie aus dem Nichts, rammte eine Faust eine massive Spritze in Stoikes Halsschlagader und drückte innerhalb einer Sekunde eine orangefarbene Flüssigkeit hinein. Augenblicklich schrie Stoike vor Schmerz auf, ließ von ihm ab, sprang auf die Füße, taumelte, suchte Halt und fiel der Länge nach auf den Boden. Er keuchte ein paarmal – dann war alles still.

Mads starrte in das Gesicht des stillen Herrn Barnardy.

Der legte die Spritze zur Seite, bot ihm eine Hand und half ihm auf die Füße. Benommen stand Mads da, sah Fiete und Laura, die eine immer noch mit den Fingern am Sicherungskasten, der andere, eine kleine Ahle in der Hand, nur drei Schritte von ihm entfernt.

»Wo kommen Sie denn her?«, fragte Fiete entgeistert.

Herr Barnardy schwieg.

»Wolltest du ihm damit ein neues Loch in den Gürtel machen?«, fragte Mads sauer.

Fiete hob die Ahle an: Die Nadel war gerade mal fünf Zentimeter lang.

»Es war dunkel!«, verteidigte sich Fiete.

»Er ist tot!«, rief Laura, die sich neben Stoike gekniet hatte und seinen Puls fühlte.

»Was haben Sie ihm gespritzt?«, fragte Fiete.

»Formaldehyd«, sagte Herr Barnardy.

»Wir müssen die Polizei rufen«, sagte Mads, der seinen schmerzenden Hals rieb.

»Keine Polizei«, sagte Herr Barnardy.

»Keine Polizei?«, fragte Fiete.

Herr Barnardy schüttelte nur den Kopf.

»Wieso nicht?«, fragte Fiete.

Herr Barnardy schwieg, aber seine Augen verrieten, dass er in keine polizeiliche Untersuchung verwickelt werden durfte.

»Wissen Sie, Herr Barnardy«, begann Fiete ruhig. »Wenn das alles hier vorbei ist, dann werden wir uns mal ausführlich über Ihre Vergangenheit unterhalten.«

Herr Barnardy nickte. Aber Mads war sicher, dass ein solches Gespräch nicht sehr ergiebig sein würde.

»Und jetzt?«, fragte Mads.

Fiete holte tief Luft. »Ich könnte sagen, dass ich ihn aus Notwehr umgebracht habe.«

Laura war skeptisch. »Das wird einen schönen Skandal geben. ›Institut Amelung: das Mordhaus!‹ Und wenn rauskommt, dass hier die Totenruhe gestört wurde – wer wird sich von euch noch beerdigen lassen wollen?«

»Aber was sollen wir denn sonst tun?«, fragte Fiete hilflos.

Laura zuckte mit den Schultern. »Es gibt doch bestimmt bald eine Beerdigung, oder?«

»Herr Böck. Morgen«, sagte Fiete.

Mads sah mit Grausen zur Kühlkammer und dachte an die Leiche, mit der er nach Stoike geworfen hatte.

Laura sagte: »Dann legst du ihn einfach dazu. Stoike verschwindet für immer. Es gibt keinen Skandal. Und den Toten ist es egal.«

Sie sah Fiete auffordernd an, der blickte zu Herrn Barnardy, der vorsichtig nickte.

Die Entscheidung war gefallen.

71

Es wurde eine schöne Beerdigung.

Herr Böck war nach einem langen, glücklichen Leben im Schlaf gestorben und wurde unter großer Anteilnahme beerdigt. Sein Sarg stand auf einem Katafalk, sein Bild schwamm in einem Blumen- und Kränzemeer. Fiete als Vertreter des Instituts drückte jedem ein Programmheft mit dem Ablauf der Veranstaltung samt den Musikeinlagen in die Hand.

Mads und Laura hatten sich unauffällig unter die Trauergemeinde gemischt und hörten jetzt, wie ein Trauerredner das Leben des Verstorbenen beschrieb. Mads fand ihn routiniert, aber nicht besonders charismatisch, was die Anwesenden offenbar nicht störte. Mit klaren Sätzen erinnerte er an den Verstorbenen, beschrieb dessen Vorlieben, Stationen und Anekdoten seines Lebens. Drei Musikstücke wurden gespielt, zwei davon André Rieu. Dann kamen die Träger und hoben den Sarg auf den Sargwagen und zogen ihn gemessenen Schrittes zur Grabstelle der Familie Böck. Die Trauergemeinde folgte. Fiete und der stille Herr Barnardy führten die schwarze Prozession an, Laura und Mads bildeten die Schlusslichter. Der Redner sprach noch ein paar Worte, dann wurde der Sarg auf zwei Balken gehoben und mit Tauen in die Tiefe hinabgelassen. Fiete übergab der Witwe eine kleine Schaufel. Sie warf etwas Erde in das Grab, die übrigen Angehörigen, Freunde und Bekannten taten es ihr nach.

Als alle gegangen waren, blieben nur Fiete, Herr Barnardy, Mads und Laura zurück. Sie traten an das Loch und sahen hinab.

»Fällt gar nicht auf«, sagte Mads.

Niemand widersprach.

Sie hatten Stoike noch in der Nacht zum Friedhof gefahren und das Grab des Herrn Böck gut einen halben Meter tiefer gegraben. Jetzt lag Stoike unter dem Sarg von Herrn Böck, und gleich würde er für immer verschwinden.

»Und was, wenn das Grab eingeebnet wird?«, flüsterte Laura.

Fiete antwortete leise: »Ist ein Familiengrab. Und wie ihr gesehen habt, ist die Familie ziemlich groß. Ich denke, die nächsten fünfzig Jahre müssen wir uns keine Sorgen machen. Und wenn sie es doch eines Tages aufgeben: Wer zählt schon Köpfe?«

Der stille Herr Barnardy nickte zustimmend.

Als sie den Friedhof verließen, setzte hinter ihnen gerade ein städtischer Mitarbeiter einen kleinen Bagger in Gang, um das Grab zuzuschütten.

Eine Aufgabe aber blieb noch: die Rede.

Es hieß, dass wir erst im Tod wieder zu denen wurden, die wir ursprünglich einmal gewesen waren. Und Mads sah in Patrick wieder den kleinen Jungen auf dem Friedhof, der ihn in der dunkelsten Stunde seines Lebens mit Grimassen zum Lachen gebracht hatte. Patrick war mehr wert gewesen als das Urteil derer, die in ihm nur einen Querulanten gesehen hatten, einen Delinquenten und hoffnungslosen Versager.

Mads schrieb, und als er fertig war, fand er seine Rede gerecht.

Am Tag der Beerdigung für Patrick Schulze traf sich in der Trauerhalle des Glücksburger Friedhofs eine sehr kleine Gemeinde: neben Mads nur Maria Schulze, Fridtjof, Fiete und Laura. Auf einem Katafalk stand der Sarg, davor ein paar Gestecke und das gerahmte Foto, das er seiner Mutter zum Abschied geschenkt hatte.

Draußen, nicht weit von der Halle entfernt, wurde zur selben Zeit ein weiteres Grab ausgehoben: für Timo Horlacher. Die Polizei hatte seinen Leichnam freigegeben, die Beisetzung würde am folgenden Tag sein. Vermutlich vor einer kaum größeren Trauergemeinde als der, die jetzt gerade vor Patricks Sarg stand.

Mads musste an Herrn Horlacher denken, dessen gut gemeinte Erziehung Timo nicht geholfen hatte. Er fragte sich, ob alle Eltern ab einem gewissen Zeitpunkt aufhörten, ihre Kinder wirklich zu sehen, und nur noch ihre guten Vorsätze, Wünsche und Hoffnungen für sie im Blick hatten. Sie taten es aus Liebe und machten sich doch schuldig. Alles, was man nicht sehen wollte, spielte sich im toten Winkel der eigenen Betrachtungen ab. Blinde Flecken waren nie das Ergebnis zu großer Ferne, sondern das allzu großer Nähe.

Mads hatte bei ihrem einzigen Gespräch ein verräterisches Schimmern in seinen Augen erkannt und den sehnlichen Wunsch darin, dass Timo eines Tages vielleicht zurückkehren würde. Dass er klingeln und »Hallo, Papa« sagen würde. Damit Herr Horlacher ihn umarmen und hereinlassen würde, sodass sein Sohn ihm, der sich selbst nicht verzeihen konnte, vielleicht verzieh.

Und Jessica? Ihren Leichnam hatte man genauso wenig gefunden wie den Erik Schallers. Mads war sich sicher, dass man ihn nie finden würde. Ihre Mutter würde vergeblich auf sie warten, ihr Vater nicht einmal wissen, dass sie für immer fort war. Der Tod schuf vollendete Tatsachen, interessierte sich weder für gute Absichten noch für verpasste Gelegenheiten. Er war nur ein stummer Zeuge der unerfüllten Versprechen.

Mads trat vor und wandte sich vier Menschen zu, die Patrick die Ehre des letzten Geleits erwiesen. Sah von einem zum anderen und blieb schließlich an Frau Schulzes blauen Augen hängen, die ihn voller Trauer, aber auch voller Neugier ansahen. Sie hatte Mads abgeraten, zu tief abzutauchen, um nicht das zu gefährden, was er für Patrick als Kind empfunden hatte. Warum in der Gegenwart zittern, wenn die Vergangenheit einen so warm einhüllte?

Hatte sie recht?

Prägten Erinnerung und Vergessen zwei Seiten ein und derselben Münze? Durfte nicht jeder selbst beschließen, mit welcher davon man auf sein Lebenskonto einzahlte?

Mads griff in seine Manteltasche, fühlte dort die Blätter, auf denen seine Rede stand. Er spürte, wie seine Finger kalt wurden und ihn Fiete, Laura und sein Vater zunehmend skeptisch ansahen.

Dann zerknüllte er das Papier in seiner Tasche.

Er blickte auf und sprach frei: »Liebe Frau Schulze, liebe Freunde, wir haben uns heute hier versammelt, um uns von Patrick zu verabschieden, dessen Leben auf so tragische Art und Weise zu Ende gegangen ist.«

Er blickte der kleinen Trauergesellschaft fest ins Gesicht.

»Meine liebste Erinnerung an Patrick ist der Tag, an dem wir beide beinahe gestorben wären. Wir spielten an der Förde und fanden am Ufer ein herrenloses Schlauchboot. Wir waren acht oder neun Jahre alt, freuten uns über das unerwartete Geschenk, und natürlich stiegen wir hinein. Ein paar Paddelschläge später trieben wir vom Ufer weg und waren bereits in ein Piratenspiel vertieft, als ich irgendwann aufstand und mit dem Finger auf die offene See zeigte. ›Frachter voraus!‹, rief ich. ›Fertig machen zum Entern!‹

Patrick beugte sich über die Bordwand und paddelte los, während unser Boot schaukelte und schwankte und ich das Gleichgewicht verlor. Mit einem Schrei fiel ich ins Wasser. Patrick zögerte keine Sekunde und sprang hinterher, um mich zu retten. Ich war ein guter Schwimmer, aber ich sah, wie Patrick wild mit den Armen und Beinen ruderte und sich nur mühsam über Wasser hielt.

Ich rief: ›Kannst du nicht schwimmen?‹

›Nein.‹

›Wieso springst du dann ins Wasser, du Blödmann?‹

Ich packte ihn und rief ihm zu, dass er jetzt machen musste, was ich ihm sagte. ›Toter Mann, Patrick, toter Mann!‹ Er wurde ganz steif. Das Wasser war kalt, Strömung und Wind trieben das Boot fort, und in meiner Panik sah ich, dass ich weder das Boot noch das Ufer erreichen konnte. Ich dachte, wir wären verloren, aber ich sagte Patrick, dass wir es schaffen würden. Sagte ihm immer wieder: ›Wir schaffen das!‹

Und wir schafften es.

Ein Motorbootfahrer hatte uns beobachtet und zog uns im letzten Moment aus dem Wasser, gerade als mir die Kräfte schwinden wollten. An diesem Nachmittag sind wir noch mal mit dem Schrecken davongekommen.

Später, als Patrick bereits aus meinem Leben verschwunden war, habe ich diese Episode irgendwann verdrängt. So wie ich vieles andere auch verdrängt habe. Es war, als hätte es sie nie gegeben, aber es hat sie gegeben. Und jetzt frage ich mich, ob wir nicht alle solche Episoden in uns tragen. Ob sie uns nicht zu dem machen, was wir sind. Selbst wenn wir sie vergessen haben.

Patrick hatte keine Sekunde gezögert und war ins Wasser gesprungen, um mich zu retten. Und ich hatte ihm verschwiegen, dass wir beide sterben könnten, um ihm keine Angst zu machen.

Jetzt, wo ich mich wieder erinnere, stelle ich fest, dass wir beide genau das geworden sind, was wir an jenem Tag füreinander waren. Und alles, was ich über Patrick weiß, findet sich in der Erinnerung an diesen Tag. Wenn er Freund war, dann war er es für immer. Wenn er jemanden liebte, dann liebte er für immer. Wenn er etwas tat, dann tat er es für jemanden.«

Mads nahm das Entsetzen im Gesicht seines Vaters wahr, für den diese Geschichte neu war. Niemand wollte hören, dass sein Kind fast umgekommen wäre, er es aber nicht einmal mitbekommen hatte, weil er zu sehr mit sich selbst beschäftigt gewesen war. Auch Frau Schulze kannte diese Geschichte nicht, aber ihr schien gerade aufzugehen, was der fluchtartige Umzug, so verständlich er auch war, für ihren Jungen bedeutet haben musste. Ihre Lippe begann zu zittern, und sie betupfte ihre Augen mit dem Taschentuch, das sie schon eine Weile in der Hand hielt.

»Ich kann nicht sagen, ob Patrick diese Geschichte vergessen hat, aber eines kann ich sagen: Selbst als sein Leben aus dem Ruder lief, war er immer noch der Junge, der mich vor dem Ertrinken retten wollte. Der sein Mädchen liebte, weil sie die Eine war. Der seinen Freund Timo verlor und es nicht verwinden konnte. Als er starb, war er im Einklang mit sich. Er lief nicht davon, sondern stellte sich dem heranrasenden Unglück in den Weg.«

Fiete, Laura und Fridtjof sowie Frau Schulze senkten die Köpfe.

»Ein großer Mann schrieb einmal: ›Nicht, was wir gelebt haben, ist das Leben, sondern was wir erinnern und wie wir es erinnern, um davon zu erzählen.‹ Wir nehmen heute Abschied von einem, der besser als alle anderen verstanden hat, was es braucht, um ein bedeutsames Leben zu führen. Der für seine Fehler hart bestraft wurde und am Ende doch über sie triumphierte.«

Mads atmete tief durch, dann sagte er: »Lieber Patrick, du wolltest, dass ich mich erinnere. Ich erinnere mich jetzt! An alles, was war, und alles, was wichtig ist. Und ich danke dir für dieses Geschenk. Ich bin dein Freund und du meiner. Für immer.«

Frau Schulze weinte.

Fiete trat schnell an sie heran, zog sie sanft an sich und führte sie zusammen mit Laura hinaus auf den Friedhof.

Sie mussten sie beide stützen.

Mads sah ihr lange nach.

Als sie wenig später den Sarg zu Grabe getragen hatten, trat Fridtjof zu Mads und sagte: »Gut gemacht, mein Junge! Eine schöne Rede.«

»Danke.«

»Bisschen kurz, wenn man bedenkt, dass wir dafür beinahe alle draufgegangen wären!«

»Versau's nicht, okay?«

Über Fridtjofs Gesicht huschte ein kleines Lächeln.

Dann lud er seinen Sohn mit einer Geste ein, ihn zu Stines Grab zu begleiten. Er legte seine Hand auf Mads' Schulter und spazierte einträchtig mit ihm zu der großen Trauerweide.

Sie hatten ihr viel zu berichten.

DANK

Wie immer habe ich Menschen zu danken, die mir bei der Recherche geholfen haben und ohne die dieser Roman in dieser Form nicht möglich gewesen wäre.

Da wären die Trauerredner und Trauerrednerinnen: Katie Knees (https://katieknees.de), Jürgen Jülicher (http://www.anders-heiraten.de), Martin Fett & Verena Schöpfer (https://www.aufdasleben.de) und Simon Solde (https://www.solde-trauerredner.de). Ich glaube, es versteht sich von selbst, dass noch keiner von ihnen als Detektiv oder Detektivin gearbeitet hat – oder vorhat, es zu tun.

Die Bestatter: Christopher Necke (https://glitsch-necke-bestattungen.de) und Torsten Pelz (https://www.kuckelkorn.de). Ohne diese beiden hätte ich weder das Bestattungsgeschäft noch die Kunst der Wiederherstellung eines Körpers verstanden.

Der Anwalt: Robert Kersting (https://www.kanzlei-ssr.de/rechtsanwaelte/robert-kersting/). Er gehört laut *Focus*, *Stern* und *Capital* zu den besten Anwälten Deutschlands für Verkehrsrecht.

In memoriam Lars Schulze-Kossack, der die Fertigstellung des Romans nicht mehr erleben durfte. Anja Goerz für die Übersetzung ins Plattdüütsch, Romy Fölck und Lorenz Stassen für klärende Gespräche und last, but not least: Annette Rau für Brainstorming, Ideen, Kritik und noch vieles mehr.

MIX
Papier | Fördert gute Waldnutzung
FSC® C083411

Der Abdruck des Zitats auf S. 7
erfolgt mit freundlicher Genehmigung des Verlags.
Gabriel García Márquez, *Leben, um davon zu erzählen*
In der Übersetzung von Dagmar Ploetz
© 2002, Verlag Kiepenheuer & Witsch GmbH & Co. KG, Köln

Das bei der Produktion dieses Buches entstandene CO_2 wurde durch die Finanzierung von Klimaschutzprojekten kompensiert:
climate-id.com/17531-2110-1001/de

1. Auflage 2025
© 2025 DuMont Buchverlag GmbH & Co. KG,
Amsterdamer Straße 192, 50735 Köln, info@dumont-buchverlag.de
Alle Rechte vorbehalten.
Die Nutzung dieses Werks für Text- und Data-Mining im Sinne von § 44b UrhG behalten wir uns explizit vor.
Umschlaggestaltung: Lübbeke Naumann Thoben, Köln
Satz: Fagott, Ffm
Gesetzt aus der Baskerville URW
Druck und Verarbeitung: CPI book GmbH, Leck
Gedruckt auf säurefreiem und chlorfrei gebleichtem Papier
Printed in Germany
ISBN 978-3-7558-0011-8

www.dumont-buchverlag.de

—

»Es gibt einen Gott. Er heißt Walter.«

400 Seiten / Auch als E-Book

Walter ist Postbote und ein ziemliches Ekelpaket. Zumindest auf den ersten Blick. Mit knapp sechzig wird er in die Abteilung für unzustellbare Briefe strafversetzt: die Christkindfiliale in Engelskirchen. Dort erreicht ihn ein Brief des zehnjährigen Ben, adressiert an den lieben Gott. Der Junge braucht dringend Hilfe, und Walter antwortet ihm – natürlich als Gott. Es ist der Beginn einer ungewöhnlichen Freundschaft. Vielleicht kann Walter ja Ben helfen – und Ben Walter?

www.dumont-buchverlag.de DUMONT

Mehr von Andreas Izquierdo bei DuMont

DAS GLÜCKSBÜRO
272 Seiten / Auch als E-Book

Formulare sind Albert Glücks Welt. Er ist Sachbearbeiter im Amt für Verwaltungsangelegenheiten. Als er Anna trifft, ein Wunder an Unordnung, steht seine Welt Kopf.

DER CLUB DER TRAUMTÄNZER
448 Seiten / Auch als E-Book

Gabor Schoening ist zwischenmenschlich eine ziemliche Null. Ausgerechnet fünf Sonderschüler, denen Gabor Tango beibringen soll, machen ihm klar, was im Leben wirklich zählt.

SCHATTEN DER WELT
544 Seiten / Auch als E-Book

Thorn in Westpreußen, 1910. Carl, Isi und Artur mögen aus einfachen Verhältnissen kommen, aber sie haben große Träume. Doch mit Beginn des Ersten Weltkrieges ändert sich alles.

REVOLUTION DER TRÄUME
512 Seiten / Auch als E-Book

Berlin 1918. Nach Jahren des Krieges hoffen Carl, Isi und Artur auf einen Neuanfang. Der Kaiser ist gestürzt, es ist Revolution! Und wo die Zeichen auf Wandel stehen, lockt das Abenteuer.

www.dumont-buchverlag.de DUMONT

LABYRINTH DER FREIHEIT
512 Seiten / Auch als E-Book

Berlin 1922. Armut, Hunger, Unruhen – und die Stadt feiert sich, als gäbe es kein Morgen. Mittendrin: Carl, Isi und Artur. Dann aber geraten die Freunde ins Visier rechter Verschwörer.

KÖNIG VON ALBANIEN
512 Seiten / Auch als E-Book

Oktober 1912. Das Osmanische Reich droht auseinanderzubrechen, Albanien erklärt sich unabhängig und sucht einen König. Der Schausteller, Rumtreiber und geniale Kleinkriminelle Otto Witte wagt einen Coup.

www.dumont-buchverlag.de DUMONT